Doppelspiel

von Ilke Müller

Diese Geschichte ist frei erfunden.

Ähnlichkeiten mit lebenden oder

verstorbenen Personen wären zufällig.

www.krakelhuhn.bodautor.de

Herstellung und Verlag: BoD- Books on Demand, Norderstedt

ISBN:978-3-7519-4897-5

Montagmorgen
9:26 Uhr; Linz, St. Franziskus- Krankenhaus

Stumm verharrend saß die junge Frau an der Kante ihres Krankenbettes und grübelte. Leere herrschte in ihrem Kopf. Es gab kein Gestern, nur das Jetzt. All ihre Erinnerungen wie ausgelöscht. Sie besaß nicht die geringste Ahnung, was sie geplant oder wohin sie der Weg führen sollte, den sie am Morgen eingeschlagen hatte. Nicht einmal ihren Namen kannte sie.

Es lag zirka eine Stunde zurück, als sie durch einen heftigen Schlag gegen die Beifahrerscheibe ihres Wagens, ihr Bewusstsein wieder-erlangte. Die Polizei musste das Fenster einschlagen, um ihr helfen zu können, weil der Wagen verriegelt war und niemandem Zugang bot. Hilflos mussten Menschen um den Wagen herumgestanden haben, die versucht hatten ihr zu helfen. Ein hinterher fahrendes Fahrzeug war ihr an einer Kreuzung hinten drauf gefahren und hatte sie auf den voran wartenden Wagen geschoben. Doch das wusste sie nur durch die Erläuterung des Polizisten und ihre Identität konnte nur anhand ihres Autokennzeichens ermittelt werden, welches sie als Irene Valendar auswies, die zum Pferdebaron in Vettelhof im Westerwald zugeordnet wurde. Ausweispapiere konnten keine gefunden werden.

Immer wieder fasste sie sich an den Kopf, tastete ihn ab. Es gab nicht einmal eine Beule und dennoch musste der Airbag sie so unglücklich getroffen haben, dass ihre Vergangenheit ausgelöscht wurde. Da die ersten Untersuchungen in der Notfallaufnahme keine schwere inneren Verletzungen bestätigten, gingen die Ärzte von einem Schock aus, der bei ihr eine retrograde Amnesie auslöste. In einer sehr schweren Form. Nicht nur Ereignisse kurz vor ihrem Unfall waren betroffen sondern ihr ganzes Vorleben. Im Grunde nichts Beunruhigendes und in der Regel nicht weiter schlimm,

3

hallten ihr noch die Worte von Dr. Kamp, ihrem behandelnden Arzt, in den Ohren. Seiner Aussage nach sollten ihre Erinnerungen nach wenigen Stunden wieder in Takt sein. Nur in seltenen Fällen konnte sich dieser trübe Zustand auch schon mal über einige Tage hinweg ziehen.

Bis zur Klärung ihrer wahren Identität hatte Dr. Kamp sie auf der Intensivstation untergebracht, um zu verhindern, dass durch äußere Einflüsse ihre Genesung beeinträchtigt wurde, dass durch unverhofften Besuch gar ein weiterer Schock ausgelöst werden konnte, wenn sie mit unangenehmen Dingen konfrontiert wurde. Zum Glück bestand an diesem Montag die Möglichkeit, sie alleine in einem Zimmer unterzubringen, so dass keine äußeren Einflüsse der Genesung schaden konnten.

Erschöpft sackte die Frau zusammen und führte ihre Hände zum Gesicht und vergrub es. »Irene Valendar«, murmelte sie vor sich hin und versuchte sich dabei einen Pferdehof vorzustellen. Vergeblich. Nichts konnte sie mit Pferden verbinden und so versuchte sie dem Rat von Dr. Kamp zu folgen und den Namen aus ihrem Gedächtnis zu verbannen. Solange die Polizei ihre wahre Identität noch nicht ermittelt hatte, sollte sie sich damit nicht beschäftigen. Aber der Name ging ihr nicht mehr aus dem Sinn. Stumm drehte sie ihren Kopf Richtung Fußende und schaute in einen Spiegel, den eine Schwester auf dem kleinen Tisch vor ihrem Bett aufgestellt hatte. In ihrem Gesicht konnte sie nichts Vertrautes wiederfinden. Ihre kurzen, dunklen Haare, ihr schmales und hübsches Gesicht, ihr schlanker Körper, nichts konnte ihr die Erinnerung an ihrem Leben erwecken.

Wieder setzte sich der Name Irene Valendar in ihrem Kopf fest, sie konnte nicht dagegen ankämpfen. Was nur wollte ihr der Name sagen?

Ermattet ließ sie sich zur Seite fallen und starrte die Herz-Lungen-Maschine an, die neben ihrem Bett stand. Was war wohl schlimmer, dachte sie, ohne Erinnerungen zu leben oder auf diese Maschine angewiesen zu sein? Sie gab es auf darüber nachzudenken. Mühsam zog sie ihre Beine ins Bett und versuchte Schlaf zu finden.

*

An diesem Morgen herrschte auf der Rheinhöhenstraße der übliche Verkehr. Traktoren mit ihren schweren Anhängern donnerten über den Asphalt und bremsten den normalen Autoverkehr ab. Die Straße war stellenweise recht schmal und unwegsam, so dass man nicht überall überholen konnte und so stauten sich hinter landwirtschaftlichen Fahrzeugen schon mal ein paar PKW an. Ein starker Wind trug auch zum Leidwesen der Fahrer bei. Heftige Böen rüttelten die Fahrzeuge durch und schleuderten Schmutzpartikel gegen die Karosserien. Recht ungewöhnlich für den Spätsommer.

Auf einem schmalen Seitenarm der Rheinhöhenstraße stand ein dunkelgrüner PKW Kombi. Hinterm Steuer saß eine Person, die ungeduldig mit den Fingern auf dem Lenkrad herum trommelte und ständig auf die Uhr im Cockpit schaute. Das tief über die Augen gezogene Kapuzen-Shirt ließ nicht zu, bestimmen zu können, ob eine Frau oder Mann hinterm Steuer saß. Das schien auch niemanden zu kümmern. Oft standen dort Fahrzeuge und warteten oder parkten, und so vermutete auch niemand, dass eine Straftat dahinter stecken konnte.

*

Ein Streifenwagen bog auf einen staubigen Feldweg ab entlang an einer Koppel. Hauptkommissar Bernd Fellner saß hinterm Steuer, neben ihm sein Kollege Eric Hopfner. Nach der letzten Unfall-aufnahme, die gerade mal eine Stunde zurücklag, gingen sie dem einzigen Hinweis nach, der ihnen zur Verfügung stand, um die Identität des Unfallopfers herauszufinden. Dazu suchten sie das Anwesen Bill Valendars auf, der im Westerwald, bekannt als Pferdebaron, eine tragende Rolle spielte.

Bernd Fellner hoffte sehr, dass es sich bei der Fahrerin auch wirklich um Irene Valendar handelte, sonst ginge die Suche nach ihrer wahren Identität weiter. Er hasste Recherchearbeiten. Anders sein junger Kollege Eric, der beeindruckt an ihm vorbeischaute und die Stallungen in Augenschein nahm, die sich hinter der Koppel auf einem Hügel erhoben. Er schätzte, dass dort mindestens 100 Pferde untergebracht waren. Tiere von nur edler Rasse, so wie man erzählte. Allerdings missfiel ihm die große Reithalle, die mehr einer Westernscheune glich, jener Sorte, die man aus Wildwestfilmen her kannte, wo einst Helden wie John Wayne sein Pferd zum Übernachten abstellten, halt nur größer und mit Sicherheit auch komfortabler, aber das konnte er so von außen nicht beurteilen.

Eric Hopfner strotzte vor Gesundheit und sein junger Körper ähnelte dem eines Athleten. Sportlich und gut durchtrainiert. Ab seinen Schultern aufwärts sah er allerdings eher abenteuerlich aus. Es kam öfters vor, dass er morgens unrasiert zum Dienst erschien, was seinen Partner stets auf die Palme brachte, weil er, seiner Meinung nach, gegen die Vorbildfunktion verstieß und so bemängelte er auch immer wieder seine Frisur. Erics dunkles Haar lag wie ein unbändiges Gewurschtel auf seinem Kopf, welches er immer wieder versuchte nach hinten zu legen, was aber nicht lange hielt. Ein Radikalschnitt konnte da nur abhelfen, aber davon ließ er sich nicht überzeugen.

Bernd Fellner hingegen stellte da mit seiner Mitte fünfzig das krasse Gegenteil dar. Er trug graues Haar, knabenhaft geschnitten mit bravem Seitenscheitel. Immer frisch rasiert und die Uniform aufpoliert. Mit seinem Körper ging er weniger pfleglich um. Sein Bauch war das Indiz für die langjährige gute Küche seiner Frau; kugelig. Auch strotzte er nicht so vor Tatendrang.

»Wollen wir mal hoffen, dass die junge Frau wirklich zu dem Pferdenarren gehört«, murmelte Fellner abfällig, während er auf das große Blockhaus zusteuerte.

»Du kannst es wohl kaum erwarten den Fall abzuschließen«, stichelte Eric, worauf Fellner nur grunzte, dem Eric keine Beachtung schenkte. Die ständigen Nörgeleien seines Partners ignorierte er mittlerweile. »Warst du schon mal hier?«, stellte er Fellner stattdessen interessiert eine Frage. Obwohl er in der unmittelbaren Nähe wohnte, war es ihm noch nie vergönnt, das Anwesen betreten zu dürfen.

»Nein, hatte auch nie das Verlangen«, maulte Fellner zurück, während er das Blockhaus beäugte, das mit jedem Meter, den er fuhr, immer größer wurde, als würde es wachsen. Die untere Etage, die rundherum von einer Veranda gesäumt wurde, war mit Bruchsteinen gemauert mit eingefassten Fenstern, darüber stachen Giebelfenster aus dem Dach hervor.

Langsam fuhr Fellner an die Veranda heran und stellte den Wagen neben einem schwarzen Jeep ab. Neben der protzigen Karosse wirkte der Dienstwagen eher wie ein Babyauto. Aber in dieser unwegsamen Gegend gehörte dieser Wagen mit Sicherheit zur vernünftigeren Form der Fortbewegung. Fellner dachte nicht lange darüber nach und stieg sofort aus. Seine Ungeduld brannte förmlich darauf, dem sogenannten Pferdebaron die Mitteilung an den Kopf zu schmettern und die Verantwortung an ihn weiterzugeben. Vorausgesetzt, die Unbekannte war seine Frau. Als er über den staubigen Boden stapfte und bemerkte, wie sich die aufwirbelnde Erde über seine polierten Schuhe legte, fluchte er übellaunig und stieg dann gemeinsam mit Kollege Eric die Stufen der Veranda hinauf.

Eric fixierte das auf Hochglanz polierte Messingschild. Ein Hufeisen war dort eingearbeitet, darüber im Halbbogen geschrieben »Ranch Valendar«. Während er seine Dienstmütze zurecht zog, blinzelte er durch ein Fenster in ein Büro, in dem er eine ältere Frau wahrnahm. Dann zog er, als würde er sich auskennen an einem Lasso, das neben der Haustür herunterbaumelte und wie erhofft, wurde die Türglocke dadurch betätigt, wodurch die Frau aufgeschreckt wurde. Mehr noch, als sie durch ihr Bürofenster die beiden Beamten erblickte. Sofort kam sie zur Tür geeilt und öffnete.

Überrascht und gleichzeitig enttäuscht starrte Eric die Frau an, die ihn höflich und mit leichter Besorgnis begrüßte und sich gleich als Sekretärin vorstellte, wobei ihr amerikanischer Akzent deutlich hervorstach. Er hatte eher mit einer jungen Sekretärin gerechnet, groß, schlank und mit wallenden Haaren, aber Miss Livington, so wie sie sich vorgestellt hatte und auf dieses Miss, wie er an ihrer Betonung ausmachen konnte, besonderen Wert legte, erfüllte nicht annähernd diese Kriterien. Als er sie eben durchs Fenster erblickte, glaubte er, sie sei Bill Valendars Mutter. Mit ihren Ende fünfzig und ihrem betagten Auftreten, erweckte sie auch den Anschein einer strengen Geschäftsfrau mit respekteinflößenden Zügen einer Gouvernante. Einer Person, der man nicht gerne widersprach, weil man mit einer massiven Standpauke rechnete. Ihre seriöse Kleidung und ihr ordentlich frisiertes graues Haar, welches kurz geschnitten auf ihrem Kopf lag, unterstrichen diesen Anschein.

So, wie es die Dienstvorschrift forderte, stellte sich Eric zunächst einmal vor. »Das ist mein Kollege Bernd Fellner, wir hätten gerne Herrn Valendar gesprochen.«

Mit einladender Gestik ebnete Miss Livington den Weg. »Ist irgendwas schlimmes passiert?«, erkundigte sie sich sogleich, als die Beamten eintraten.

Eric wandte sich nach ihr um, nachdem er sie passiert hatte. »Das möchten wir Herrn Valendar gerne selber berichten.«

Fellner beäugte unterdessen genervt den großen Empfangsbereich, den er für arg übertrieben hielt.

Mit energischem Kinn wanderte Miss Livington voran. Sie durchquerte die große Diele, die durch eine breite Treppe getrennt wurde und schritt gezielt auf eine Tür auf der linken Seite zu. Sie klopfte und wartete kurz, bis die mürrische Stimme ihres Chefs ertönte, erst dann schob sie die Tür vorsichtig auf und stellte sich in den Rahmen.

Bill Valendar saß nervös mit seinen Fingern trommelnd am Schreibtisch. Den ganzen Morgen zeigte er sich schon unruhig und hitzig, weil seine Verabredung auf sich warten ließ. Er hasste Unpünktlichkeit und wenn Leute ihre Verabredungen nicht einhielten und ihm somit seinen Tagesablauf durchkreuzten und ihn so zum Umdisponieren zwangen. Pünktlichkeit und Zuverlässigkeit standen bei ihm an erster Stelle, so wie es ihm seine Eltern gelehrt hatten. Gepaart mit seinem schon fast krankhaften Ehrgeiz führte er so die Firma nach ganz oben an die Spitze der renommierten Unternehmen und er zählte mit seinen 39 Jahren zu den ganz großen Geschäftsmännern in der Pferdewelt. Sein Motto: Nichts dem Zufall überlassen. Geprägt durch diesen Leitsatz gelang es ihm als erster alle Erbschaftsbedingungen zu erfüllen, und durfte dadurch das Unternehmen alleine führen, nachdem sein Vater in Rente ging.

»Was gibt es?«, dröhnte Bill Miss Livington entgegen, die gelassen blieb. Nach ihrer langen Dienstzeit bei den Valendars, die nun fast vierzig Jahre betrug, und sie sozusagen Bill aufwachsen sah, konnte sie nichts mehr so leicht aus der Fassung bringen. Der harte Umgangston berührte sie schon lange nicht mehr. Schon damals, als Bills Vater Wilhelm sie aus Amerika anwarb, wehte auf der Ranch ein heftiger Wind, aber er zahlte gut und so ließ es sich für sie aushalten.

»Da möchten Sie zwei Polizisten sprechen«, entgegnete sie kühl.

Leicht zusammengezuckt setzte sich Bill auf. »Sollen reinkommen.« Eine bedrückende Vorahnung befiel ihn plötzlich, die auf einen Zwischenfall mit seiner Verabredung deutete.

Miss Livington bat die Beamten herein und schloss die Tür wieder von außen.

Sofort kam Bill um seinen Schreibtisch herumgewandert und erreichte die Beamten mit wenigen Schritten und reichte Fellner seine Hand, der beeindruckt zu ihm aufschaute.

Bill wirkte mit seinen stattlichen Einmeterneunzig, wie einer der starken Westernhelden. Auch sein markantes Gesicht mit dem typischen Dreitagebart unterstrich seine Männlichkeit. Nur seine blonden Haare, die ihm ausgingen, ließen ihn etwas wärmer erscheinen, aber wenn er seinen Stetson trug, stand er einem hartgesottenen Cowboy in nichts nach.

»Was kann ich für Sie tun?«, holte Bill gleich Erkundigung ein, und nur nebensächlich drückte er auch Eric die Hand. Ungeduldig fixierte er Fellner, den er für den Rädelsführer hielt.

So, wie es Bill mit seiner oberflächlichen Begrüßung hielt, schenkte auch Eric dem hochgewachsenen Mann keine Beachtung und legte seinen Focus mehr auf die Räumlichkeiten, die er neugierig in Augenschein nahm. Auch hier innen waren die Wände mit grauen Bruchsteinen gemauert und verliehen dem Büro das Flair eines Weinkellers. Ein paar schwere massive Eichenschränke sorgten jedoch für etwas Behaglichkeit, die neben einem offenen Kamin standen. Davor sorgte eine große lederne Sofagarnitur mit zwei schweren Sesseln für Bequemlichkeit. Aber der niedrige, massive Granittisch vermittelte eher den Eindruck, um einer Grabplatte herumzusitzen. Hinter Bills Schreibtisch erstreckte sich eine große Fensterfront mit Glastüren, die für einen generösen Panoramablick sorgten, der allerdings in die karge Landschaft des Hügels zeigte. Da konnte auch die gemütliche Terrasse nicht drüber hinwegtäuschen.

Während Eric seine neugierigen Blicke schweifen ließ, suchte Fellner nach den richtigen Worten ihres Anliegens. Er hasste Momente wie diese und jedes Mal, wenn er schlechte Nachrichten überbringen musste, wünschte er, er würde bei der Lottogesellschaft arbeiten und dürfte stattdessen Millionengewinne verkünden. Aber zum Glück musste er heute keine Todesnachricht verkünden.

»Ihre Frau hatte heute Morgen einen Unfall…«, sagte er plötzlich.

»Was?«, warf Bill aufgeregt ein, weil er mit dem Schlimmsten rechnete, »hatte sie ein kleines Mädchen dabei?«, war sein erster Gedanke, den ihn sehr berührte. Nicht auszudenken, wenn seiner Tochter etwas zugestoßen wäre.

»Nein«, antwortete Fellner, »sie saß alleine im Wagen.«

Bill atmete erleichtert auf. »Dann hat sie Miriam wohl in den Kindergarten gebracht«, murmelte er abwesend und grübelte, »das erklärt natürlich alles.«

»Erklärt was?«, hakte Eric nach, der seine Aufmerksamkeit schlagartig auf das Gespräch lenkte.

»Meine Frau.« Bill stockte. »Besser gesagt, Noch-Frau«, erklärte er, »hatte heute Morgen eine Verabredung hier auf der Ranch. Sie sollte mit meinem Angestellten die Baustelle der neuen Stallungen besichtigen, um einen Bericht zu verfassen. Sie arbeitet für einen Verlag – aber sie ist nicht gekommen. Ich habe sogar mehrmals versucht sie auf ihrem Handy zu erreichen.«

Eric sah seinen Kollegen verwundert von der Seite an, lenkte seine Aufmerksamkeit aber gleich wieder auf Bill. »Sie wohnt nicht hier?«

»Nein«, sagte Bill, »seit einem halben Jahr. Wir leben getrennt.«

»Der Wagen ist aber noch auf diese Adresse angemeldet.«

Ahnungslos schob Bill seine Schultern hoch. »Sie wird ihn noch nicht umgemeldet haben. Das ist doch nicht strafbar.«

»Natürlich nicht«, gab Eric zurück, »und diese Miriam? Ist sie Ihre Tochter?«

Plötzlich abwesend nickte Bill und grübelte. »Wie erkläre ich es ihr nur, dass ihre Mutter nicht mehr…« Er sprach den Satz nicht aus und ließ betroffen sein Haupt sinken.

Vorwurfsvoll blinzelte Eric seinen Kollegen an, der durch seine Erklärung ein peinliches Missverständnis entfachte. So sah er sich nun in der Pflicht, für Aufklärung zu sorgen. »Nein, nein«, redete er beschwichtigend auf Bill ein, »Ihre Frau ist nicht tödlich verunglückt. Es war bloß ein heftiger Auffahrunfall. Ihre Frau ist dabei auf das vordere Fahrzeug aufgeschoben worden, wobei der Airbag aufgesprungen ist.«

Hastig schaute Bill den jungen Beamten an. »Warum sind Sie dann hier?« Er wirkte plötzlich sehr ungehalten.

»Entschuldigen Sie bitte«, bat Fellner um Nachsicht, »das ist uns sehr unangenehm.« Er musste sich peinlich berührt die Stimme auffrischen. »Wir sind hier, damit Sie die Fahrerin identifizieren.«

Verstört legte Bill sein Kinn in Falten. »Ich verstehe nicht.«

»Ihre Frau hat durch den Unfall das Gedächtnis verloren und wir konnten sie nur anhand des Kennzeichens zuordnen.«

»Bitte?«, entgegnete Bill außer sich. Seine Verärgerung spiegelte sich in seinem Gesicht wider. »Sie wissen nicht einmal, ob es meine Frau ist?«

»Ja«, fuhr Eric dazwischen, »sie führte keinerlei Papiere mit sich.« Er kramte sein Handy hervor, tippte auf dem Display herum und streckte es Bill entgegen. Vorsorglich hatte er ein Foto von der Unbekannten geschossen.

Zurückgeschreckt betrachtete Bill das Bild, das ihm Eric vorhielt.

»Ist sie das nicht?«, hakte Fellner nach, dem Bills Reaktion nicht verborgen blieb.

»Doch.« Bill wedelte irritiert mit einer Hand um seinen Kopf herum. »Sie hat die Haare ab.«

»Wann haben Sie Ihre Frau denn das letzte Mal gesehen?«, interessierte sich Eric.

Bill zuckte mit der Schulter. »Vor zirka sechs Wochen, als wir das Bauprojekt besprochen haben.«

»Wie ist denn Ihre Beziehung zu Ihrer... Noch-Frau?«, setzte Eric eine Frage nach und legte dabei besondere Betonung auf Noch-Frau.

Fellner verdrehte die Augen, als sein Kollege diese persönliche Frage stellte. Warum konnte er sich jetzt nicht einfach verabschieden. Sie hatten ihre Pflicht erfüllt, nun musste Bill die Verantwortung für seine Frau übernehmen.

»Wir haben ein gutes Verhältnis«, hob Bill ausdrücklich hervor, »unsere Trennung beruht auf gegenseitigem Einverständnis – unsere Tochter kommt auch regelmäßig zu mir«, stellte er klar um weitere Spekulationen gleich auszuräumen, »und wie ich gerade erklärte, arbeiten wir sogar zusammen.«

»Das ist schön«, sagte Eric zufrieden, mit einem Schuss Ironie in der Stimme, »dann gehen wir davon aus, dass Sie sich um Ihre Frau und Kind kümmern werden.«

»Aber selbstverständlich«, stieß Bill mit gedämpfter Brüskierung aus, »halten Sie mich für verantwortungslos?«

Eric lächelte beschwichtigend, führte aber einen weiteren provozierenden Gedanken, weil er merkte, wie sehr Bill bestrebt seine Position als Ehrenmann verteidigte. Ein Versuch, der bei ihm abstoßend wirkte. Edle Ritter hoben sich nicht hervor, sie machten einfach.

»Ich wollte nur sicher gehen«, fügte Eric neutral hinzu, was äußerste Disziplin von ihm abverlangte. Aber es schickte sich nicht als Polizist, provozierend auf Opfer verbal einzuprügeln. Das fiel unter Vorverurteilung. »Ihre Frau ist wirklich auf Ihre Hilfe angewiesen, sie ist völlig orientierungslos.«

»Wo finde ich meine Frau?«, hakte Bill gleich nach.

»Ihre Frau ist ins Linzer Krankenhaus eingeliefert worden«, erklärte Eric und griff in eine Brusttasche seiner Uniform, dort zog er ein Kärtchen hervor und streckte es Bill entgegen, »das ist die Werkstatt, die den Wagen Ihrer Frau abgeschleppt hat – wäre gut, wenn Sie sich darum auch kümmerten. Wundern Sie sich bitte nicht, wir mussten eine Scheibe einschlagen, weil der Wagen von innen verriegelt wurde und Ihre Frau bewusstlos über dem Steuer hing.«

In Gedanken weit weg, zuckte Bill plötzlich zusammen, als Eric mit dem Kärtchen vor seinen Augen hin und her wedelte. »Ja, danke«, stammelte er und nahm das Kärtchen an sich.

»Wir brauchen auch noch die Personalien Ihrer Frau und die Daten des Fahrzeuges«, fuhr Fellner pflichtbewusst dazwischen.

»Ich werde mich darum kümmern«, versprach Bill, »Irene hat sie sicher verloren – sie besitzt keine Handtasche und trägt ihre Ausweismappe meist in ihrer Jeans mit – es ist schon vorgekommen, dass sie ihre Ausweismappe beim Einsteigen in den Wagen verloren hatte und in der Gosse landete.«

»Dann sollten Sie den Verlust melden«, empfahl Fellner, »Sie werden noch Post erhalten mit einem Anhörungsbogen«, schob er hinterher.

Mit einem Nicken bestätigte Bill, dass er den Beamten verstanden hatte.

Als Eric noch eine Frage stellen wollte, fiel ihm Fellner direkt ins Wort. »Das wäre im Moment alles. Wir verlassen uns auf Sie.« Mit seinen Blicken bedeutete er Eric, dass es an der Zeit war das Feld zu räumen, damit Bill seiner Verpflichtung nachkommen konnte und salutierte mit seinem Zeigefinger. »Falls Sie noch Fragen haben, können Sie zu jeder Zeit in unserer Dienststelle anrufen.«

Als Eric die Stufen der Veranda hinabstieg schaute er interessiert über seine Schulter das Gebäude an. Als er unten angekommen war, drehte er sich um 180 Grad und betrachtete das Haus genauer.

»Nu komm schon«, drängte Fellner. Hastig riss er die Wagentür auf und schob sich hinters Steuer. Sekunden später saß Eric neben ihm und schaute ihn an.

»Ich habe das Gefühl, Valendar hätte seine Frau viel lieber als tot identifiziert.«

Gereizt atmete Fellner durch und startete den Wagen. »Du hast doch gehört, sie leben getrennt. Wahrscheinlich haben sie sich nicht mehr viel zu sagen.«

»Dann hätte er seine Fürsorge nicht so sehr hervorheben müssen. Als er noch glaubte, sie sei tot, zeigte er keinerlei Gefühlsregung. Er sorgte sich nur um seine Tochter. Und er hat nicht einmal nachgefragt, wo es passiert ist.«

»Du solltest dir nicht zu viel Gedanken um die Privatangelegenheiten anderer Leute machen«, schimpfte Fellner und unterband gleich einen Einwand seines Kollegen, der schon Luft geholt hatte, um zu kontern, »das ist deren Problem.«

*

Der kleine Unfall seiner Frau zwang Bill zum umdisponieren. Seine Pläne bezüglich des Berichtes über seine Ranch konnte er vorerst abhaken, aber das betrachtete er als nur zweitrangig. Sein kleines Mädchen, so wie er Miriam gerne nannte, hatte Vorrang. Solange Irene im Krankenhaus verweilte, musste er die erzieherische Verantwortung übernehmen, die er sogar sehr gerne übernahm. Wie oft hatte er gehofft, Irene zöge wieder auf die Ranch zurück, damit sie wieder eine vereinte Familie wurden. Auch wenn ihre Beziehung längst auf Eis lag, so besaß doch jeder seinen Freiraum und konnte hingehen wohin er auch wollte. Und nun, durch Irenes desolaten Zustand würden noch ganz andere Herausforderungen auf ihn warten, die ihn sehr ärgerten. Er brauchte für einige Entscheidungen ihre Zustimmung und das dürfte in ihrem jetzigen Zustand sehr schwierig werden, sie darum zu bitten. Da lag sein großes Problem, welches ihn am meisten wurmte. Diese Abhängigkeit in der er steckte, die durch die Trennung noch verkompliziert wurde.

Durch diese widrigen Umstände schien es Bill am sinnvollsten erst einmal ins Krankenhaus zu fahren, um nach dem Gesundheitszustand seiner Frau zu forschen.

*

Dr. Julius Kamp war ein junger schlaksiger Mann mit blonden, aufgeräumten Haaren. In seinem weißen Kittel, der leger an seinen knochigen Schultern herunterhing, ähnelte er einem magersüchtigem Gespenst. Als er von Bills Eintreffen erfuhr, räumte er ihm sogleich das Vorrecht ein und empfing ihn in seinem Büro. Er begrüßte ihn mit einem Handschlag und wies ihm einen Platz an in seinem sterilen Büro. Ein kleiner Raum mit rundherum eingemauerten Schränken. Nur hinter dem Schreibtisch hing ein schmales offenes Regal an der Wand, das vollgestopft mit medizinischer Lektüre fast zusammenzubrechen drohte.

Bill schaute ungeduldig Dr. Kamp hinterher, wie er um seinen Schreibtisch herumschlenderte und seinen Platz einnahm, und bevor er richtig saß, traktierte er ihn schon mit einer Frage. »Wieso halten Sie meine Frau unter Verschluss?«, verlangte er zu wissen. Schon an der Lobby stieß Bill übel auf, dass man ihm die Zimmernummer nicht mitteilte und er ausdrücklich an Dr. Kamp verwiesen wurde.

Besonnen beugte sich Dr. Kamp vor und kreuzte seine knochigen Finger. »Ich habe das angeordnet um Ihre Frau zu schützen, um sie vor einem eventuellen Schock zu bewahren. Hinzu kommt, dass mir immer noch niemand bestimmt sagen konnte, ob sie wirklich Irene Valendar ist. Bei einer Amnesie ist äußerste Behutsamkeit gefordert.« Er sah Bill Verständnis erbeten an. »Wenn man einen Betroffenen mit falschen Informationen füttert, kann das katastrophale Folgen haben und Scheinerinnerungen auslösen. Eine Paramnesie«, fügte er fachmännisch hinzu.

16

Beschwichtigend erhob Bill seine Hände, obwohl er innerlich bebte. »Okay«, lenkte er einsichtig ein, »ich wollte Ihnen keine Vorwürfe machen.« Er atmete kurz auf. »Wenn Ihre Patientin die Frau ist, die mir die Polizei anhand eines Fotos gezeigt hat, dann ist sie meine Frau.«

»Schön«, antwortete Dr. Kamp sachlich, »dann können wir ja da ansetzen um ihre Erinnerungen zu beleben.«

»Ich möchte meine Frau gerne mit auf die Ranch nehmen«, warf Bill ungeduldig dazwischen.

»Moment«, unterband Dr. Kamp, »ich muss Ihnen erst einmal ein paar Verhaltensregeln mit auf den Weg geben. Ihre Frau leidet unter einer Totalamnesie, dass heißt ihr ganzes Vorleben ist weg, nicht nur die Erinnerungen an den Unfall, so, wie das häufig der Fall ist. Sie sind für sie ein Fremder«, gab er Bill ausdrücklich zu verstehen, »sie wird wahrscheinlich argwöhnisch auf Sie reagieren. Sie können Ihre Frau jetzt nicht einfach zu etwas zwingen, das könnte sie blockieren. Sie sollte schon freiwillig mitkommen wollen.«

Bill senkte betroffen seinen Kopf. »Was raten Sie, was ich tun soll?«

»In erster Linie ist Geduld gefordert. Normalerweise kehren die Erinnerungen nach einigen Stunden wieder zurück, manchmal kann es auch Tage dauern, es sei denn, es liegt eine Hirnschädigung vor.«

Aufgerüttelt starrte Bill Dr. Kamp an. Das war nun das Letzte, was er brauchte; eine unzurechnungsfähige Frau.

»Keine Sorge«, beruhigte Dr. Kamp ihn sogleich, »bei Ihrer Frau habe ich nichts dergleichen festgestellt. Den Intelligenztest hat sie mit Bravour bestanden. Erdkunde, Mathe, Geschichte«, zählte er auf, »da verfügt sie über ein großes Allgemeinwissen. Aber sie konnte mir nicht sagen, wo sie zur Schule gegangen ist.« Er schaute in Bills besorgte Miene, was ihn dennoch nicht abhielt seine Erklärungen fortzuführen, wenn sie auch nicht gerade hoffnungsvoll klangen. »Um ganz sicher zu gehen, dass keine Schädigung am Gehirn vorliegt, habe ich für morgen früh ein MRT vorgesehen.«

MRT. Bill wusste genau was das war. Anhand von Magnetresonanzen wurde eine Tomographie erstellt, was ermöglichte bis in Irenes tiefes inneres Gehirn zu gelangen.

»Ich habe da noch ein paar Fragen, bevor ich Sie zu Ihrer Frau führen möchte«, fuhr Dr. Kamp fort.

»Und?«, fragte Bill knapp nach.

»Gab es in der näheren Vergangenheit Probleme in Ihrer Ehe, oder irgendwelche schrecklichen Ereignisse?«

Ging das wieder los. Bill druckste, was Dr. Kamp gleich zu einer Erklärung veranlasste.

»Es ist wichtig, alle Einzelheiten zu wissen, damit man eine Therapie ansetzen kann, um die Ursache zu erforschen.«

Gereizt blies Bill seine Wangen auf. »Ich denke, der Unfall war die Ursache.«

»Möglich, er kann aber auch nur der Auslöser gewesen sein. Das geschieht schon mal, wenn schreckliche Ereignisse vorausgegangen sind.«

»Na schön«, fügte sich Bill einsichtig, »wir leben seit einiger Zeit getrennt«, erklärte er.

»Das sind nicht die besten Voraussetzungen. Ich glaube nicht, dass es sinnvoll ist, dass Sie jetzt sofort Ihre Frau besuchen.«

Flehend schaute Bill Dr. Kamp an. »Wir sind einvernehmlich auseinandergegangen. Meine Frau hat wie gewünscht das Sorgerecht, sie ist abgesichert und wir verstehen uns trotz allem noch gut. Erst heute Morgen hatten wir eine Verabredung.«

»Sorgerecht?«, fragte Dr. Kamp interessiert nach, »Sie haben Kinder?«

»Ja«, nickte er, »eine Tochter, Miriam. Sie ist sechs Jahre alt. Sie lebt bei ihrer Mutter.«

»Haben Sie ein Foto dabei?«

»Nein.« Bill überlegte kurz und griff dann kurzerhand in seine Jackentasche und zog sein Handy hervor. »Doch. Ich habe hier ein paar Fotos drauf.«

Nachdenklich fixierte Dr. Kamp das Handy in Bills Händen. Dann hatte er eine Entscheidung gefällt, auch wenn er mit seinem Halbwissen auf diesem Sektor die Folgen nicht abschätzen konnte. »Okay. Ich werde Sie zu Ihrer Frau führen, aber«, schränkte er ein, »halten Sie sich zurück. Bleiben Sie ruhig und bedenken Sie, Sie sind ein Fremder für Ihre Frau. Sie könnte argwöhnisch auf Sie reagieren. Sehen Sie es ihr nach.« Bedeutungsvoll zeigte er auf Bills Handy. »Das könnte allerdings helfen.«

Hoffnungsbeladen nickte Bill.

Es verlangte schon eine Menge Besonnenheit von Bill ab, seine Ruhe zu bewahren, als er mit Dr. Kamp die Intensivstation betrat, weil Skepsis bei ihm ausgelöst wurde. Intensiv wirkte auf ihn immer beängstigend. »Warum haben Sie meine Frau hier untergebracht?«

Dr. Kamp sah Bill von der Seite an. »Hier kann ich sicher gehen, dass nicht jeder unangemeldet zu ihr kann.«

Als sie das Zimmer der Intensivstation betraten, saß Irene aufrecht sitzend im Bett und blätterte eine Illustrierte durch, die sie auf ihren angewinkelten Beinen balancierte. Sie trug ihre normale Kleidung, als sei sie nur auf Besuch hier.

»Hallo Herr Dr. Kamp«, grüßte Irene mit bedrückter Stimme, Bill betrachtete sie wie einen Fremden, der ihr auf unerklärliche Weise Angst einflößte, was sie etwas erstarren ließ.

Zuversichtlich beugte sich Dr. Kamp Bill zu. »Dass sie meinen Namen noch kennt, ist schon mal ein gutes Zeichen – zumindest ist ihr Kurzzeitgedächtnis wieder in Takt.« Er wandte sich wieder seiner Patientin zu, mit einem freundlichen Lächeln im Gesicht. »Und?«, stellte er eine Frage und deutete auf die Illustrierte. Er hoffte, dass durch einige Zeitungsartikel ihre Erinnerungen wiederbelebt werden konnten.

Resignierend schüttelte Irene ihren Kopf. »Nein«, antwortete sie gedämpft und ließ die Zeitschrift von ihren Beinen gleiten und achtlos auf das Bett fallen.

Dr. Kamp trat an Irenes Bett. »Dafür habe ich eine gute Nachricht für Sie«, eröffnete er und schaute Bill kurz über seine Schulter an, »ich kann Ihnen mit Gewissheit sagen, dass Sie Irene Valendar sind.« Nun wandte er sich im vollen Umfang Bill zu und zog ihn an seine Seite. »Das ist Ihr Mann Bill.«

Nachdenklich schaute Irene mit unverhohlener Furcht, den für sie unbekannten Mann an, ein Verhalten, das Dr. Kamp für völlig normal hielt. Bei seiner Patientin mochte die Erkenntnis Einzug gehalten haben, dass nun jeder behaupten konnte sie zu kennen und sie wusste nicht einmal was sie mit ihrem Gegenüber gemeinsam hatte und welche Erlebnisse sie verbanden. Ob schöne oder grausame Episoden.

In ihrer Furcht, die sie fast zu lähmen schien, umklammerte Irene ihre Beine und presste sie fest an ihren Oberkörper, ihr Gesicht vergrub sie dabei auf den Knien. Kräftig schüttelte sie den Kopf, versuchte damit den Fremden zu vertreiben, worauf Dr. Kamp sich auf ihre Bettkante setzte und sie behutsam an den Arm fasste.

»Frau Valendar«, redete er bedächtig auf sie ein, »das scheint Ihnen jetzt alles noch fremd zu sein, das ist völlig normal.«

Nur zögerlich wagte Irene einen Blick zu ihrem Mann. Auch Dr. Kamp wandte sich mit einer Körperdrehung nach ihm um.

»Geben Sie ihrem Mann eine Chance, er möchte Ihnen helfen.« Langsam erhob sich Dr. Kamp und bedeutete Bill seinen Platz einzunehmen.

Während sich Bill auf die Bettkante setzte umklammerte Irene ihre Beine noch fester und betrachtete ihn nur aus ihren Augenwinkeln heraus.

»Hallo Irene«, redete Bill sanft auf sie ein und betrachtete sie eine Weile. Sie war ihm fremd geworden. Ihre kurzen Haare schienen eine ganz andere Frau aus ihr geformt zu haben. Als habe sie mit ihrer Frisur ihr ganzes Leben geändert. Um ihr Vertrauen zu gewinnen, zog Bill ohne Hast sein Handy hervor und lächelte aufmunternd, was ihm allerdings sehr schwer fiel. »Ich möchte dir etwas zeigen.« Er tippte auf dem Display herum und streckte dann seiner Frau das Handy entgegen. »Schau, das ist unsere Tochter, ich werde sie gleich vom Kindergarten abholen.«

Nur zögerlich wagte Irene einen Blick auf das Display, dann betrachtete sie Bill skeptisch. Sie schwieg.

»Ich sollte dir fairerweise sagen, dass wir getrennt leben, aber wir verstehen uns gut und es ist alles in Ordnung.« Bei diesen Worten merkte Bill, wie seine Stimme anfing zu beben. Nichts war in Ordnung. Wenn sich Irenes Zustand nicht schnellstens besserte, würde es seine Geschäfte ausbremsen. In diesem Moment hätte er seine Frau am liebsten durchgeschüttelt, um ihre Erinnerungen aufzuwecken, aber er beherrschte sich. Er führte sich Dr. Kamps Worte zu Gehör, dass durch ein Fehlverhalten Irene völlig blockiert werden könnte.

Aufgewühlt betrachtete Irene den Fremden neben ihr. Mann, Kind, dies alles kam ihr so fremd vor. Sie konnte sich nicht einmal an ihren Namen erinnern. Alles was auf sie im Moment einwirkte, konnte sie nicht einsortieren. Aufgebend schüttelte sie ihren Kopf.

In seiner Ratlosigkeit fasste Bill nach ihrer Schulter, wollte versuchen sie zu besänftigen. Doch Irene schreckte auf und stieß seine Hand weg. Angsterfüllt und schützend ihre Hände vor sich haltend, presste sie sich in die Rückenlehne.

»Fass mich nicht an!«, stieß sie hastig aus und hielt ihn mit ihrem starren Blick auf Distanz, doch Bill versuchte nachzusetzen, seine Geduld war ihm schlagartig abhanden gekommen.

Schnell schritt Dr. Kamp ein und riss Bill sofort am Arm hoch. »Nicht!«, rief er Bill zur Räson und konnte ihn nur unter großer Kraftanstrengung von Irene lösen. Maßregelnd stieß er Bill zurück, der weiterhin versuchte, an seine Frau zu gelangen. Aber trotz seiner dürren Gestalt verfügte Dr. Kamp über genug Energie den kräftigen Mann unter Kontrolle zu halten. »Lassen Sie Ihre Frau in Ruhe!«, forderte er ihn auf, nicht laut aber bestimmend.

Hitzig biss Bill seine Zähne zusammen, so dass seine Wangen-muskeln angespannt wurden. Eine Schwester war unterdessen herbeigeeilt und schaute Dr. Kamp stumm an und wartete auf Anweisung.

Beschwichtigend und einsichtig erhob Bill seine Hände und betrachtete die Hand, in der er sein Handy hielt. »Entschuldigung«, stieß er reuig aus und schaute auf Irene nieder, die schon wieder mit fest umklammerten Beinen auf und ab wippte.

»Es ist besser, wenn Sie jetzt gehen«, empfahl Dr. Kamp und führte ihn am Arm zur Tür.

Gefügig ließ sich Bill auf den Flur begleiten. Dort griff er sich verzweifelt an den Kopf und hielt sich sein Handy vor Augen. »Sie hat Angst vor mir.« Fassungslos hielt er seine Blicke auf das Handy gerichtet.

»Das ist normal«, beruhigte ihn Dr. Kamp, »möglich, dass es mit Ihrer Trennung zusammen hängt.« Nachdenklich betrachtete er Bill. »Vielleicht ist es ratsamer, eine gute Freundin einzuschalten.«

Bestürzt schaute Bill den Arzt an. »Irene hat keine gute Freundin, sie ist eine Einzelgängerin.«

»Dann sollten Sie über Ihre Tochter versuchen, an sie heran-zukommen.«

Verzweifelt schüttelte Bill seinen Kopf. »Ich versteh das alles nicht«, war er verwirrt.

»Es vermag keiner zu sagen, wie das Unterbewusstsein bei Amnesiepatienten arbeitet – Das ist wie bei einer Computerfestplatte

– Sie können die Daten löschen, aber ein kleiner Rest bleibt zurück, Experten können sie mühelos wieder herstellen – und genau darin liegt auch die Hoffnung, dass Ihre Frau ihre Erinnerung wieder zurückerlangt. Ihre Frau braucht jetzt jemanden, dem sie nahe steht und ihr den richtigen Schubs in die richtige Richtung gibt.« Mitfühlend schaute Dr. Kamp den verzweifelten Mann an und gab ihm einen gut gemeinten Rat. »Wenn der Zustand Ihrer Frau sich länger hinzieht, kann ich Ihnen ein Neurologisches Krankenhaus in Koblenz empfehlen, die haben eine Fachabteilung für Amnesie. Das kann ich Ihnen wärmstens empfehlen. Aber vielleicht hat sich das bis Morgen schon relativiert.«

Einsichtig nickte Bill und reichte Dr. Kamp die Hand. »Hoffen wir das Beste.« Er presste seine Lippen zusammen und ersehnte, dass der Arzt Recht behielt, sonst würde eine Katastrophe auf ihn einbrechen.

*

Auf dem Parkplatz des Linzer Krankenhauses stand ein dunkelgrüner Kombi. Ein Mann mit Kapuzenpulli saß hinter dem Steuer und beobachtete wie Bill das Krankenhaus verließ. Er stöberte hastig in der Mittelkonsole herum und fischte schließlich sein Handy hervor. Nervös tippte er auf dem Display herum und legte das Telefon ans Ohr, als er den gewünschten Kontakt gefunden hatte.

»Franziskus Krankenhaus, Linz«, meldete sich eine Frau.

Mit starkem französischem Akzent erkundigte sich der Mann nach Irene Valendar und verlangte, dass er in ihr Zimmer durchgestellt wurde.

»Einen Moment bitte«, bat die Frau um Geduld. »Hören Sie«, sagte sie nach wenigen Sekunden, »ich darf Sie nicht durchstellen und Frau Valendar darf auch keinen Besuch empfangen, solange sie ihre Erinnerungen nicht wiedererlangt hat. Versuchen Sie es morgen noch einmal.«

Der Unbekannte fluchte kurz auf Französisch und unterbrach dann die Verbindung.

*

Fast schon zur gewohnten Abholzeit befand sich Bill auf dem Weg zum Zweckverbandkindergarten, der etwas außerhalb von Rheinwall lag, nahe der Gemeinschaftsschule und der direkt gegenüberliegenden Schulsportanlage. Mit gemäßigtem Tempo, so wie es die Straßenverkehrsordnung in verkehrsberuhigten Zonen vorschrieb, tuckerte Bill in seinem großen Pick-Up die Straße entlang, vorbei an dem gepflegten Rasen der Schulsportanlage. Langsam steuerte er den Wagen in eine der Parknischen vor dem Kindergarten. Ebenso gemächlich stieg er aus und schritt den Weg zum Eingang hinunter. Mit einem beklemmenden Gefühl in der Brust öffnete er die Tür und trat in die Aula, von der aus in fünf Richtungen die einzelnen Gruppen verteilt lagen. Eine Weile stand er hilflos herum, als wüsste er nicht, welche Gruppe er aufsuchen musste, dabei kannte er ganz genau die Tür, die zu seiner Tochter führte, schließlich hatte er Miriam schon des Öfteren hier abgeholt. Die momentane Situation war es die ihn zögern ließ. In Verkünden von schlechten Nachrichten verfügte er über wenig Erfahrung. Wie sollte er seiner Tochter schonend den Unfall ihrer Mutter erläutern, ohne dass sie in einen Weinanfall ausbrach? Hilflos würde er dann vor ihr stehen, konnte ihr keinen Trost spenden, weil ihm der enge Bezug zu seiner Tochter fehlte. Er war ihr Erzeuger, mehr eigentlich nicht. Nicht, dass er seine Tochter nicht liebte. Alles tat er für sie, aber Zuneigung konnte er ihr keine geben.

Mit einem tiefen Seufzer holte sich Bill Mut, wanderte auf eine Tür zu und öffnete sie ohne anzuklopfen. Das wäre ohnehin zwecklos gewesen. In dem Gewirr des Kindergeplärrs würde niemand seine höfliche Geste wahrnehmen, dies hatte seine Erfahrung in der Vergangenheit oft gezeigt. Eine Weile blieb er im Rahmen stehen und schaute sich nach seiner Tochter um, die er aber auf Anhieb nicht ausfindig machen konnte. Etwa 17 Kinder wurden in der Gruppe betreut, von denen einige Kinder im anliegenden Garten spielten, der durch einen zweiten Ausgang zu begehen war. Im Nebenraum konnte er auch Kinder wahrnehmen.

Einen Moment lang überlegte Bill, welche Richtung er zuerst einschlagen sollte, um seine Tochter zu suchen. Dann bemerkte er, dass eine junge Kita-Angestellte auf ihn zukam. Bill kannte die Angestellte sehr gut. Immerhin holte er Miriam ja schon seit einem halben Jahr in regelmäßigen Abständen hier ab, und sie gehörte zu den wenigen Menschen, zu der Miriam Zutrauen gefunden hatte. Von Tante Lena, so wie die junge Frau hieß, erzählte Miriam schon mal und auch Bill fand die junge, kleine, blonde Frau sehr nett.

Lena schritt mit nettem Lächeln auf Bill zu. »Hallo Herr Valendar«, grüßte sie freundlich, was Bill ebenso freundlich erwiderte, »was ist denn mit Miriam los?«, erkundigte sie sich dann.

Perplex scheute Bill zurück. »Nichts, was soll mit ihr los sein? Wo steckt sie?«

Verwirrt starrte Lena zu Bill hinauf, der vor ihr stand, wie ein riesiger Berg. »Ja aber, Ihre Tochter ist nicht hier«, erklärte sie.

Zerstreut stieß Bill einen Laut aus. »Wieso, nicht hier?«

Ratlos schob Lena ihre Schultern hoch. »Sie ist nicht gekommen.«

»Hat meine Frau irgendwas gesagt, warum?«

Die junge Frau schüttelte den Kopf. »Nein. Wir dachten, Miriam würde wieder ein verlängertes Wochenende bei Ihnen einlegen.« Für die junge Kita-Angestellte nichts Ungewöhnliches. »Und als ich Sie eben sah, dachte ich Sie wollten Miriam krank melden.«

Bill schwirrten tausend Gedanken durch den Kopf, die ihm das Gefühl gaben, jemand zöge ihm den Boden unter den Füßen weg. »Nein«, faselte er, »sie ist nicht krank. Nicht, dass ich es wüsste.« Verstört griff er sich an die Schläfen, versuchte einen klaren Gedanken zu fassen und suchte nach einer Erklärung. Miriam sollte heute Morgen mit auf die Ranch kommen, warum saß sie dann nicht im Wagen, wenn sie nicht im Kindergarten war? Haltlos wanderten seine Blicke wild umher, als hoffte er Miriam doch noch zu entdecken und alles beruhte nur auf einem Missverständnis.

Die Verzweiflung, die Bill plötzlich an den Tag legte, berührte Lena sehr. Und beinahe glaubte sie, er kollabiere. Vorsichtig und besorgt fasste sie ihm an den Arm. »Herr Valendar, geht's Ihnen nicht gut?«

Entrückt starrte Bill auf die junge Frau nieder. »Entschuldigung, aber ich bin etwas verwirrt«, erklärte er abwesend und schaute erneut irritiert durch den Raum. Dann fasste er sich. »Meine Frau hatte heute Morgen einen Unfall…«

Ergriffen fasste sich Lena an den Hals. »Das ist ja furchtbar«, warf sie dazwischen, »wie geht es ihr?«

Bill schloss für einen kurzen Moment seine Augen. Er brauchte eine Weile um seine Gedanken zu sortieren. »Gut«, antwortete er knapp und ließ dabei seine Blicke suchend auf dem Boden umherwandern, »gut«, wiederholte er leise, »sie hat allerdings ihr Gedächtnis verloren – und jetzt ist auch noch Miriam weg.«

Die junge Frau suchte nach einer plausiblen Erklärung. »Vielleicht hat Ihre Frau sie zu einer Freundin gebracht, oder Kindermädchen und hat bloß vergessen Bescheid zu geben.«

Schlagartig war Bill wieder hellwach und gefasst. »Freundin? Kindermädchen? Kennen Sie sie?«

»Nein – nur – Miriam hat in den letzten Tagen von einer Karla erzählt.«

»Karla wer?«, verlangte Bill zu wissen.

»Ich weiß es nicht.« Nachdenklich kniff Lena ihre Augen zu und durchstöberte konzentriert ihre grauen Zellen. »Tut mir leid.« Mitfühlend schob die junge Frau ihre Schultern hoch. Das Schicksal von Frau Valendar ging ihr sehr nahe, aber so sehr sie deren Mann auch helfen wollte, sie kannte nur den Vornamen der gewissen Freundin. »Ich habe wirklich keine Ahnung. Miriam erzählt ja nicht gerade viel«, fügte sie hinzu, was schon beinahe wie ein Vorwurf klang, »aber ihre Freundin wird sich doch sicher melden, wenn Ihre Frau sie nicht abholt.«

Bedacht und etwas beruhigt nickte Bill. Seine Sorge war vermutlich unnötig. Wenn Irene sich nicht meldete, würde Miriam schon dafür sorgen, dass die unbekannte Freundin bei ihm anriefe. Er musste nur ein wenig Geduld aufbringen.

Grübelnd verweilte Bill hinter seinem Steuer. Wut stieg in ihm auf. Freundin, Kindermädchen. Warum wusste er nichts davon? Er fühlte sich außen vorgelassen. Wie ein Depp hatte er vor der Kita-Angestellten gestanden. Wie konnte Irene ihn nur so auflaufen lassen?

Bevor Bill wieder zur Ranch zurückkehren wollte, beschloss er, erst einmal einen Zwischenstopp bei Irenes Haus einzulegen. Es lag gleich in der Nähe des Kindergartens. Fünf Minuten zu Fuß entfernt. Vielleicht fand er vor ihrem Haus auch ihre Ausweismappe, so konnte er wenigstens der Auskunftspflicht bei der Polizei nachkommen und vielleicht konnte er auch einen Hinweis auf diese Karla finden.

Mit mäßigem Tempo fuhr er die Arienstraße entlang bis er die Einfahrt erreicht hatte die zum Haus führte. Langsam fuhr er über den festen Lehmboden, der durch eine Grasnarbe getrennt wurde. Er stellte seinen Wagen ziemlich weit vor dem Haus ab und durchforstete erst einmal den Boden, da wo Irene immer ihren Wagen abstellte. Die Parkfläche war stark mit Gras bewachsen, aber dennoch nicht so hoch, als dass er die Mappe übersehen würde, aber er fand keine vor, und auch vor dem Haus wurde er nicht fündig. Missmutig stieg er die Stufen des überdachten Eingangs hinauf und schaute durch das gemusterte Fenster in der Tür. Dunkelheit herrschte im Haus, was ihn wenig hoffen ließ, dass diese Karla jetzt und hier seine Tochter betreute. Dennoch klingelte er mehrmals und klopfte zugleich. Er fluchte leise vor sich hin und bedauerte, dass er keinen Schlüssel zum Haus besaß. Als niemand öffnete, wandte er sich um und ließ seine Blicke durch die Gegend schweifen, als hoffte er irgendwelche Hinweise zu finden. Was für eine abgesonderte Gegend inmitten der Wohnsiedlung von Einfamilienhäusern, durchfuhr ihn ein Gedanke. Urwaldähnliche Gegebenheiten lagen vor ihm. Bäume und Sträucher wucherten wild umher, standen dicht an dicht, dass man beinahe eine Machete benötigte, wollte man den Garten durchqueren. Nur die ersten 10 Meter der Zufahrt, die zum Haus führten, konnte man links und rechts auf die benachbarten Gärten und Häuser einsehen.

Mit nachdenklicher Miene kletterte Bill wieder in seinen Wagen. Als er nochmals zum Haus hinüberschaute, zog er in Betracht ins Krankenhaus zurück zu fahren, um Irene nach den Schlüssel zu fragen, damit er nach Hinweisen suchen konnte, die ihn zu dieser Karla führen konnten. Aber im gleichen Moment verwarf er schon wieder diesen Gedanken. So abgeneigt wie Irene im Moment auf ihn reagierte, würde sie ihm ihre Schlüssel niemals überlassen. Auch konnte er nicht garantieren, seine Fassung nicht wieder erneut zu verlieren. Seine Hoffnung legte er darauf, dass diese Karla spätestens am Abend bei ihm anrief, wenn sich Irene nicht bei ihr meldete. Aber wer war diese Frau, der Irene vertraute? Er durchstöberte seine Gehirnzellen, um sich zu erinnern, ob Irene diese Frau mal erwähnt hatte. Sie pflegte normalerweise keine engen Freundschaften, sie war eine Einzelgängerin und gehörte zu den misstrauischen Menschen. Sie öffnete sich nicht gerne. Wahrscheinlich hing das mit ihrem Beruf zusammen. Als Journalistin wurde ihr immer wieder vor Augen geführt, wie die Medien und auch das Umfeld mit vertraulichen Informationen umgingen. Wenn es darum ging einen Menschen bloß zu stellen, wurden alle zu Verrätern, und was die Medien betraf, so wurden doch gerne die Tatsachen verdreht und überspitzt dargestellt, damit am Ende die Quoten stimmten. Irene gehörte allerdings nicht zu dieser Sorte Journalisten. Sie blieb immer sachlich und objektiv und hielt sich an die Fakten bei ihren Bericht-erstattungen. Dieses Misstrauen erschwerte auch Bill von Anfang an ihrer Beziehung, an Irene ranzukommen.

Karla kam ihm wieder in den Sinn. Sie musste so was wie eine Vertraute sein, sonst hätte Irene sie nicht als Kindermädchen eingesetzt. Aber wer zum Teufel war sie und warum hatte Irene sie beauftragt ohne ihn zu informieren? Seine Gedanken schwirrten nur so umher, bis ihm plötzlich ein Schlüsseldienst in den Sinn fuhr, um ins Haus zu gelangen und nach Hinweisen suchen zu können. Nicht klug, kam ihm sogleich Dr. Kamp in den Sinn. Bei Irenes jetzigem Zustand konnte dadurch das Vertrauen zu ihm noch mehr gestört werden. Zumal Irene immer sehr großen Wert auf ihre Privatsphäre legte und sie grundsätzlich darauf achtete, dass ihr niemand zu nahe trat. Und eigentlich musste er doch auch nur abwarten. Vielleicht hatte sich diese Karla sogar schon bei ihm auf der Ranch gemeldet.

*

Hastig schloss Bill die Haustür auf, nachdem er im Affenzahn die sieben Kurven durchschlängelt und die Rheinhöhenstraße als Rennpiste benutzt hatte. Angetrieben wurde er von seiner Ungeduld und auch die Wut darüber, dass Irene nicht ihrer Informationspflicht nachgekommen war, die ihn unnötig in Sorge versetzte. Laut rief er nach dem Eintreten nach Miss Livington.

Eilig folgte Miss Livington der Stimme ihres Chefs und kam sofort aus ihrem Büro hervor, und bevor sie eine Frage stellen konnte, die sie brennend interessiert hätte, schmetterte Bill ihr entgegen:

»Hat sich Miriam bei Ihnen gemeldet, oder eine Karla?«

Miss Livington stand kerzengerade vor ihm. »Nein«, antwortete sie und als sie nun ihre Frage stellen wollte, kam ihr Bill schon wieder zuvor.

»Mist!«, fluchte er laut, »wenn sie anruft möchte ich es sofort wissen!«, ordnete er an. Schnellen Schrittes marschierte er auf sein Büro zu.

»Was ist denn passiert?«, rief Miss Livington ihrem Chef nach, »und wie geht es Irene?«

Wie ein Wirbelsturm kehrte Bill um und schritt mit wirrem Blick auf seine Sekretärin zu, die in keinster Weise zurückscheute. Seine Unbeherrschtheit, die schon mal kurz aufflammte, versetzte sie schon lange nicht mehr in Schrecken, und sie wusste aus der Erfahrung heraus, dass er nicht handgreiflich wurde.

Mit einem tiefen Atemzug beruhigte sich Bill. »Irene kann sich immer noch nicht erinnern – und Miriam ist nicht im Kindergarten, wahrscheinlich ist sie bei irgendeiner Karla.«

»Das ist ja schrecklich«, sagte Miss Livington. Ihre Bestürzung konnte man ihr deutlich ansehen.

»Ich hoffe, dass sich diese Karla irgendwann meldet, wenn sie merkt, dass Irene nicht zu Hause ist.« Ratlos schaute Bill seine Sekretärin an. »Sie haben nicht zufällig eine Ahnung, wer sie sein könnte?«

Nachdenklich schüttelte Miss Livington den Kopf. »Nein, tut mir leid.«

Für Bill begann ab hier die Zeit des Wartens. Unentwegt rannte er umher und schaute ständig zur Uhr. Die Sonne senkte sich schon und von seiner Tochter gab es immer noch keine Nachricht. Plötzlich kam ihm eine Idee, wenn dieser Gedanke auch völlig absurd schien. Tanja Bartoli. Sollte sich Irenes Zustand nicht bessern würde er sie einschalten. Sie kannte seine Frau sehr gut und vielleicht hielten die Frauen sogar noch Kontakt zueinander. Möglich, dass sie sogar etwas wusste.

*

Ein silberner Mercedes SLC fuhr an die Veranda des Hauses Valendar heran. Am Steuer saß eine Frau. Schlankes Gesicht, umrandet von schulterlangen, blonden Haaren. Sie war schon sehr verwundert, dass Bill sie kommen ließ. Sie hassten einander gründlich. Natürlich hatte er sie nicht persönlich angerufen. Diese unangenehme Aufgabe durfte Miss Livington erledigen, die am Telefon keine genaueren Erklärungen herausgeben durfte. Dies behielt sich Bill persönlich vor.

Tanja Bartoli war Privatdetektivin. Mit ihren 37 Jahren verfügte sie über eine Menge Erfahrung, was Bill allerdings anders beurteilte. Er stufte ihre Arbeit mit Mangelhaft ein und jagte sie damals sozusagen vom Hof und nahm die Sache selber in die Hand.

Am Morgen, nach Miss Livingtons Anruf, hatte Tanja ihren Bericht über den zurückliegenden Fall noch mal vor Augen geführt. Mehr als zwei Jahre lag es nun zurück, als sie hier als Bodyguard für seine Frau eingeschleust wurde, weil Bill glaubte, dass seine Frau von einem Stalker bedrängt wurde. Es gab wenig Hinweise, nur einen Liebesbrief, der auf Irenes Bett gefunden wurde und dieses aufdringliche Aftershave des Täters, welches oft in der Luft ihres Schlafzimmers hing und auch in ihrem Wagen, das am Ende auf Peter Valendar schließen ließ, den jüngeren Bruder von Bill, der bis zu einem Jahr, vor dem Zwischenfall, noch mit im Haus lebte. Tanja befand die Beweislage für sehr schwach, doch durch Peter Valendars Selbstmord, nachdem Bill ihn persönlich überführt hatte, fühlten sich alle bestätigt. Nun war sie gespannt, warum sie jetzt wieder ins Hause Valendar zurückkehren durfte und genoss diese Genugtuung mit einem breiten Grinsen.

Ihre Augen auf das Firmenzeichen gerichtet stieg Tanja die Stufen der Veranda hinauf und läutete. Ihre Kleidung passte genau zu dieser Umgebung. Jeans, Hemdbluse und Westernstiefeletten. Um

31

ihre Schulter hing eine Tasche. Nicht die übliche Sorte Handtasche, wie Frauen sie bevorzugten. Sie trug eine beige Jeanstasche mit Klapplasche, so wie sie früher mal von Teenagern bevorzugt wurde, mit aufgesetzten Taschen, die mit Reißverschlüssen zugezogen werden konnten. Sie fand dieses Teil einfach praktisch, wegen der vielen kleinen Seitentäschchen und weil sie nicht sonderlich groß und schwer war.

Nach kurzem Warten öffnete Miss Livington.

»Guten Tag, Frau Bartoli«, grüßte sie höflich, »Herr Valendar erwartet Sie im Büro«, teilte sie mit.

Ebenso freundlich grüßte Tanja zurück. Zwischen ihnen gab es nie Reibereien, eher im Gegenteil. Mit einem freundlichen Lächeln schritt Tanja an Miss Livington vorbei. »Ich kenne den Weg«, ließ sie verlauten und marschierte zielorientiert voran. Mit jedem Schritt, den sie sich der Bürotür näherte und sie schließlich anklopfte, verformte sich ihr Lächeln in ein zynisches Grinsen. Als Bill sie hereinbat legte sie jedoch schnell ein neutrales Gesicht auf. Alles andere wäre unprofessionell gewesen. Egal, was auch zwischen ihnen vorgefallen war, es gehörte der Vergangenheit an und nun lag ein neuer Fall vor.

Sofort schritt Bill ihr entgegen, begrüßte sie per Handschlag und führte sie zur Couch. Dieser Ort schien ihm am besten geeignet in diesem doch sehr persönlichen Fall.

Forschend umschauend warf Tanja ihre Schultertasche auf das Sofa, die wie ein Stein ins das weiche Leder fiel und setzte sich gleich daneben. Bill nahm seinen Platz auf einer der Sessel gegenüber ein. Vorgebeugt, mit seinen Ellenbogen auf den Knien abgestützt, suchte er nach Worten, während Tanja angelehnt auf dem Sofa ihre Beine kreuzte.

»Warum bin ich hier?«, stellte Tanja eine direkte Frage, um das Gespräch in Gang zu setzen.

Bill führte seine Hände zusammen. »Es geht um meine Frau«, kam er dann schnell zur Sache.

»Wird sie wieder verfolgt?«, züngelte Tanja bissig.

Bereits an diesem Punkt bereute Bill auf ihre Hilfe angewiesen zu sein. »Nein«, antwortete er mit gepresster Stimme, »Irene hatte einen Autounfall und kann sich seither an nichts mehr erinnern. Ihr ganzes Vorleben ist weg. Eben habe ich noch mit dem Krankenhaus telefoniert – ihr Zustand ist immer noch unverändert«, erklärte er unter schwerem Seufzen.

Als langjährige Detektivin nahm Tanja seine Erläuterungen, die ihn offensichtlich stark belasteten, sehr gelassen auf. In ihrem Beruf wurde sie ständig mit schlechten Nachrichten konfrontiert, so dass es kaum noch etwas gab, was sie noch erschüttern konnte, hinzu kam, dass sie nicht erkennen konnte, was sie in diesem Fall für ihn erledigen sollte. »Ich verstehe nicht, was Sie von mir in dem Fall erwarten? Ich bin keine Therapeutin.«

Einen Moment hielt Bill inne, dann sagte er frei weg: »Miriam ist weg und nur Irene weiß, wo sie steckt.«

Hier fing die Sache an interessant zu werden, was Tanja aber auch gleichermaßen zu einer Bemerkung verleiten ließ. »Sind Sie wirklich sicher, dass sie weg ist?« In ihrer Stimme schwang leichter Zynismus mit und das mit Absicht.

»Jetzt halten Sie mich nicht wieder für paranoid!«, entgegnete Bill wütend, »Sie sollten ja wohl noch in Erinnerung haben, dass ich am Ende Recht behalten habe«, konterte er mit gefletschten Zähnen.

Tanja blieb gelassen. »Ja, aber nur auf schwache Indizien hin.«

»Der Selbstmord hat ja wohl am Ende alles bestätigt. Die Polizei hat in seinem Haus genug Material gesichert, das Peter als Sex-Monster entlarvte.«

Diese Meinung teilte Tanja überhaupt nicht. Nur weil ein Mensch Pornos sammelte, machte es ihn nicht zu einem Perfiden oder Stalker. Sie griff nach ihrer Tasche, erhob sich und sah auf Bill nieder. »Ich weiß gar nicht, warum Sie mich gerufen haben, wenn Sie mich für unfähig halten?« Mit schnellen Schritten wanderte sie auf die Bürotür zu.

»Warten Sie!«, rief Bill ihr nach und eilte ihr ein Stück hinterher.

Wieder lag dieses zynische Grinsen auf Tanjas Lippen. Sie stoppte ab und mit neutraler Miene wandte sie sich wieder nach ihm um und wartete mit fragendem Blick auf eine Erklärung.

»Ich brauche Ihre Hilfe«, sagte Bill fast flehend. Als Zeichen seiner Nachsicht streckte er seinen Arm aus und bat sie mit inständigem Blick wieder Platz zu nehmen.

»Warum schalten Sie die Polizei nicht ein?«, wollte Tanja wissen, während sie wieder auf dem Sofa Platz nahm.

Bill setzte sich wieder auf einen der Sessel. »Ich weiß nicht genau was los ist. Eigentlich sollte Irene gestern mit einem Angestellten die Baustelle von dem neuen Reitstall besichtigen – sie sollte einen Bericht für mich verfassen – eigentlich wollte sie Miriam mitbringen, aber sie saß nicht im Auto und im Kindergarten war sie auch nicht.« Er musste eine Pause einlegen. Es fiel ihm schwer darüber zu reden. Die Ungewissheit nagte an ihm. »Im Kindergarten erwähnte eine Mitarbeiterin, eine Karla, zu der Miriam schon mal geht – ich habe keine Ahnung wer sie ist.«

Tanja war etwas irritiert. »Ich verstehe nicht so ganz, hört sich an, als wohnt Irene nicht mehr hier.«

Bill nickte leicht erstaunt. »Wir leben seit gut sechs Monaten getrennt. Wussten Sie das nicht?«

»Nein«, antwortete Tanja kühl, »woher auch?«

»Ich dachte.« Bill stockte kurz, weil ihm diese Angelegenheit doch sehr unangenehm auf seinem Gemüt lag. »Weil Sie zu ihr ein enges Vertrauensverhältnis aufgebaut haben, hätten Sie noch Kontakt zueinander.«

Missbilligend zog Tanja ihre Brauen hoch. »Ich pflege keine privaten Kontakte zu Klienten.«

»Ich kenne Ihre Einstellung sehr wohl, ich dachte nur, Irene sei eine Ausnahme. Sie hat Ihnen sehr vertraut. Ich kenne niemanden, außer mir, dem Irene jemals so nahe war.« Eindringlich, fast flehend sah er die Detektivin an.

Tanja ging auf seine Erklärung nicht näher ein. »Was erwarten Sie jetzt von mir?«

»Ich brauche jemanden, der einen guten Draht zu meiner Frau hat. Dr. Kamp, ihr behandelnder Arzt meint, ich sei nicht dafür geeignet ihre Erinnerungen aufzufrischen. Unsere Trennung könnte das Unterbewusstsein stören und die Erinnerungen blockieren. Sie weigert sich auch mit mir zu sprechen. Sie hat Angst vor mir.« Angespannt nagte er auf seiner Unterlippe herum. »Ich muss wissen, wo meine Tochter steckt.« Verzweifelt beugte er sich vor und hielt seinen Kopf. »Es ist mir auch wichtig, dass Irene ihre Erinnerungen wiederfindet.«

Mit sachlicher Miene nahm Tanja seine Erklärungen auf. »Und Sie glauben, dass ich wirklich den richtigen Bezug zu Ihrer Frau habe?«

Hoffnungsbeladen nickte Bill. »Ich kenne sonst niemanden.«

»Na schön«, willigte Tanja ein und legte gleich eine Frage nach, »haben Sie schon nach Anhaltspunkten in Irenes Wohnung nachgeschaut? Vielleicht sitzt ja diese Karla mit Miriam in der Wohnung und wartet.«

»Nein, nein«, faselte Bill Gedanken verloren, »da war ich schon – es hat niemand aufgemacht – ich habe auch schon mehrmals dort angerufen.«

Verdutzt legte Tanja ihren Kopf schief. »In der Wohnung waren Sie nicht?«

»Nein, ich besitze keinen Schlüssel. Und nach unserem gestrigen Aufeinandertreffen wollte ich Irene nicht nach ihrem Schlüssel fragen.«

»Was ist mit Irenes Ausweispapieren, oder Handy, haben Sie denn da keinen Hinweis auf diese Karla gefunden?«

»Nein.« Bill stieß einen verzagten Laut aus. »Irene hatte nichts bei sich.«

»Gar nichts?« Ungläubig fuhren Tanjas Brauen hoch als Bill nickte. Ahnungslos zog Bill seine Schultern hoch. »Die Polizei konnte ihre Identität nur anhand des Autokennzeichens ermitteln.«

»Merkwürdig«, befand Tanja, »Sie muss doch irgendwas mit sich geführt haben.« Eindringlich schaute sie ihren Klienten an und beugte sich nachdenklich vor. »Ihre Kameratasche oder Ähnliches.«

Sie erntete nur ein Kopfschütteln.

»Davon hat die Polizei nichts erwähnt«, erklärte Bill, »ich weiß nur, dass sie keine Ausweispapiere finden konnten.«

»Könnte sein, dass jemand nach dem Unfall ihre Sachen entwendet hat«, mutmaßte Tanja.

»Nein«, konnte Bill ausschließen, »der Wagen war von innen verriegelt worden, die Polizei musste eine Scheibe einschlagen, um Irene helfen zu können.«

Tanja grübelte kurz und legte eine These offen. »Da sich diese Karla nicht gemeldet hat, könnte ja auch etwas anderes dahinterstecken.«

Aufgerüttelt riss Bill seine Augen auf. »Was?«

»Nun ja. Irene könnte am Morgen auch überfallen worden sein.«

»Oh Gott«, entfuhr es Bill nervös, »glauben Sie, Miriam wurde entführt?« Diesen abscheulichen Gedanken hatte er bisher weit weg geschoben. Er erstickte fast an dieser Mutmaßung.

Schonungslos fuhr Tanja fort. »Ich muss diese Möglichkeit in Betracht ziehen. Erpressungsanrufe haben Sie nicht erhalten?«, hakte sie sachlich nach und malte den Gedanken weiter aus, als Bill betroffen mit einem Kopfschütteln antwortete, »möglich, dass Irene geflohen ist und ihre Tochter zurücklassen musste und deswegen nichts bei sich führte – und der Unfall ist ein Zufallsprodukt.«

Bill sackte verzweifelt zusammen, die unverhohlene Vorgehensweise schlug ihm aufs Gemüt, was Tanja erwog das Gespräch wieder in eine andere Richtung zu lenken, bevor er ganz schlapp machte.

»Okay, kommen wir auf diese Karla zurück«, schlug Tanja eine andere Richtung ein, »Irene hat Miriam zu Karla gebracht«, stellte sie in den Raum, »gab es Reibereien zwischen Ihnen und Ihrer Frau? Streit um das Sorgerecht?«

Schmerzbeladen und erschöpft schaute Bill Tanja vorwurfsvoll an. »Nein, wir haben uns einvernehmlich getrennt und uns auf alles geeinigt.« Wie abgedroschen dieser Satz mittlerweile klang.

Tanja merkte sehr wohl, wie sehr Bill litt, aber sie musste diese Fragen stellen. »Ich versuche nur zu rekonstruieren, warum Ihre Tochter nicht mit im Wagen saß und Irene eher entschied, sie in fremde Hände zu geben, anstatt sie in den Kindergarten zu bringen oder mitzunehmen.«

»Wegen mir mit Sicherheit nicht«, konterte Bill nachdrücklich und musste tief durchatmen um seine Fassung nicht gänzlich zu verlieren, »Miriam ist sogar sehr häufig bei mir. Sie darf über die Wochenenden hinaus sogar schon mal einen Tag länger bleiben.« Er massierte seine Schläfen, als hoffte er so eine Begründung zu finden. »Irene hat Miriam noch nie in fremde Hände gegeben«, murmelte er, »der Kindergarten ist die einzige Ausnahme.«

»Offensichtlich hat sie aber Geheimnisse vor Ihnen, sonst hätte sie Ihnen von Karla erzählt«, bemerkte Tanja spitzfindig und ließ nicht locker und setzte nach, »hat Miriam diese Karla denn nie erwähnt?«

Fast beschämt schaute Bill Tanja an. »Ich habe wenig Bezug zu Miriam…« Er sprach den Satz nicht weiter, weil es ihm auch an einer plausiblen Erklärung fehlte. Die musste er auch nicht ablegen. Tanja wusste noch sehr genau, um die unterkühlte Beziehung zu seiner Tochter. Mit Kindern wusste Bill nichts anzufangen. Das war eben so, das schmälerte aber nicht seine Fürsorge.

»Was ist in Ihrer Ehe schief gelaufen?«, wollte Tanja wissen.

Peinlich berührt suchte Bill nach einer Erklärung, die ihn nicht als Versager darstellte. »Wir sind nur noch unsere eigenen Wege gegangen – uns hat nur noch Miriam verbunden – und das tut sie immer noch. Was das betrifft gibt es keine Probleme«, stellte er ausdrücklich klar. Er war nun wieder etwas gefasster. »Ich habe Irene finanziell sogar gut abgesichert«, fügte er noch hinzu.

Abwesend grübelte Tanja. Wenn familiär alles in geordneten Bahnen lief, wurde eine Entführung immer wahrscheinlicher, aus welchem Grund auch immer. Möglichkeiten gab es viele, und wenn keine Erpressung vorlag, kam möglicherweise ein Perfider in Frage.

Sie ließ Bill an ihren Gedanken nicht teilhaben, um ihn zu schonen. Nach ihrer Tasche greifend stand sie auf. »Okay, ich werde mit Irene reden, vielleicht machen wir uns wirklich nur unnötig Gedanken. In welchem Krankenhaus liegt sie denn?«

»In Linz.«

Nachdenklich schaute Tanja auf Bill nieder. Eine Idee setzte sich in ihr fest. »Kann ich Irene mit nach Hause nehmen?«

Ratlos schob Bill seine Schultern hoch. »Das müssen Sie mit Dr. Kamp klären. Er ist allerdings kein Freund davon.«

»So könnte ich aber mit ihr die letzten Stunden vor dem Unfall rekonstruieren.«

Die Idee stieß bei Bill auf Wohlwollen. »Ich werde mit Dr. Kamp telefonieren.«

»Dann möchte ich gerne den Wagen besichtigen, vielleicht hat die Polizei ja etwas übersehen.« Sie schaute Richtung Schreibtisch, als erhoffte sie nützliche Informationen von dem massiven Möbelstück, das aus einer Deutschen Eiche gefertigt wurde. Soviel wusste Tanja noch von ihrem letzten Aufenthalt hier im Haus. »Haben Sie ein aktuelles Foto von Ihrer Tochter?«, setzte sie eine Frage nach. Sie brauchte unbedingt ein Gesicht, wenn sie nach Miriam suchen sollte. In ihrer alten Akte lag ihr nur ein Foto von einer Vierjährigen vor.

38

Bevor Bill antworten konnte schob sie schon eine neue Frage nach. »Wo arbeitet Irene?«

Bill, der ebenfalls aufgestanden war, deutete auf seinen Schreibtisch. In einem silbernen Rahmen steckte ein Foto von einem lachenden Mädchen mit langen brünetten Haaren. Sie war ein Abbild ihrer Mutter. Angesteckt lächelte Tanja das Foto an, dem sie entgegen schritt, dann wandte sie sich Bill zu, der mittlerweile hinter seinem Schreibtisch stand und etwas auf einen Zettel niederschrieb.

»Sie arbeitet immer noch für den Rheinsteig-Verlag in Unkel«, erklärte er unterdessen mit bebender Stimme. Die Dimensionen, die Tanja aufgerüttelt hatte, lagen auf seinem Gemüt.

Ungeachtet seiner Gefühle hatte Tanja zwischenzeitig nach dem Bilderrahmen gegriffen. »Hübsches Mädchen«, sagte sie, »hat sich prima entwickelt.« Sie schaute Bill erwartungsvoll an. »Kann ich das haben?«

»Natürlich«, antwortete er bereitwillig und wurde Zeuge, wie Tanja den Rahmen demontierte, das Foto herauszog und die Einzelteile des Rahmens auf den Tisch zurücklegte. Sie öffnete ihre Tasche und schob das Foto hinein.

»Wo ist der Unfall passiert?«, interessierte sie noch, »und wo steht der Wagen jetzt?«

»Oh Gott«, entfuhr es Bill, »keine Ahnung«, musste er zugestehen und erntete einen strafenden Blick von Tanja, den sie aber nicht kommentierte. Dann kam ihm ein Gedanke. Er schob ein paar Unterlagen auf dem Schreibtisch hin und her, bis er fand wonach er suchte und reichte Tanja eine Visitenkarte. »Das ist der Abschleppdienst, der kann Ihnen sicher weiterhelfen.« Ebenfalls reichte Bill seine Notiz mit Irenes Adresse über den Tisch, die Tanja der Reihe nach in ihrer Tasche versenkte.

Tanja bemerkte, dass seine Hand leicht zitterte. So aufgewühlt hatte sie Bill noch nie erlebt, und so lächelte sie ihn, auf ihre nüchterne Art an, um ihm ein beruhigendes Gefühl zu vermitteln, dass alles gut werden würde. »Tut mir leid, wenn ich Ihnen einen Schrecken eingejagt habe, aber ich muss nun mal alle Möglichkeiten in Betracht ziehen.« Sie legte einen versöhnlichen Blick auf und setzte eine Erklärung nach. »Ich würde gerne erst die Wohnung besichtigen – kann ich notfalls einen Schlüsseldienst rufen?«

»Selbstverständlich«, antwortete Bill spontan, wurde aber sogleich nachdenklich, »klären Sie's aber vorher mit Irene ab. Sie ist sehr eigen, wenn es um ihre Privatsphäre geht. Vielleicht hat sie ja auch den Schlüssel.«

»Natürlich«, versicherte Tanja, obwohl sie nicht im Entferntesten daran dachte, einen Schlüsseldienst zu beauftragen. Die Jungs zerstörten mehr als ein Einbrecher und so viele Kenntnisse besaß sie selber, um eine Tür zu öffnen, so hoffte sie, dass Irene einen Schlüssel bei sich führte.

»Ach so«, fiel Bill ein, »Irene lebt in einem Haus.« Er hielt diese Info für wichtig.

Tanja nickte bestätigend, dass sie ihn verstanden hatte und wandte sich plötzlich ab und marschierte voran. »Ich melde mich«, sagte sie im Weggehen, wobei sie kurz ihren Arm hob und mit den Fingern winkte, dann war sie auch schon hinter der Tür verschwunden.

Verzweifelt und Schmerz beladen vergrub Bill sein Gesicht hinter den Händen und betete, dass wirklich alles einen guten Verlauf nahm und seine Sorgen keine Begründung fanden. Die Ausmaße, die das Verschwinden seiner Tochter und Irenes Gedächtnisverlust mit sich zögen, würden ihn in ein Desaster führen.

Plötzlich stand Tanja wieder im Rahmen und sprach ihn an. Aufgeschreckt und mit wirrem Blick starrte Bill ihr entgegen.

»Entschuldigung«, kam Tanja ihm gleich zuvor, bevor er sie mit Vorwürfen traktierte. Zur Beschwichtigung hatte sie ergebend ihre Hände erhoben. »Sie sagten, Ihre Tochter ist häufig hier. Hat sie noch ihr Kinderzimmer hier?«

Verstört nickte Bill. »Ja.«

»Dürfte ich mal einen Blick da hinein werfen?«

»Ich habe schon selber alles durchsucht…Ich habe über diese Karla nichts gefunden.«

»Vielleicht haben Sie etwas übersehen. Und es hilft mir auch, mich in Miriam hineinzuversetzen.«

Hineinversetzen, dachte Bill. Tanja klang wie eine von diesen Esoterik-Tanten. Aber er hatte ja nie verstanden, wie ihr Gehirn arbeitete und so gewährte er ihr den Gefallen und begleitete sie in Miriams Zimmer.

Suchend ließ Tanja ihre geschulten Blicke durch den unschuldig wirkenden Raum schweifen. Sie kannte das Zimmer. Mehrmals war sie schon hier gewesen um Irene zu begleiten, wenn sie Miriam zu Bett brachte. Der Raum hatte sich seither kaum verändert. Nur das Kinderbett war durch ein Jugendbett ersetzt worden. Schon damals war das Zimmer wie für einen Teenager eingerichtet. Eine Schrankwand mit Regalen und Schreibtisch zog sich über die Längsseite des Raumes. Rechts davon war ein Eckregal montiert, vollgestopft mit Plüschtieren. Das einzige Indiz, was auf ein Kinderzimmer hindeutete. Wie magisch angezogen schritt Tanja auf den Schreibtisch zu. Interessiert blieb ihr Blick an einem Laptop hängen. Neugierig klaffte sie es auf.

»Herrje«, stieß sie aus, »was für ein alter Knochen«, spottete sie. Bei Bills Vermögen hatte sie eher ein Luxusgerät erwartet.

»Es gehörte Peter, keine Ahnung warum er das uralte Teil aufgehoben hatte«, erklärte Bill, und war fast beschämt, dieses alte Stück in seinem Haus zu dulden, »als ich vor ein paar Wochen Peters Zimmer ausräumen ließ, wollte Miriam es unbedingt haben«, schob er als Entschuldigung nach, »sie spielt nur so damit herum. Ich glaube es funktioniert nicht einmal mehr richtig.«

Tanja wog erstaunt ihren Kopf. »Sie haben erst vor kurzem sein Zimmer räumen lassen?« Eher hatte sie angenommen, dass er nach den schrecklichen Ereignissen von vor zwei Jahren, einen Hass gegen seinen Bruder aufgebaut hatte und er einen schnellen Schlussstrich ziehen wollte.

Bill nickte verhalten, beinahe verlegen, weil er merkte worauf Tanja anspielte. »Nennen wir es sentimental.« Ratlos zuckte er mit der Schulter. »Es hat ja auch niemanden gestört.«

Tanja ließ das so im Raum stehen. Bohrte nicht tiefer in den Wunden und stellte eine neue Frage. »Ihr Bruder hatte noch sehr lange hier gewohnt, nicht wahr?«

»Allerdings«, antwortete Bill, ohne abwertend zu wirken, aber eine gewisse Verärgerung schwang dennoch in seiner Stimme mit, die er gleich kommentierte, als Tanja ihn fragend ansah, »normalerweise ist es üblich, dass alle Angehörigen das Haus verlassen, sobald das Erbe freigegeben wurde – nur Peter ließ sich Zeit.« Fassungslos schüttelte er den Kopf. »Er hat noch fast zwei Jahre hier gelebt.« Erregt stieß Bill Luft aus. »Na ja, den Grund kennen wir ja. Er musste in Irene vernarrt gewesen sein.«

Auf diese Anschuldigung ging Tanja nicht ein. »Er lebte in dem alten Fachwerkhaus hinterm Hügel, nicht wahr?«, schob sie eine Frage ein.

Bill nickte.

Tanja erinnerte sich noch genau an sein Anwesen. Ein paar Mal war sie mit dem Jeep über den Hügel gefahren und auch mit Irene dort einmal lang geritten. Das alte Anwesen lag hinter dem Hügel in einer Senke.

Um nicht weiter in den alten Geschichten zu wühlen, schnitt Bill ein anderes Thema an. »Glauben Sie, dass Sie hier irgendeinen Hinweis finden?«

»Wer weiß?« Bedacht schaute sich Tanja um und zog eine Tür vom Kleiderschrank auf. Miriams Kleidung hing ordentlich an Haken. Sie reichte für mindestens eine Woche aus. »Wann war Miriam das letzte Mal hier?«

»Vor zwei Wochen.«

»Nimmt sie ihre Kleidung nicht wieder mit nach Hause?« Sie schloss die Schranktür wieder und schaute weiter umher während Bill ihre Frage beantwortete.

»Nein, sie hat alles hier, was sie braucht. Ich hole sie meist vom Kindergarten ab und bringe sie Montags auch wieder dorthin.«

»Dann ist Irene also nicht zusammen mit ihr hier«, stellte Tanja fest.

»Nein, sie war schon lange nicht mehr über Nacht hier. Wenn ich keine Zeit habe, bringt sie mir Miriam und fährt dann gleich wieder.«

»Wann genau war Irene das letzte Mal hier?«

»Vor zirka sechs Wochen, als wir über das Projekt sprachen.«

Abwesend wog Tanja ihren Kopf. »Wann haben Sie mit ihr zuletzt telefoniert?«

Die Fassung leicht verlierend, atmete Bill tief durch. »Am Freitag, sie hat aus dem Verlag aus angerufen und den Termin für gestern nochmals bestätigt.«

Gezielt griff Tanja nach einem Fotoalbum, das in einem Regalfach über dem Schreibtisch steckte. Sie merkte sehr wohl, wie Bill darum kämpfte Haltung zu bewahren, und so schwenkte sie ihre Thematik um. »Wenn es Ihnen nichts ausmacht, würde ich mich gerne erst einmal etwas umschauen, bevor ich zu Irene fahre.«

»Natürlich«, willigte er ein.

*

Nachdem Tanja erfolglos Miriams Zimmer durchsucht hatte, entschied sie sich erst einmal einen Abstecher in die Werkstatt zu unternehmen. Der Wagen musste irgendwelche Informationen bergen, die sie zu dieser Karla führten. So etwas, wie eine Notiz. Journalisten notierten sich ständig irgendwas als Gedankenstütze. Sie hoffte auch Irenes Handy im Wagen zu finden. Möglich, dass es unter einer der Sitze gerutscht war bei dem Aufprall des Unfalls.

Irene hatte mit Sicherheit eins dabei, gerade in ihrem Beruf, wo sie ständig erreichbar sein musste und womöglich steckte in dem Gerät eine Telefonnummer von dieser Karla.

Das Navi führte Tanja in die dunkelste Ecke des Industriegebietes von Rheinwall. Sie fuhr eine Weile an der Bahnstrecke entlang, bis sie an ein eingezäuntes Grundstück gelangte. Autos standen dort aufgestapelt zum Verschrotten. Vor dem flachen Bürogebäude stellte sie ihren Wagen ab und marschierte gleich dort hinein. Nach kurzen Erklärungen erhielt sie von einer jungen Frau, die an einem Schreibtisch saß, die Wagenschlüssel, an denen noch ein weiterer Schlüssel hing. Sie deutete in die Himmelsrichtung, wo der Wagen stand.

Tanja hatte wenig Mühe den Wagen zu finden. Irene fuhr immer noch die gleiche Luxuslimousine wie vor zwei Jahren. Eine große S-Klasse, die nun neben anderen verbeulten Karren stand, die wohl darauf hofften, wieder Instand gesetzt werden zu können. Neben den Totalschäden wies von vorne betrachtet Irenes Wagen nur geringe Schäden auf, während das Heck eine ordentliche Delle aufwies. Die eingeschlagene Beifahrerscheibe war mit Folie abgeklebt.

Mit einem Druck auf die Fernbedienung entriegelte Tanja den Wagen und begann sofort mit der Suche. Sie setzte sich dazu hinter das Steuer. Vor ihr hing der Airbag schlaff herunter. Der Airbag der Beifahrerseite hatte dem Aufprall standgehalten. Auf dem Beifahrersitz und Fußraum lag überall zerborstenes Glas verstreut.

Grübelnd ließ Tanja ihre Blicke über die Armaturen wandern und versuchte zu rekonstruieren, wo Irene ihr Handy abgelegt haben könnte. Eigentlich hatte sie eine Halterung für eine Freisprechanlage vermutet, aber nichts dergleichen war installiert. Sie klappte die Armlehne im Mittelbereich auf, unter der sich ein Ablagefach befand, aus dem sie nur ein paar Fährquittungen heraus fingern konnte. Zum Schluss hing Tanja kopfüber unter den Sitzen, weil sie vermutete, dass Irenes Handy durch den Aufprall umher geschleudert wurde. Aber ihre Suche blieb erfolglos. Und im Handschuhfach fand sie lediglich die Betriebsanleitung des Wagens und den letzten TÜV-Bericht vor. Auch der hintere Bereich des Wagens zeigte sich aufgeräumt wie ein Museum. Ihre letzte Hoffnung lag nun auf dem Inhalt des Kofferraumes.

Nur mit großer Kraftanstrengung konnte Tanja den eingedrückten Deckel anheben. Makellos aufgeräumt. Im Stauraum befanden sich nur das Warndreieck und ein Verbandskoffer. Alles schien, als wäre er bedacht ausgeräumt worden, als hätte Irene vorgehabt den Wagen zu verkaufen. Nachdenklich legte Tanja ihre Hände auf den Kofferraumdeckel ab und drückte ihn wieder mit Wucht zu und sinnierte. Wie kam es, dass eine Journalistin nicht die geringsten Utensilien mit sich führte, die sie für ihren Beruf benötigte? Selbst wenn sie ihre wichtigsten Arbeitsmaterialien vergessen hätte, so musste doch wenigstens ein Notizblock herumliegen, um kurze Mitteilungen zu notieren. Jeder Reporter führte in seinem Wagen ersatzweise irgendwelche Dinge mit sich. Und selbst wenn jemand versucht hätte den Wagen nach dem Unfall auszuräumen, hätte er doch auf die Schnelle nicht alles entwenden können, was Tanja auch ausschließen konnte, weil laut Aussage der Polizei, der Wagen verriegelt war.

»Haben Sie eine Ahnung, was mit dem Wagen passieren soll?«, wurde sie plötzlich von einer Männerstimme aus den Gedanken gerissen und sah, wie ein Monteur in einem ölverschmierten blauen Overall auf sie zukam. Im Gesicht des Mannes klebte ebenfalls Öl. Trotz seiner Maskerade konnte Tanja sein Alter auf Anfang fünfzig ausmachen.

»Nein«, antwortete Tanja und schritt auf ihn zu, »aber ich werde nachfragen«, versicherte sie ihm und schaute dabei den Wagen kurz von der Seite an, was die Neugier des Monteurs entfachte. Er deutete mit seinen Blicken auf den Wagen.

»Suchen Sie nach etwas bestimmten?«

»Ja«, nickte Tanja, »nach persönlichen Dingen. Aber ich kann nichts finden.«

Der Monteur nahm gleich eine Abwehrhaltung an. »He Lady, ich versichere Ihnen, ich habe nichts entwendet. Der Wagen war schon so leer.«

Tanja lächelte beschwichtigend. »Das behaupte ich ja gar nicht.« Sie wies auf den Airbag hin. »Ist schon komisch, dass bei einer kleinen Kollision schon der Airbag aufspringt.«

Der Mann verzog wieder sein Gesicht. »Nein. Es ist schon vorgekommen, dass Bodenwellen einen Airbag ausgelöst haben«, erklärte er fachmännisch und legte gleich eine Begründung nach, »die Dinger rütteln sich schon mal lose, gerade dann, wenn man auf vielen unwegsamen Strecken unterwegs ist.«

»Wenn Sie von den Kratern im Westerwald reden, die ganze Kleinwagen verschlucken, glaube ich Ihnen das gerne«, servierte Tanja trocken und erlangte mit dieser spitzen Bemerkung ein zynisches Grinsen des Monteurs.

»Ich merke, Sie verstehen mich.« Er musterte sie geringschätzig. »Fahren wohl so einen kleinen schnuckeligen Karren?«

Tanja reichte ihm den Schlüssel zurück und nickte. »Ja«, antwortete sie knapp und kam wieder auf Irenes Wagen zurück, »von wo haben Sie den Wagen abgeschleppt?«

Er deutete mit seinem Kopf in eine Himmelsrichtung. »Im Nachbarort, in Bad Hönningen, an der Volksbank.«

Es gab für Tanja keinen Grund hier weiterzusuchen. »Danke für Ihre Mühe.« Sie schob sich an dem Monteur vorbei, doch nach wenigen Schritten kehrte sie wieder zurück.

»Was vergessen?«, spöttelte der Monteur.

Sie schüttelte bloß nachdenklich den Kopf. Eben war ihr etwas aufgefallen und so warf sie gezielt einen Blick auf die Rücksitzbank. »Der Wagen hat einen integrierten Kindersitz«, bemerkte sie.

»Ja«, antwortete der Monteur, »haben diese modernen Luxuskarren fast alle.«

Nachdenklich tippte sich Tanja an ihre Nase. »Haben Sie an dem Wagen etwas verändert?« Sie deutete auf den betriebsbereiten Kindersitz. »Haben Sie den herausgezogen?«

»Nein«, antwortete der Monteur etwas angekratzt, »wie ich schon sagte…«

»Schon okay«, unterbrach Tanja ihn gleich, »ich glaube Ihnen.« Gedanklich mutmaßte sie, dass Miriam weggelaufen war, vor Schock, oder dass sie jemand herausgeholt hatte, um ihr zu helfen, oder die Gunst der Stunde genutzt, sie zu entführen. Vielleicht hatte Irene erst dann die Türen verriegelt, aus Angst und wurde dann erst bewusstlos. Ihr kam ein neuer Gedanke. »Könnte ich den Wagenschlüssel noch mal haben?«

Gefügig legte der Monteur die Schlüssel in ihre offene Hand und wurde Zeuge, wie Tanja den zweiten Schlüssel vom Ring zog, dann erhielt er den Wagenschlüssel zurück. Zum Zeichen ihres Vertrauens klopfte sie ihm auf die Schulter.

»Danke.«

Der Monteur begleitete Tanja noch ein Stück zu ihrem Wagen und schaute ihr noch nach, wie sie in ihren SLC stieg, ihn rückwärts auf die Straße lenkte und eilig davon sauste. Beeindruckt grinste er über ihre Kaltschnäuzigkeit, ihren Wagen als Kleinwagen zu bezeichnen. Sein geschulter Blick auf die Auspuffanlagen verriet ihm, dass bei diesem Karren mindestens 300 PS unter der Haube schlummerten, die bei einem kurzen Druck auf das Gaspedal ihre gesamten Kräfte freisetzten und nicht weniger als 300 Kilometer pro Stunde ableisten konnten.

Sie haben Ihr Ziel erreicht, ertönte es aus dem Navigationsgerät, das unterhalb des Radios in einer Halterung steckte. Tanja liebte diese Technik, die ihr Leben um ein Vielfaches erleichterte. In ihrem Job, wo sie ständig in fremden Städten herumkurven musste, war dieses kleine Gerät zu ihrem engsten und vertrauenswürdigsten Partner geworden. Gerade dann, wenn sie, wie eben durch verwegene Industriestraßen kurven musste.

Sie schaute kurz aus dem Seitenfenster ihres Wagens hinaus, den bewachsenen Weg hinunter, der zu Irenes Haus führte, dann setzte sie den Wagen ein Stück zurück und lenkte ihn auf den Privatweg. Langsam ließ Tanja ihren Wagen den Weg hinunterrollen und brachte ihn auf dem mit Gras bewachsenem Weg zum Stehen. Wie sie Bill schon angekündigt hatte, wollte sie das Haus zuerst inspizieren. Bevor sie Irene hier her führte, musste sie sicher gehen können, dass keine bösen Überraschungen auf sie warteten. Und vielleicht hatte sie sogar Glück und der Schlüssel, den sie eben vom Bund des Autoschlüssels zog, passte zur Haustür. Doch zunächst beäugte sie die bewachsene, mit Lochsteinen befestigte Parkfläche. Es deutete auf Anhieb nichts darauf hin, dass hier ein Kampf stattgefunden haben konnte. Sie stieg aus und nahm die Stelle genauer in Augenschein, aber Auffälliges konnte sie nicht entdecken. Beim genaueren Betrachten des Geländes musste sie allerdings feststellen, dass sich Irene wenig Mühe mit dem Garten gab. Die Äste der Bäume und Sträucher waren viel zu lang, sowie das Gras, welches sich siegreich durch die Lochsteine gedrückt hatte. Die Hecken, die den Weg säumten bedurften auch eines Grundschnitts. Wenn hier ein Verbrechen stattfand, würde es niemand so schnell bemerken. Die Hilferufe würden von dieser grünen Hölle regelrecht verschluckt werden.

Mit einem mulmigen Gefühl in der Magengegend stieg Tanja die überdachte Treppe zum Haus hinauf und wagte einen Blick durch das gemusterte Fenster in der Tür. Sie schaute durch einen Flur, der am Ende eine zweite Tür besaß, gleich davor führte eine Treppe im Halbbogen in die obere Etage. Die Ruhe, die vom Haus ausging, konnte sie schlecht einschätzen. Einerseits idyllisch, und andererseits unheimlich ruhig. Alles schien hier möglich.

Nur zögerlich zog Tanja den Schlüssel, den sie zuvor vom Wagenschlüsselbund getrennt hatte, aus einem Seitenfach ihrer Schultertasche hervor und betrachtete ihn. Für einen Moment stieg der Fall von vor zwei Jahren in ihren Kopf. Was, wenn sie Recht hatte und der gefasste Stalker war unschuldig und der wahre Täter lief noch frei herum? Legte bloß eine Pause ein und nutzte Irenes Alleinleben nun aus, um sie noch besser und brutaler bedrängen zu können. Vielleicht hatte er Miriam sogar entführt und nutzte sie als Druckmittel, oder das kleine Mädchen gehörte zu seinem ersten Opfer, um Irene und ihren Mann an den Rand des Wahnsinns zu treiben.

Ein kleiner Schauder lief über Tanjas Rücken. Sie hoffte so sehr, dass sie das kleine Mädchen hier nicht zerstückelt in einer Truhe vorfand. Lass das! Ermahnte sie ihr Unterbewusstsein. Sie zeigte schon genauso die paranoiden Anzeichen auf, wie Bill vor zwei Jahren. Dabei glaubte sie gar nicht, dass es überhaupt einen Täter gab. Ohne weiter nachzudenken steckte sie den Schlüssel in den Zylinder, den sie mühelos einschieben konnte und der sich umdrehen ließ. Die Tür sprang auf. Aber nur zögerlich schob Tanja die Tür weiter auf und beäugte den Flur. Eine böse Erinnerung kam ihr in den Sinn, die noch gar nicht solange zurücklag. Bei einer Wohnungsuntersuchung wurde sie von einem Pit-Bull-Terrier angegriffen, den dort jemand eingesperrt hielt. Zum Glück trug sie eine dicke Lederjacke, an der sich der Köter am Ärmel festbiss und nur durch einen gezielten Schuss in den Kopf des Tieres konnte sie sich aus seinen Reißzähnen befreien. Eine riesige Sauerei hatte sie mit ihrem Schuss ausgelöst. Der Schädel des Hundes wurde durch das Projektil förmlich auseinandergesprengt und hatte das Gehirn in der ganzen Gegend verteilt.

Durch die alte Szenerie beeinflusst, steckte Tanja ihre Hand auch schon in ihre Schultertasche und umfasste das kalte Metall ihres Revolvers und zog ihn heraus. Sie warf einen kurzen Blick in den linken Teil des Wohnbereichs, der über eine Esstischgruppe durch einen Rundbogen in die Küche führte. Geradewegs stand eine gemütliche Sofagarnitur. Dann richtete sie ihr Augenmerk nach rechts, wo es durch eine offen stehende Tür in ein kleines Büro ging. Gewaltsam drückte sie sich mit dem Rücken gegen die Tür und stieß sie bis zum Anschlag auf. So konnte sie verhindern, für den Fall, dass ein Überraschungsgast auf sie lauerte, um über sie herzufallen. Dieser heftige Schlag, hätte die Person nun ins Koma versetzt und kraftlos niedersinken lassen.

Mit ausgestreckter Waffe ließ Tanja ihre kontrollierenden Blicke durch den Raum schweifen. Keine Menschenseele fand sie vor und auch kein Tier, was ihre Anspannung aber nicht minderte. Aufmerksam lauschte sie durch den Flur. Als sie nach einigen Sekunden kein Lebenszeichen vernahm, wagte sie wieder den Schritt in den Flur und ging langsam bis zur Treppe, wobei sie im Vorbeigehen durch eine offene Schiebetür kurz in die Küche blinzelte. Dann stieg sie langsam und wachsam die Treppe hinauf. Die Ruhe, die im Haus herrschte verlieh ihr dabei ein wenig Sicherheit, und so spürte sie, wie ihr Puls auch langsam wieder auf Normallevel herunterfuhr. Sie schaute links in den Raum, in ein Schlafzimmer, dass sie Irene zuordnete. Ein schmaler Raum der sich über die gesamte Tiefe des Hauses zog. Ein schlicht ausgestattetes Zimmer. Ein Schrank, daneben ein breites Bett mit einem Nachtschränkchen. Unter dem Fenster stand neben einem Stuhl noch ein alter Wäschekorb. Ihr weiterer Weg geradewegs durch den Flur, führte sie ins Bad. Mit der Gewissheit, alleine im Haus zu sein, untersuchte sie das Badezimmer genauer. Ihren Revolver behielt sie aber vorsichtshalber in der Hand. Sie zog alle Türen des Spiegelschranks auf. Waschzeug und Zahnputzzeug, alles stand ordentlich an seinem Platz. Auch ein Kinderschlafanzug hing an der Tür am Haken. Nachdenklich fuhr sich Tanja durchs Haar und verweilte einen Moment an einer Stelle, bevor sie ein weiteres Zimmer inspizierte, das sich entlang der Treppe befand. Ein Holzgeländer, aufwendig gedrechselt, schützte davor, nicht auf die Treppe hinunterzustürzen. Nur Sekunden später betrat sie Miriams Kinderzimmer. Auch hier schien alles an seinem Platz zu sein, als würde Miriam jeden Moment nach Hause kommen um hier zu spielen. Sogar ein Teddy lag auf ihrem Bett, wahrscheinlich ihr Lieblingstier. Bei diesem Anblick fraß sich schon wieder ein schauerlicher Gedanke bei ihr fest. Da sich diese Karla nicht meldete, schloss sie aus, dass Miriam von ihr betreut worden ist und ließ sie immer mehr vermuten, dass Miriam einer Entführung zum Opfer gefallen war. Und da sich kein Erpresser meldete, ging sie von einem Gewaltverbrechen aus, wobei sich ihre Gedanken wieder an dem Fall vor zwei Jahren festfraßen. Aufgestachelt von ihrem abtrünnigen Gedanken schritt sie voran und riss eine weitere Tür auf, die sich unmittelbar über der Küche befand. Tanja blickte ins Leere. Nichts stand in dem Raum. Er wurde nicht einmal als Abstellraum benutzt. Ein untypisches Verhalten für einen Menschen, befand sie. Jeder besaß irgendeinen unnützen Kram den er abstellte. Das lag in der Natur des Menschen. Irene musste da ein absoluter Ausnahmefall gewesen sein. Dunkel erinnerte sich Tanja noch, dass Irene mehr zu den pragmatischen Menschen gehörte, der wenig Wert auf Prunk und Schnörkel legte und schon gar nicht alten Krempel aufhob.

Zuletzt untersuchte Tanja den Dachboden. Mit dem Kopf durch die Luke gesteckt schaute sie sich um; leer.

Eilig rannte sie wieder die Treppe hinunter, dem Hinterausgang entgegen und stoppte, beinahe wie bei einer Vollbremsung unten ab, und fixierte zwei Türen die rechts neben ihr lagen. Sie riss die hintere Tür zuerst auf und blickte durch einen schmalen Gang einem kleinen Waschbecken entgegen, das offensichtlich zu einem WC gehörte. Nach zwei Schritten blinzelte sie um die Ecke und starrte ein Klo an. Die zweite Tür führte über eine steinerne Treppe in den Keller. Wie aus einem Reflex heraus drückte Tanja auf den Lichtschalter rechts von der Tür und stieg die Stufen hinab. Es roch etwas modrig, was von den Bruchsteinen herstammte, die immer etwas Feuchtigkeit absonderten, wahrscheinlich wurde der Kellerraum deshalb auch nicht genutzt. Tanja blickte bloß kahle und feuchte Bruchsteinmauern an.

Sie kehrte ins Büro zurück, ihre Waffe hatte sie mittlerweile wieder in ihrer Tasche verstaut und setzte sich an Irenes Schreibtisch, auf dem ein Kugelschreiber und ein Notizblock lag und ein Anschlusskabel, das zu einem Drucker unter dem Schreibtisch führte. Offenbar stand hier sonst ein Laptop. Für Tanja zu wenig Dinge, die darauf schließen ließen, dass Irene hier arbeitete. Um mehr zu erfahren zog sie die Schubladen im Schreibtisch auf und fand ein paar Kontoauszüge und eine lederne Mappe mit fünf Zweihunderteuroscheinen. Ein begeisternder Pfiff entfuhr Tanja. Soviel Kleingeld hätte sie auch gerne in ihrer Schublade gehabt, was ihrer Erkenntnis nach einen Raub ausschloss. Das Geld wäre mit Bestimmtheit mitgenommen worden. So befasste sie sich näher mit den Bankauszügen, die sie aufmerksam durchblätterte. Regelmäßige Gehaltszahlungen gingen ein und die üblichen Unterhaltskosten, für Strom und Gas und was sonst noch so in einem Haushalt anfiel, wurden regelmäßig abgebucht. Sie durchstöberte die Schublade genauer und fand einen weiteren schmalen Bankhefter mit Auszügen über ein Sparkonto, mit einem Guthaben über 20000,- Euro. Enttäuscht verzog Tanja ihr Gesicht. Wenn Bill das unter großzügige Absicherung verstand, dann gehörte er zu der knickrigen

Kategorie Mensch und das gab es ja in diesen reichen Kreisen sehr häufig.

Ordentlich legte Tanja alle Unterlagen in die Schublade zurück. Bei allem was sie bisher fand, wäre ihr allerdings eine kleine Notiz über diese Karla viel lieber gewesen. Es existierte kein Adressbuch und auch keine Pinnwand, die man gewöhnlich in jedem Haushalt vorfand, an denen irgendwelche Einkaufsnotizen hingen. Und von den Ausweispapieren fehlte auch jede Spur. Es gab nicht einmal den geringsten Hinweis, der auf einen Kampf hindeutete oder gar auf einen Einbruch.

Sie gab auf und fuhr ins Krankenhaus.

*

Mit schallenden Schritten marschierte Tanja durch den Krankenhausgang, der zur Intensivstation führte. Dr. Kamp schritt auf leisen Sohlen neben ihr her. Zuvor hatte sie ein intensives Gespräch mit ihm geführt, wurde auf alles vorbereitet, worauf sie bei einem Amnesiebetroffenen achten musste. Er wies deutlich darauf hin, dass Irenes Amnesie auf rein psychischer Natur beruhte, denn laut der letzten Untersuchungsergebnisse des MRTs, konnte er endgültig eine Gehirnschädigung ausschließen. Die Idee Irene nach Hause zu holen und sie ihrer gewohnten Umgebung auszusetzen, hielt er darüber hinaus für eine gute Idee. Aber dazu musste Tanja nun ihr Vertrauen gewinnen. Die ganze Sache wurde dadurch erschwert, dass Dr. Kamp beabsichtigte, Irene nicht über Tanjas Besuch zu informieren, um sie nicht zu beeinflussen. So musste Tanja einzig und allein um Irenes Vertrauen kämpfen, was für sie nun die größte Herausforderung bedeutete. Ein Unterfangen, welches Dr. Kamp mit Skepsis betrachtete, gerade wo er eben erst von Tanja erfuhr, dass ihre Tochter verschwunden sei, und unter welchen Umständen Tanja und Irene sich kennen gelernt hatten. Diese grausamen

Begebenheiten konnten bei seiner Patientin eine gehörige Blockade auslösen.

Innerlich etwas aufgeregt atmete Tanja durch und hoffte, dass sie diese Aufgabe meistern konnte, um mit Feingefühl und Behutsamkeit die näheren Umstände von Miriams Verschwinden zu ermitteln.

Plötzlich bog Dr. Kamp ab und steuerte auf das Schwesternzimmer zu, in dem Irene wartete. Tanja war schon unachtsam einen Schritt weitergelaufen und lief ihm nun hinterher. Er begrüßte eine junge Schwester, als Tanja ihm ins Zimmer folgte, der er sogleich bedeutete das Zimmer zu verlassen.

Irene saß auf einem Stuhl und schaute Dr. Kamp nervös an. Der Wirbel um ihre Person wurde ihr immer unheimlicher. Besuch für Sie, wurde ihr vor wenigen Minuten mitgeteilt, mehr wusste sie nicht und so legte sie ihr Augenmerk skeptisch auf die Frau, die Dr. Kamp gefolgt war und einen Moment zögerte bevor sie auf sie zuschritt und ihr die Hand zur Begrüßung reichte. Aufmunternd lächelte sie die Fremde an.

»Hallo Frau Valendar, ich bin Tanja Bartoli«, stellte sich Tanja zurückhaltend vor.

Langsam erhob sich Irene. Sie wollte unbedingt die Körpergröße ihres Gegenübers erfahren. Tanja empfand sie als recht groß und das war sie auch mit ihren Einmeterfünfundsiebzig. Um ihr in die Augen schauen zu können, musste Irene ihren Kopf erheben, und erst nach kurzem Auffrischen ihrer Stimmbänder, konnte sie etwas sagen.

»Kennen wir uns?«, fragte Irene verunsichert nach.

Freundlich nickte Tanja. »Ja«, antwortete sie feinfühlig, »das liegt gut zwei Jahre zurück.« Suchend schaute sie sich um und griff rückwärts nach einem Bürostuhl und rollte ihn heran. »Wollen wir uns nicht setzen?«

Irene folgte ihrer Aufforderung und schob gleich eine Frage nach. »Woher?«

Für einen Moment hielt Tanja inne. »Ich bin Privatdetektivin und ich habe Ihnen Personenschutz geleistet«, wählte sie ihre Wortwahl.

Irene sackte leicht zusammen, richtete sich aber gleich wieder auf. Gerade mal ein Tag war vergangen und es gab nicht die geringsten Anzeichen einer kleinen Geschichte, an die sie sich erinnern konnte und nun wurde sie gleich mit einem weniger schönen Part ihres Lebens konfrontiert. Das war wohl der Startschuss, den Dr. Kamp ihr bereits angekündigt hatte, sich der Vergangenheit zu stellen, auch wenn sie ihre Schattenseiten zu Tage brachte. Mutig stellte sich Irene nun dieser Aufgabe. »Warum?«, hinterfragte sie.

Für Tanja bedeutete diese neugierige Frage ein kleiner Teilerfolg. »Sie wurden von einem Stalker bedrängt«, erklärte sie, »Ihr Mann war damals sehr beunruhigt und hat mich beauftragt, auf Sie acht zu geben.«

Etwas bedrückt legte Irene eine Frage nach. »Was ist daraus geworden?«

Nun reagierte Tanja etwas alarmiert. »Nun«, zögerte sie, »wir haben ihn gefasst«, antwortete sie und hoffte, dass sie jetzt noch nicht mit der gesamten Wahrheit rausrücken musste, doch Irene legte diesbezüglich eine Frage nach.

»Kannte ich den Mann?«

Bedacht nickte Tanja. »Es war Ihr Schwager Peter. Der Bruder von Bill.« Eine Weile grübelte sie und schob gleich eine weitere Info nach. Wenn Irene schon danach fragte, sollte sie auch alles wissen. »Er hat danach Selbstmord begangen.«

»Oh Gott«, stieß Irene aufgewühlt auf, »das ist ja furchtbar.«

Einfühlsam nickte Tanja bestätigend und verzichtete aber darauf, dass sie selber diesen Fall anders einschätzte.

»Und, warum sind Sie jetzt hier?«

Um diese Frage zu beantworten, musste Tanja nun sehr bedacht vorgehen, um Irene nicht in einen Schockzustand zu versetzen. Einen Moment lang überlegte sie, Rat bei Dr. Kamp einzuholen, der angelehnt an einer Anrichte stand, aber sie mied es. Sie alleine musste Irenes Vertrauen gewinnen. »Ich bin hier Ihnen zu helfen. Wir hatten damals viel Zeit miteinander verbracht, auf der Ranch, wo Sie gelebt haben.« Sie legte eine kurze Denkpause ein. »Ich bin damals als Ihre Freundin eingeschleust worden und am Ende, waren wir wie Freundinnen.«

Verwirrt schüttelte Irene den Kopf. »Wir sind befreundet?«

»Nein, nicht direkt. Aber Sie haben mir sehr vertraut und darum sieht Ihr Mann die Chance, dass ich Ihnen helfen kann, Ihre Erinnerungen aufzufrischen.«

»Wir leben getrennt«, entgegnete Irene trotzig.

»Ja, aber dennoch ist Ihrem Mann an Ihrem Wohl gelegen.« Tanja legte eine Sprechpause ein. Das was sie jetzt anschneiden musste, bereitete ihr Magenschmerzen. »Ihr Mann macht sich auch Sorgen um Ihre Tochter – Sie haben Miriam zu einer Bekannten gegeben und niemand weiß wohin. Es hat sich auch noch niemand gemeldet.«

Irene schluckte hart und musste alle mentale Kraft aufwenden nicht in Schluchzen auszubrechen. »Was?«, stieß sie bestürzt aus.

Für einen Moment hielt bei Tanja Hilflosigkeit Einzug, doch dann griff sie in ihre Schultertasche und holte das Foto hervor, welches sie bei Bill vom Schreibtisch genommen hatte und streckte es ihr entgegen. »Das ist Miriam, sie ist sechs Jahre alt.«

Von Schuldgefühlen aufgerüttelt, war Irene nicht in der Lage das Foto entgegenzunehmen, aber sie erkannte das Mädchen, von den Fotos her, die ihr Mann gestern gezeigt hatte. Regungslos starrte sie es eine Weile an. »Sie ist weg?«, murmelte sie beschämt, »wegen mir?«

Sofort schaltete Tanja. Bloß keine Schuldzuweisungen, hallten Dr. Kamps Worte in ihrem Kopf. »Nein, Sie haben für Ihre Tochter immer nur das Beste gegeben, sicher hatten Sie Ihre Gründe, warum Sie Miriam zu einem Kindermädchen oder einer Freundin gebracht haben.« Sie steckte das Foto wieder ein. »Wir werden die letzten Stunden vor Ihrem Unfall rekonstruieren, dann kommen wir Ihrer Vergangenheit wieder auf die Spur und Sie werden sich erinnern, wo Miriam ist.« Vertrauensvoll griff Tanja nach Irenes Hand. »An alles werden Sie sich dann wieder erinnern. Wenn Sie das möchten«, redete sie auf Irene ein.

Möchten, durchzog es Irenes Gedanken. Welche Wahl blieb ihr schon, wenn sie in ihr vertrautes Leben zurückkehren wollte? Darüber hinaus fehlte jede Spur von ihrer Tochter, was gab es da für eine Wahl? Es blieb ihr gar keine andere Möglichkeit, als den Mut zu fassen und jemandem zu vertrauen.

Unsicher schaute Irene zu Dr. Kamp hinüber, der keine Miene verzog. Ein wenig Unterstützung erhoffte sie von ihm bei ihrer Entscheidung, die sie nun fällen musste. Sollte sie Tanja Bartoli trauen oder war es sinnvoller ihr Schicksal in die Hände der Psychiatrie zu legen? Unschlüssig führte Irene zitternd ihre Faust zum Mund und schloss ihre Augen.

Bei Tanja wurde eine schlimme Befürchtung ausgelöst, als Irene ihre Augen schloss, als wolle sie die Schotten schließen. Ohne sie weiter zu bedrängen, löste sie sich von Irenes Hand und rollte mit dem Stuhl ein kleines Stück zurück, sie wollte schon aufstehen, als Irene plötzlich wieder nach ihrer Hand griff, als suche sie nach einem Rettungsanker.

»Okay«, sagte sie entschlossen, »versuchen wir's.«

Beinahe glaubte Tanja man könne den Stein hören, der ihr vom Herzen gefallen war und sie musste sich stark zusammenreißen nicht in Freudenjubel auszubrechen über ihren Erfolg. Beherrscht lächelte sie stattdessen erleichtert. »Fein«, sagte sie sanft, »wenn Sie möchten, darf ich Sie gleich mitnehmen.«

Wenn auch nur zögerlich, erhob sich Irene. »Ich geh dann meine Jacke holen«, antwortete sie.

Als Irene das Schwesternzimmer verließ schaute Tanja einem skeptischen Dr. Kamp entgegen. »Sie sehen nicht zufrieden aus«, bemerkte sie und schritt auf ihn zu, »habe ich irgendwas falsch gemacht?« Sie war sich keines Fehlers bewusst und außerdem befand sie, lag der Erfolg doch greifbar nahe.

Lahm schüttelte Dr. Kamp seinen Kopf. »Nein, ich mache mir mehr Sorgen um Sie.«

Tanja lachte amüsiert, was schon beinahe überheblich klang. »Ich bin schon groß«, sagte sie übermütig.

»Sie sollten das nicht unterschätzen«, warnte Dr. Kamp, »Frau Valendar ist psychisch sehr labil, sie wird Ihnen öfters zusammenbrechen.«

»Das schaff ich schon«, konterte Tanja großspurig.

Nun musste Dr. Kamp über ihren Übermut lachen. Er griff in die Brusttasche seines Kittels und reichte Tanja ein Kärtchen. »Das ist meine Nummer unter der Sie mich immer erreichen können – falls Sie mal Hilfe brauchen.« Ohne weiteren Kommentar verließ er das Schwesternzimmer.

Das kleine Kärtchen in ihrer Hand erweckte plötzlich das Bewusstsein um die schwierige Aufgabe, die nun auf ihr lastete. Nachdenklich versenkte Tanja das Kärtchen in einem Seitenfach ihrer Schultertasche und trat auf den Gang. Irene kam ihr gerade entgegen, was sie etwas stutzen ließ. Sie trug eine dunkle Tuchhose und einen Blazer, dazu Pumps mit erhöhtem Absatz. Sie wirkte plötzlich so anders. Eben war Tanja das gar nicht so aufgefallen. Sollte sie so vorgehabt haben, eine Baustelle zu besichtigen?

Fragend starrte Irene Tanja entgegen, die sehr nachdenklich wirkte.

»Sie haben die Haare ab«, bemerkte Tanja knapp, mehr als Ausrede, um ihren verstörten Blick zu erklären, als Irene sie fragend anschaute.

Irene fasste sich an den Hinterkopf und fuhr mit der Hand bis an den Nacken herunter. »Hatte ich langes Haar?«

»Ja«, nickte Tanja, »bis über die Schultern – steht Ihnen aber gut.«

Betreten senkte Irene ihren Blick. Niemand vermochte in diesem Moment zu sagen, was in ihr vorging.

»Ich war gestern zu meinem Mann sehr abweisend«, sagte sie sehr bedauernd und schaute dann Tanja fest an, »aber er macht mir angst.«

»Sie leben getrennt«, redete Tanja feinfühlig auf sie ein, »das kann damit zusammenhängen.«

Unzufrieden stieß Irene Luft aus. »Das hat mir Dr. Kamp auch erklärt – gab es Probleme zwischen uns?«

»So wie Ihr Mann erklärt hat, nicht direkt. Er hat Sie sogar rundherum versorgt.« Versorgt, durchfuhr es Tanjas Gedanken, die an dem Sparkonto mit 20.000 Euro festhingen. Nicht gerade viel für einen Multimillionär. Sie erwähnte es nicht.

Skeptisch schob Irene ihre Brauen zusammen. »Wieso ist dann unsere Ehe gescheitert?«

»Sie haben sich einfach nur auseinandergelebt – es gab wohl keine Gemeinsamkeiten mehr.«

»Gemeinsamkeiten«, murmelte Irene, »ich weiß nicht einmal mehr, wo ich mit Bill gelebt habe.«

»Auf einer Ranch.« Tanja musste ihren Satz verschlucken, weil ihr ein Scherz auf den Lippen lag, der auf einen Filmtitel beruhte, aber darüber hätte Irene nicht lachen können, weil sie möglicherweise den Zusammenhang nicht verstanden hätte. »Im Westerwald«, erklärte sie und fuhr malerisch fort, »Pferde, Weiden, ein großes Blockhaus…«

»Klingt nach Abenteuer und Freiheit.«

Abenteuer ja, aber Freiheit bezweifelte Tanja, es steckte doch mehr eine Verpflichtung dahinter. Sie tat dies mit einem unschlüssigen Kopfwank ab.

Bei Irene hingegen legte sich ein verträumtes Lächeln über ihr Gesicht. »Hört sich an, als lohne es sich die Erinnerungen wiederzufinden«, sagte sie optimistisch.

Tanja wollte ihr den Optimismus nicht rauben. Es mochte viele schöne Dinge auf der Ranch gegeben haben, vor allem was ihre Tochter Miriam betraf, jedoch die Ereignisse von vor zwei Jahren gehörten mit Sicherheit nicht dazu. »Ja«, antwortete sie ausnahmslos, um Irene die Illusion nicht zu rauben.

Tanja ließ den Wagen auf dem Weg zum Haus langsam ausrollen. Sie schaute dabei Irene von der Seite an, versuchte eine Reaktion an ihr auszumachen, die irgendeine Erinnerung verriet. Doch sie starrte nur dem Haus fragend entgegen.

»Hier wohne ich?«, stellte Irene schließlich eine Frage und erhielt ein Nicken von Tanja zur Antwort, »es ist unheimlich. So mittendrin und trotzdem so einsam.«

Tanja lächelte. »Vielleicht sollten Sie einfach mal die Sträucher schneiden, dann sehen Sie auch Ihre Nachbarn wieder«, scherzte sie und konnte sogar ein kurzes Lachen bei Irene auslösen.

»Ich habe nicht einmal einen Schlüssel zum Haus«, bemerkte Irene.

»Aber ich«, verkündete Tanja mit leichtem Stolz.

Verzagt schaute Irene die übermotivierte Detektivin an. »Ich trau mich gar nicht einzutreten.«

»Es gibt nichts wovor Sie sich fürchten müssen – ich war schon drin, es ist alles in Ordnung.«

Auch wenn Tanja alles in Ordnung befand, stieg Irene nur zögerlich die Stufen des Hauses hinauf. Sie betrachtete einen Moment lang skeptisch den Schlüssel, den Tanja ihr gereicht hatte, bevor sie ihn in den Zylinder steckte. Die Tür sprang auf, aber sie trat nicht ein, ein schlechtes Gefühl hing ihr im Nacken.

»Gehen Sie rein«, forderte Tanja sie auf. Aber Irene schaute nur missmutig in den Flur. Mit flacher Hand auf Irenes Rücken schob Tanja sie an. Doch gleich an der ersten Tür links, die offen stand, stoppte Irene ab und schaute hinein. Sie rieb ihre Arme, als fröstelte es ihr, als sie geradewegs ins Wohnzimmer blickte. Trotz der liebevollen Einrichtung, wurde sie von Angst befallen, weil sie nichts zu ihrem eigen zählen konnte. Jeden Moment vermutete sie, der rechtmäßige Eigentümer platzte plötzlich herein und verwies sie des Feldes. Egal, wo sie auch hinschaute, auf das bunte Sofa, auf dem eine flauschige, braune Decke zusammengelegt lag, oder die schmale Vitrine die zwischen den Fernstern zur Straße hin stand, nichts konnte in ihr eine heimische Empfindung wecken und trotz der Behaglichkeit wollte kein vertrautes Gefühl eintreten.

»Erkennen Sie irgendwas wieder?«, fragte Tanja, die gleich hinter Irene stand, mit ruhiger Stimme, um keinen Stress zu verursachen. Eine Empfehlung von Dr. Kamp.

Ermattet schüttelte Irene den Kopf und trat ins Zimmer. Ihr Blick schweifte nach rechts ab und blieb an einem kleinen viereckigen Tisch hängen. Vier Holzstühle standen darum verteilt. Dahinter, neben einem breiten Durchgang, der zur Küche führte, stand ein Nussbaum farbiges Sideboard, ein Relikt aus den Siebzigern, alt aber wieder modern. Entkräftet sackte Irenes Körper zusammen. »Ich erkenne nichts wieder«, faselte sie verzweifelt, doch sie gab nicht auf. Sie richtete ihren Körper wieder auf und schritt zum Tisch. Sie zog einen Stuhl zurück und setzte sich darauf. Mit abgestützten Ellenbogen ließ sie ihre Blicke durch den Raum wandern, wieder und immer wieder. Sie rieb dabei unentwegt ihre Oberarme.

Mit Besorgnis beobachtete Tanja, wie Irene bemüht um ihre Erinnerungen kämpfte, die offensichtlich viel Kraft von ihr abverlangten. »Ist Ihnen kalt«, fragte sie fürsorglich.

»Nein«, antwortete Irene lahm, »ich werde immer nur von einem unerklärlichen Schauder überfallen – ich finde es sehr dunkel hier drinnen.«

»Na ja, die umliegende Natur lässt nicht viel Licht durchdringen«, fand Tanja eine Erklärung und glaubte, dass deswegen auch keine Gardinen und Vorhänge an den Fenstern hingen.

Ein Bilderrahmen auf dem Sideboard erweckte plötzlich Irenes Interesse. Es steckte das gleiche Foto drin, dass ihr Tanja schon im Krankenhaus vorgehalten hatte. Lange blickte sie es an, dann sackte sie verzweifelt zusammen und vergrub ihr Gesicht in ihren Händen und murmelte mehrmals den Namen ihrer Tochter vor sich her, versuchte sie sich in Erinnerung zu rufen. Sie gab nach einer Weile auf und blickte zu Tanja auf. »Tut mir leid – ich kann mich nicht erinnern.« Ihre Stimme bebte. »Mein Gott«, schluchzte sie, »warum musste mir das passieren?«

Tröstend legte Tanja, die neben ihr stand, ihre Hände auf ihren Schultern ab. »Das wird schon wieder«, redete sie aufmunternd auf sie ein.

Irene hoffte sehr, dass alles eine schnelle Wendung nahm und sie wollte alles daran setzen die Detektivin zu unterstützen. Sie atmete tief durch. »Gibt es denn gar keine Anhaltspunkte über diese Karla?«

»Nein.« Tanja schaute sich suchend um. »Es gibt keinerlei Notiz von ihr, oder ein Foto – ich hatte gehofft eine Notiz in Ihrer Ausweismappe zu finden, aber die ist verschwunden.«

Ratlos saß Irene da und suchte nach einer Erklärung. »Hat sie jemand gestohlen?«

Unschlüssig zog Tanja ihre Schultern hoch. »Wer weiß? Auf jeden Fall ist hier nicht eingebrochen worden.« Sie wanderte um den Tisch herum und setzte sich Irene gegenüber. »Sie wollten gestern zur Ranch fahren«, fing sie an zu erklären, um ihr eine Gedankenstütze über den gestrigen Tag zu geben, »Sie hatten dort eine Verabredung mit Ihrem Mann, für den Sie eine Reportage verfassen sollten, über die neuen Stallungen, die dort entstehen sollen…«

»Reportage?«, warf Irene irritiert dazwischen.

»Sie sind Journalistin und arbeiten für den Rheinsteig- Verlag in Unkel.«

»Rheinsteig- Verlag«, sprach Irene leise vor sich her und versuchte sich ihren Arbeitsplatz vorzustellen. Sie schüttelte diesen Gedanken ab. »Sie sagten, Sie haben schon mal für mich gearbeitet – und wir waren am Ende Freundinnen – haben wir uns geduzt?«

Tanja nickte verhalten.

Irene erhob ihren Kopf ein wenig. »Dann ist es sicher sinnvoll, wenn wir das jetzt wieder tun.«

»Ja«, stimmte Tanja zu.

Interessiert schaute Irene zum Sideboard, wo das Foto ihrer Tochter stand. »Was wissen Sie…« Sie stockte. »du, über mich?«

Eigentlich lag Tanjas Bestreben mehr darauf, den gestrigen Tag zu rekonstruieren, aber sie gewährte Irene den kleinen Ausritt in ihre Vergangenheit, über die sie allerdings nicht gerade viel wusste. »Nicht besonders viel«, musste sie eingestehen.

»Wer ist meine Familie?«, gab Irene dennoch nicht auf, jede nur erdenkliche Kleinigkeit interessierte sie.

»Es gibt keine, außer die von Bill Valendar, deinem Mann.«

Fragend kniff Irene ihre Augen zusammen, was Tanja zu einer Erklärung aufrief.

»Du hast eine lange Zeit im Waisenhaus gelebt, in Kiel. Deine Eltern sind bei einem Autounfall ums Leben gekommen. Du warst damals noch sehr klein. So wie du mir erzählt hast, kannst du dich an sie gar nicht mehr erinnern.«

Ratlos starrte Irene Tanja an. »Und es gibt keine Verwandten?«

»Nein – offenbar nicht.« Tanja beruhte sich auf die Fakten, die ihr von vor zwei Jahren bekannt waren.

Nachdenklich wanderten Irenes Blicke auf dem Tisch umher. Sie fühlte sich mit einem Mal so einsam. »Ich bin Ausländerin, nicht wahr?«, sagte sie plötzlich.

»Laut Pass bist du Amerikanerin.«

»Amerikanerin?« Irene verstand nicht. »Sicher?«

»Ja. Du bist eine geborene Hardtman.«

Verwirrt fasste sich Irene an die Schläfen. »Ich habe mit dem Polizisten Französisch gesprochen«, erinnerte sie sich, »ich brauchte eine Weile mich zu orientieren.«

Etwas verwundert schaute Tanja nachdenklich drein. »Dafür habe ich keine Erklärung. Ich weiß nur, dass deine Eltern Amerikaner waren. Dein Vater hat für eine Reederei in Kiel gearbeitet – das ist auch der Grund, warum Bill dich geheiratet hat.«

Irritiert schüttelte Irene ihren Kopf. »Wie muss ich das denn jetzt verstehen?«

Mit einem tiefen Seufzer versorgte sich Tanja mit der nötigen Luft, um Irene die Zusammenhänge zu erläutern, soweit sie ihr bekannt waren. »Um das große Familienerbe antreten zu dürfen, musste Bill eine Amerikanerin heiraten, das ist so Tradition bei den Valendars, und so hat Bill eine Internetaktion gestartet. Das war vor sieben Jahren. Und du hast dich darauf gemeldet.«

Angewidert und mit einem Schuss Verlegenheit stieß Irene einen verzagten Laut aus. »Das klingt nicht gerade romantisch, eher als habe ich aus Berechnung gehandelt.«

Tanja tat diese Erkenntnis mit einem lässigen Schulterzucken ab. »Na ja«, antwortete sie salopp, »das ist doch heutzutage so üblich, um den perfekten Partner zu finden. Und ihr habt eine gemeinsame Leidenschaft, ihr liebt beide Pferde.«

Unzufrieden stöhnte Irene. »Wie war unsere Ehe?«, verlangte sie zu wissen und erntete bloß ein fragendes Gesicht, »du hast für mich gearbeitet – welchen Eindruck hattest du?«, fragte sie zwingend nach.

»Es wirkte alles sehr harmonisch«, antwortete Tanja, »ihr ward das perfekte Paar.« Sie überlegte kurz und rief sich ein paar Gespräche von damals in Erinnerung. »Du hast dich auf der Ranch sehr wohl gefühlt und mir einige tolle Geschichten erzählt.« Sie lächelte Irene aufmunternd an, obwohl ihr selber Zweifel kamen, ob sich Irene nach dem Vorfall, von vor zwei Jahren immer noch auf der Ranch wohlfühlte.

Resignierend seufzte Irene und schon stellten sich erneute Fragen, die sie gerne beantwortet hätte. »Was weißt du von meiner Kindheit im Waisenhaus. Habe ich darüber auch erzählt?«

»Nein«, antwortete Tanja bedauernd unter Kopfschütteln, »anscheinend war deine Kindheit dort nicht so prickelnd.«

Verzweifelt schüttelte Irene den Kopf. Was mochte sie als Kind nur durchgemacht haben? Die Eltern so früh verloren, im Waisenhaus aufgewachsen – Vielleicht verdrängte sie ihre Vergangenheit, weil sie damit nichts Gutes verband. Sie schaute Tanja plötzlich fest an. »Bill hat dich beauftragt, mir zu helfen… habe ich denn keine Freunde?«

Auch diese Frage konnte Tanja nur auf Basis ihres Wissensstands von vor zwei Jahren beantworten. »Du warst eine Einzelgängerin – hast dich auch nie gerne jemandem anvertraut, daher kann ich dir auch nicht besonders viel aus deinem Leben erzählen – du hast mir aber vertraut. Das ist der Grund, warum dein Mann mich beauftragt hat, na ja, und er hatte auch geglaubt, wir stünden noch in Kontakt.«

Das hatten sie offensichtlich nicht, wie Irene aus ihrer Antwort entnehmen konnte. Unnötig dort weiter nachzuhaken. »Was werden wir als nächstes tun?«, interessierte sie viel mehr.

Unschlüssig verzog Tanja ihre Mundwinkel. Möglichkeiten gab es viele, die Frage war nur, womit anfangen? »Ich finde, wir sollten erst einmal die Sprachbox vom deinem Telefon abhören, vielleicht hat sich diese Karla ja schon gemeldet und dann sollten wir versuchen zu klären, wo deine Ausweismappe hin ist.«

»Könnte sie jemand aus dem Wagen entwendet haben?«

»Das ist die große Frage. Der Wagen war von innen verriegelt worden, fragt sich bloß, hattest du den Wagen bei Fahrtantritt direkt verschlossen, oder hast du's erst nach dem Unfall gemacht, und bist dann erst bewusstlos geworden.«

Ratlos saß Irene nur da und ließ ihre Blicke schweifen. Versuchte sich zu erinnern. Gab aber auf. »Ich kann's dir nicht sagen.«

Nachsichtig lächelte Tanja und gab ihr einen Rat: »Du solltest dich umschauen und dich mit deiner Umgebung wieder anfreunden, vielleicht kommen so deine Erinnerungen ja wieder zurück. Wir fangen am Besten im Büro an. Da kannst du deinen Schreibtisch durchstöbern und nach Anhaltspunkten suchen – dabei können wir gleichzeitig das Telefon abhören.«

Eigentlich fühlte Irene sich viel zu sehr erschlagen, als dass sie nun die Kraft aufbringen konnte, ihre Vergangenheit aufzuarbeiten.

Mitfühlend schaute Tanja ihre Klientin an. Sie konnte sehr gut nachfühlen, was in Irene vorging, aber darauf konnte sie keine Rücksicht nehmen. Ungeachtet ihrer Gefühle schritt sie zur Diele und griff nach dem Telefon, was dort auf der Garderobenkommode in der Empfangsstation hing und wanderte ins Büro. Dort versorgte sie sich mit Stift und Zettel, um alle Nummern notieren zu können, die aufgesagt wurden und setzte sich vor den Schreibtisch. »Na komm!«, rief sie Irene auffordernd zu.

Nur mit Widerwillen setzte sich Irene an den Schreibtisch. Ihre innere Stimme ermahnte ihr, lass die Finger von den fremden Sachen.

Tanja beobachtete wie Irene zaghaft eine Schublade öffnete. »Auf dem Schreibtisch muss ein Laptop gestanden haben«, warf sie ein, »hast du eine Ahnung, wo das hin sein könnte?«

»Ich wünschte, ich könnte«, entfuhr es Irene gereizt. Fragen dieser Art nervten sie. Sie verstand nicht, warum Tanja sie stellte. Ihre Erinnerungen waren weg, was sollte diese Fragerei?

Gelassen lehnte sich Tanja zurück. »Ich versuche bloß deine Erinnerungen zu wecken.« Sie schaute umher. »Irgendwo muss auch deine Fotoausrüstung sein.«

Mit selbst eingeredeter Disziplin beruhigte sich Irene wieder. Nachdenklich ließ sie ihre Blicke über den Schreibtisch wandern. Schließlich ließ sie ihren Kopf in ihre Hände sinken. Laptop, Kamera, zählte sie gedanklich auf, gehörten diese Dinge nicht zu ihrem Beruf? »Wenn ich doch auf dem Weg zu einem Auftrag war«, grübelte sie leise vor sich her, »müsste doch wenigstens die Kamera im Wagen gewesen sein.«

»Das sehe ich auch so – aber offensichtlich hat jemand fette Beute gemacht, nach deinem Unfall. Fragt sich bloß, wer?« Es wurde immer ratsamer die Polizei zu befragen, ob sich im Wagen irgendwelche Gegenstände befanden, die auf dem Weg ins Krankenhaus den Besitzer gewechselt haben konnten. Unter Sanitätern gab es viele schwarze Schafe, und zu gerne hätte Tanja den Unfallverursacher befragt, ob ihm ein Kind auf dem Rücksitz aufgefallen war, was er im Eifer der Ereignisse vergessen hatte zu erwähnen. Aber das musste warten. Sie griff nach dem Telefon und rief die Sprachbox auf. Vielleicht gab sie ja schon Aufschluss und alle Hypothesen erwiesen sich als völlig unnötig. Doch als die erste Nachricht angesagt wurde, vergrub Irene plötzlich ihr Gesicht in den Händen und sackte über den Schreibtisch zusammen, mehrmals murmelte sie den Namen ihrer Tochter vor sich hin, versuchte sich zu konzentrieren, um irgendeine Geschichte in ihrem Gedächtnis auszurufen, die sie mit Miriam verband, aber nichts wollte ihr einfallen. Um Irene in ihrer Konzentrationsphase nicht zu stören, schaltete Tanja die Sprachbox wieder ab.

»Oh Gott«, stieß Irene plötzlich aus. In ihrer Stimme schwang tiefe Verzweiflung mit. »Ich vermisse sie nicht einmal.«

Zum Trost griff Tanja nach ihrem Arm. »Du kannst nicht etwas vermissen, an das du dich nicht erinnern kannst.« Ein Spruch, den ihr Dr. Kamp mit auf den Weg gegeben hatte.

Schmerzerfüllt und unzufrieden schüttelte Irene den Kopf. »Ich müsste mich doch zu ihr verbunden fühlen.«

An diesem Punkt musste Tanja passen. Sie fand keine tröstenden Worte, weil sie sich mit tiefen Muttergefühlen nicht auskannte, also ließ sie es und befand es auch nicht als angebracht. Mit Gefühlsduseleien kamen sie nicht weiter und so startete sie rücksichtslos die Sprachbox erneut und hörte mit erhöhter Aufmerksamkeit die Nachrichten ab. Damit Irene die Mitteilungen mit verfolgen konnte, hatte sie die Mithörfunktion eingeschaltet, wenn es ihr auch offensichtlich schwer fiel, dabei ihre Fassung nicht zu verlieren.

Zu jeder Nummer, die die monotone Stimme der Sprachbox aufsagte, notierte sich Tanja das Datum und Uhrzeit. Der älteste Anruf ging auf den letzten Freitag zurück, ab da hatte Irene kein Gespräch mehr persönlich angenommen. Im Ganzen recht viele Anrufer, von denen nur wenige Leute eine Sprachnachricht hinterlassen hatten, die meist Anfragen bezüglich des Verlags betrafen. Darunter auch ein Kunde, der wütend seinen Frust mitteilte, weil er mit seinem Artikel, den Irene verfasst hatte, nicht seinen Vorstellungen entsprach. Ab dem Montag folgten dann viele Nachrichten vom Verlag. Ihr Chef forderte Irene auf, sich bei ihm zu melden, weil er Irene vermisste und sie auf dem Handy nicht erreichen konnten. Auch Bill hatte eine Nachricht hinterlassen und forderte diese Karla auf sich zu melden, für den Fall, dass sie in Irenes Haus verweilte, mehrmals sogar war seine Telefonnummer registriert, aber keine Nachricht von dieser unbekannten Karla.

»Kommt dir irgendeine Stimme bekannt vor?«, stellte Tanja eine Zwischenfrage, worauf sie bloß ein niedergedrücktes Kopfschütteln zur Antwort bekam.

»Nur die von meinem Mann«, sagte Irene schwach.

»Kommt sie dir vertraut vor?«

Als müsse sie starke Schmerzen aushalten, schüttelte Irene ihren Kopf und fiel erschöpft zusammen. Sie erkannte die Stimme nur durch seinen Besuch im Krankenhaus, und als die mechanische Stimme aus dem Telefon das Ende aller Nachrichten verkündete sank ihr Kopf auf ihre Arme nieder, die sie auf dem Tisch gekreuzt abgelegt hatte und schüttelte ihn aufgebend. »Was machen wir jetzt?«, klagte sie schmerzerfüllt und resignierend.

Missmutig scannte Tanja mit ihren Augen die Liste ab, wo alle Nummern der Anrufer notiert standen, die ordentlich markiert wurden, nach Sprachnachrichten und nach entgangenen Anrufen. Tröstend legte sie dabei ihre Hand auf Irenes Schultern ab, die immer noch mit niedergelegtem Haupt nur da lag. »Zurückrufen, und hoffen, dass eine Nummer zu Karla gehört, oder hoffen, dass jemand sie kennt.«

Ganz bewusst wählte Tanja die Nummer vom Rheinsteig- Verlag zuerst. Sie erhoffte, dass dort jemand diese Karla kannte, vielleicht war sie sogar eine Kollegin, oder Irene hatte über sie erzählt.

Eine Männerstimme ertönte und stellte sich als Wangert vor, die Tanja einem älteren Mann zuordnete. In knappen Sätzen brachte sie ihr Anliegen vor und erläuterte die Geschehnisse.

»Das ist ja furchtbar«, reagierte Wangert entsetzt und von aufrichtigem Mitgefühl befallen, »wie kann ich Ihnen helfen?«

»Kennen Sie eine Karla?«, setzte Tanja eine nüchterne Frage nach.

»Nein, nicht, dass ich es wüsste.« Eine kurze Denkpause folgte. »Nein«, sagte er dann erneut, »Irene hat den Namen nie erwähnt – aber ich kann ja mal meine Angestellten fragen.«

»Ach«, entgegnete Tanja erstaunt, »Sie sind der Chef?«

»Ja. Warum so verwundert?«

»Na ja, ist selten, dass der Chef selber ans Telefon geht.«

»Wir sind ein kleiner Verlag und da kann ich mir Sekretärinnen nicht leisten«, erklärte er, was schon eher wie eine Standpauke klang.

»Okay«, lenkte Tanja ein und kam wieder auf das eigentliche Thema zurück, »ich hätte gerne gewusst, ob Irene einen Computer an ihrem Arbeitsplatz hat, oder eine Kamera besitzt, die im Verlag liegt?«

»Nein – Irene bringt immer ihr eigenes Laptop mit und die Kamera hat sie immer im Wagen liegen, sie holt eigentlich immer nur die Chipkarte heraus, um die Fotos zu bearbeiten.«

»Gut«, sagte Tanja abwesend, »das wäre fürs Erste alles. Und falls jemand diese Karla kennen sollte, melden Sie sich bitte bei mir.«

»Aber natürlich«, versicherte Wangert und notierte sich Tanjas Handynummer, die sie ihm durchsagte, »bestellen Sie ihr liebe Grüße und gute Besserung, wir vermissen sie.«

Als Tanja die Verbindung trennte, gab es für sie einen vorrangigen Gedanken. Sie musste die Polizei kontaktieren, um zu erfahren, ob eine Fototasche und ein Laptop im Wagen lagen, die möglicherweise von den Sanitätern mitgenommen wurden. Der Laptop konnte vermutlich schon viele Fragen beantworten. Erwartungsvoll schaute sie Irene an. »Kannst du dich noch an die Polizisten erinnern, die den Unfall aufgenommen haben?« Sie hoffte, dass sie nicht bei der zuständigen Polizeistation anrufen musste, um die erforderlichen Auskünfte zu erhalten. Es bedurfte dann immer vieler Erklärungen diese Auskünfte zu erhalten.

Konzentriert kniff Irene ihre Augen zusammen und schüttelte schließlich ihren Kopf, dann kam ihr ein Gedanke. Sie griff in eine Tasche ihres Blazers, zog ein Kärtchen heraus und reichte es Tanja. »Das hat mir einer der Polizisten gegeben, er meinte ich könne ihn zu jeder Zeit anrufen.«

»Eric Hopfner«, murmelte Tanja den Namen, der auf dem privaten Kärtchen geschrieben stand. Verzückt darüber, dass ein Polizist seine Handynummer preisgab, schob sie ihre Brauen hoch. »Na dann werden wir den Knaben mal anrufen.« Sie klemmte eine Strähne hinters Ohr und griff nach ihrem Handy, das sie auf dem

Schreibtisch abgelegt hatte. Schnell tippte sie mit dem Daumen die Nummer ein, um sie auch gleichzeitig abzuspeichern und wenig später war sie schon mit Eric Hopfner verbunden. Eine junge Männerstimme ertönte, die einerseits sehr interessiert klang und erfreut, etwas über Irene Valendar zu erfahren, aber andererseits schien er kein wirkliches Interesse zu besitzen. Wahrscheinlich, so vermutete Tanja, lag es daran, dass sie sich als Privatdetektivin geoutet hatte. Es gab da oft voreingenommene Beamte, die nicht gerne mit weiblichen Detektivinnen arbeiteten. Aber im Nachhinein konnte sie mit guter Leistung bei den Herren immer punkten. Aber so am Telefon war das natürlich schwierig. In diesem Fall konnte Tanja ihm nicht einmal ihr Anliegen vortragen. Gerade mal so viel, ihm mitzuteilen, dass es Irene gut ginge und sie wieder Zuhause sei, aber ihr Zustand unverändert ist. Daraufhin wandte er schnell eine Ausrede an, um sie abzuwimmeln.

»Hören Sie, ich bin im Dienst, ich kann jetzt nicht reden. Ich melde mich.« Schon im selben Moment hatte Eric sie weggedrückt.

Gereizt warf Tanja ihr Handy lieblos auf den Tisch. »Arrogantes Arschloch, das ist dienstlich«, entfuhr es ihr, gefolgt mit einem grantigen Schnaufen, was Irene zusammenzucken ließ.

»Was ist?«, forschte Irene nach und schaute Tanja mitfühlend an, weil sie so deprimiert wirkte. Sie gab sich so viel Mühe, aber bisher konnte noch nicht der geringste Erfolg verbucht werden.

Über ihren Temperamentsausbruch selber erschrocken fasste sich Tanja wieder schnell. Sie wollte tunlichst vermeiden, Irene in eine Hoffnungslosigkeit zu stürzen, indem sie ihren Unmut verkündete. »Ach nichts«, tat sie es als belanglos ab und nahm sich erneut die Telefonliste vor, die nun eine Menge Ausdauer von ihr abverlangte. Der Reihe nach ging Tanja die einzelnen Telefonnummern durch, leierte immer wieder denselben Dialog herunter mit der anschließenden Frage, ob jemand diese Karla kennt und immer wieder dieselbe Antwort: »Nein, nie gehört.«

Irene hatte zwischenzeitig Kaffee aufgebrüht. Ein Unterfangen, wozu sie die gesamte Küche durchstöbern musste, um die nötigen Utensilien zusammenzufinden, die sie dazu benötigte. Ein paar Mal war sie mutlos zusammengesackt, weil ihr alles so fremd erschien, aber der unermüdliche Einsatz von Tanja, die geduldig die Telefonliste abarbeitete, spornte sie an. Sie stellte schließlich eine Tasse für sie auf dem Schreibtisch ab und lächelte dankbar auf sie nieder.

»Und, hast du schon etwas herausgefunden?«, erkundigte sich Irene.

Kopfschüttelnd schob Tanja die Liste auf Seite. »Nein, ich konnte aber noch nicht alle erreichen.« Sie zog die Tasse zu sich heran und nahm eine Brise des Duftes in sich auf, der ein wenig Wohlbehagen aufkommen ließ. »Hast du dich schon im Haus überall umgeschaut?« Erwartungsvoll schaute sie Irene über ihren Tassenrand an.

Irene antwortete mit einem müden Kopfschütteln. »Ich war noch nicht oben.«

»Dann mal ran«, trieb sie Irene scherzhaft an, um sie zu ermutigen. Mit Humor, und wenn auch nur dieser gewisse Galgenhumor aufflammte, ließen sich gewisse Dinge besser erledigen, das hatte Tanja in ihrem Berufsleben oft erfahren. Der Sarkasmus klang zwar immer etwas böse und bitter, aber es konnte einen verzweifelten Menschen auch antreiben. Nach dem Motto, jetzt erst recht.

Beabsichtigt schickte Tanja Irene allein in die obere Etage, weil sie es für ratsam hielt, dass Irene alleine die Zimmer aufsuchte, so wie sie es aus ihrem Alltag gewohnt war.

Bei Irene setzte wieder dieses mulmige Gefühl ein, als sie alleine die Treppe zur oberen Etage hinaufstieg. Nichts von dem, was sie hier umgab kam ihr vertraut vor und alles was sie bisher in ihren Händen hielt, schien nicht zu ihr zu gehören. Sie flehte innerlich so sehr, dass sie plötzlich aufwachte und alles erwies sich als ein böser Alptraum und dass Miriam in ihrem Zimmer saß und spielte.

Langsam schritt sie durch den schmalen Flur und griff sehr zögerlich nach der Klinke der ersten Tür und schob sie vorsichtig auf. Sie blickte in ihr Schlafzimmer, trat aber nicht ein und eilte plötzlich hastig zur nächsten Tür hinter der sich das Bad befand, aber auch dem Raum schenkte sie wenig Beachtung. Sie wandte sich um und blickte entlang dem Flur der parallel zur Treppe bis ans andere Ende des Hauses führte, von dem es in zwei weitere Zimmer führte. Aufgeregt eilte sie zur nahe gelegenere Tür und riss sie auf, wo fortan ihr Blick auf dem Bett ihrer Tochter haften blieb, auf dem ein Teddybär lag. Sie spürte wie sich ihre Brust verengte, als hätte jemand sie in einen Schraubstock gespannt.

Rätselnd saß Tanja unterdessen noch am Schreibtisch und sortierte ihre Gedanken. Sie trug alle bisher gewonnenen Erkenntnisse zusammen.

Eine Journalistin fährt zu einem Fototermin auf eine Baustelle in eleganter Kleidung. Ihre Ausweispapiere verschwunden, sowie ihr Laptop und Kameraausrüstung. Dann gab es diese mysteriöse Karla – Kindermädchen, Freundin? Es gab nicht einmal den geringsten Beweis für ihre Existenz, als sei sie ein Phantom und somit schloss sie eine gute Freundin aus. Von Freundinnen und Freunden besaß man Fotos, oder wenigstens die Adresse. Sie glaubte auch nicht, dass Miriam bei einer Freundin untergebracht worden war, sonst hätte sie doch ihr Waschzeug mit eingepackt. Selbst der Kindergarten wurde von Irene nicht informiert. Also, wo steckte Miriam bloß? Sie gab für den Moment auf und folgte Irene in den oberen Stock. Sie fand Irene Zusammengesackt im Kinderzimmer vor. Mit einem Teddy in der Hand saß sie auf der Bettkannte und starrte den Boden an.

»Kennst du dieses Tierchen?«, forschte Tanja vorsichtig nach und trat langsam an sie heran.

»Nein«, antwortete Irene leise. Man merkte ihr die Verzweiflung an. »Aber es muss Miriams Lieblingstierchen sein, es lag auf dem

Bett.« In Erwartungshaltung schaute sie zu Tanja auf. »Hast du schon was erreicht?«

Tanja schüttelte ihren Kopf. »Nein, ich habe eine Pause eingelegt, ich starte gleich einen erneuten Versuch.«

Wie mit letzter Kraft streckte Irene den Teddy Tanja entgegen. »Glaubst du, ich hätte Miriam ohne ihren Lieblingsteddy zu einer Freundin gegeben, oder Kindermädchen?«

Unschlüssig zuckte Tanja mit ihren Mundwinkeln. »Keine Ahnung.« Sie setzte sich neben sie und beäugte dieses Plüschtier. Auch sie war schon über dieses Tierchen gestolpert, aber das wollte sie Irene nicht mitteilen, um sie nicht der letzten Hoffnung zu berauben. »Vielleicht ist es ja gar nicht ihr Lieblingsteddy.«

Unzufrieden und mit einem Schuss Verärgerung seufzte Irene. »Warum meldet sich diese Karla nicht?« Ihre Stimme klang sehr verzweifelt. »Ich habe ein ganz schlimmes Gefühl im Magen.« Sie schaute Tanja eindringlich von der Seite an. Tränen schossen ihr in die Augen. »Du spricht es zwar nicht aus, aber du denkst doch auch, dass Miriam etwas zugestoßen ist.« Ihre Stimme bebte und sie musste mehrmals schlucken, um nicht in Schluchzen auszubrechen. Auch wenn sie Miriam nicht mehr in ihren Erinnerungen hielt, so empfand sie großes Mitgefühl für dieses kleine Mädchen und die Ungewissheit über ihr Schicksal, welches sie mit zu verantworten hatte, fraß sie auf.

Für einen Moment hielt Tanja inne, dann griff sie voller Anteilnahme nach Irenes Hand, konnte aber mit einer ehrlichen Meinung nicht zurückhalten. »Ja, du hast Recht.«

Mit einem lauten Aufschrei brach Irene zusammen und sackte nach vorne. Tanja konnte sie nur mit Mühe im letzten Moment festhalten und verhindern, dass sie auf den Boden knallte. »He beruhige dich«, redete sie beschwichtigend auf sie ein und versuchte sie aufs Bett zu legen, doch Irene schlug plötzlich wild um sich und schrie Schmerz beladen. Mit aller Kraft, die Tanja aufwenden konnte, presste sie Irene an den Schultern ins Kissen, doch sie bockte und strampelte. Ohne zu zögern verpasste Tanja ihr einen heftigen Schlag mit der flachen Hand auf die Wange.

Ermattet und aufgebend fiel Irene zusammen. Sie wälzte sich auf die Seite, zog ihre Beine an und, wimmerte dabei vor sich her.

Erschöpft legte Tanja ihre Hand behutsam auf Irenes Schulter ab. »Entschuldige«, keuchte sie und nun wusste sie, was Dr. Kamp meinte. Sie wartete noch eine Weile ab, bis sich Irene gänzlich beruhigt hatte und unter ihrer schützenden Hand ruhig da lag. Tanja wollte gerade das Zimmer verlassen, als plötzlich ihr Handy ertönte, das sie in ihrer Jeans mittrug. Sie zog es aus ihrer Gesäßtasche, wobei sie sich etwas vom Bett entfernte. Am Display erkannte sie, dass es sich um Bill handelte.

»Bartoli«, meldete sie sich kurz und trat auf den Flur.

»Konnten Sie schon was raus finden?«, schmetterte er ihr hektisch entgegen.

»Nein, offenbar jagen wir ein Phantom. Ich konnte allerdings die Sprachbox noch nicht ganz auswerten.«

»Wie geht es Irene?«, setzte er gleich eine weitere Frage nach, die ihn brennend interessierte.

Tanja schaute Irene durch die Tür an, die regungslos auf dem Bett lag. »Sie hatte gerade einen Zusammenbruch.«

»Kann sie sich denn wieder an irgendwas erinnern?«

»Nein. Aber es gibt einige Ungereimtheiten…«

»Was soll das heißen?«, unterbrach Bill sie ungehalten.

»Nun ja, die ganzen Papiere Ihrer Frau sind nicht aufzufinden, ebenso fehlt ihr Laptop und ihre Kameraausrüstung.«

Bei Bill setzte die Atmung kurz aus. »Glauben Sie, bei ihr ist eingebrochen worden? Und jemand hat Miriam entführt?«

»Nein«, schloss Tanja aus und schaute dabei umher, »es deutet nichts darauf hin. Vielleicht hat ja doch jemand diese Dinge aus dem Wagen entwendet und Irene hat daraufhin erst die Türen verriegelt, bevor sie ohnmächtig wurde, oder einer der Sanitäter hat die Sachen mitgenommen.« Die Möglichkeit, dass Miriam dennoch im Wagen gesessen haben konnte, erwähnte sie nicht. Es beruhte ohnehin alles nur auf Spekulationen.

»Dann liegt unsere ganze Hoffnung auf dieser Karla?« Bill atmete schwer, was seine Niedergeschlagenheit verriet. »Ich versteh nicht, warum Irene unsere Tochter in fremde Hände gegeben hat? – Ich möchte sie sprechen.«

»Nein«, lehnte Tanja konsequent ab, »das ist im Moment nicht so gut.«

»Ich finde, Irene sollte auf die Ranch kommen«, forderte Bill bestimmend.

Dem stimmte Tanja gar nicht zu, sie teilte ihren Unmut darüber aber nicht direkt mit. »Ich werde mit ihr darüber reden.« Fürsorglich wandte sie sich ab, damit Irene dem hitzigen Gespräch nicht folgen konnte. »Wir sollten damit aber noch etwas warten, bis ich mit ihr die letzten Stunden vor dem Unfall rekonstruiert habe«, begründete sie ihre Meinung.

Nur widerwillig stimmte Bill zu, aber er musste sich selber gedanklich einräumen, dass sie Recht hatte. Schließlich mussten sie alle erdenklichen Möglichkeiten ausschöpfen.

Tanja verzog verzückt ihren Mund, als er schon nach kurzer Diskussion nachgab. Diese sanftmütige Art kannte sie von Bill nicht. »Ich melde mich, sobald ich Näheres weiß.« Als Tanja ihr Handy wieder in die Gesäßtasche schob und sich Irene wieder zuwandte, saß sie auf der Bettkante. Betrübt schaute sie zu ihr hinüber.

»Ich fühle mich so schuldig«, sagte Irene voller Selbstanklage.

»Es gibt keinen Grund dafür«, schmetterte Tanja ab, »solange wir nicht wissen, was wirklich passiert ist, beruht doch alles nur auf Hypothesen.«

Unbefriedigt schüttelte Irene den Kopf. »Ich habe Geheimnisse vor meinem Mann.« Sie begriff ihr Handeln nicht.

Da konnte Tanja nicht widersprechen, aber wahrscheinlich gab es dafür Gründe und einer lag offensichtlich vor. Sie lebten getrennt. Sie ging nicht näher drauf ein, um zu verhindern, dass die Situation im Trübsinn endete, das würde Irene nur noch mehr psychisch runter ziehen. »Wir sollten etwas an die frische Luft gehen«, schlug sie vor und konnte Irene auf Anhieb dafür gewinnen.

Mit einem kräftigen Luftzug trat Irene vor die Tür und schloss für einen kurzen Moment ihre Augen, genoss den Augenblick, in sich hineinzuhören.

Tanja legte sanft ihren Arm um ihre Schulter und drückte sie kurz an sich. »Na, besser?«, fragte sie voller Anteilnahme.

Stumm nickte Irene und schritt die Stufen hinunter. Sie rieb sich ihre Arme, weil es ihr fröstelte, obwohl eine laue und angenehme Brise wehte und sie darüber hinaus ihren Blazer übergezogen hatte. Sie gingen ein Stück den Weg entlang, Richtung Ausfahrt. Plötzlich bemerkte Tanja, als sie an einem lichten Stück Hecke vorbeischritten, im Nachbargarten eine ältere Dame, die Irene zuwinkte, doch die bemerkte die Dame gar nicht.

Tanja tippte Irene von hinten an. »Ich glaube, da kennt dich jemand«, sagte sie und klang dabei etwas scherzhaft.

Irene folgte mit ihren Blicken Tanjas Zeigefinger, der auf die Frau deutete. »Ich wünschte, ich könnte das auch behaupten«, antwortete sie ebenso und brachte damit Tanja zum Lachen und steckte sich damit selber an. Für einen kurzen Moment hatte der Galgenhumor die Gemüter bestimmt.

»Komm, lass uns zu ihr gehen«, forderte Tanja Irene auf und marschierte voran.

Die ältere Dame schaute den Frauen verwundert entgegen, als sie auf die Hecke zuschritten.

»Hallo«, rief Tanja ihr zu, »kann ich Sie was fragen?«

Langsam kam die ältere Frau heran, wobei sie Tanja befremdet entgegen schaute. »Was möchten Sie denn wissen?«

»Mein Name ist Tanja Bartoli«, stellte sie sich zunächst vor und deutete dann auf Irene, »Frau Valendar hatte gestern einen Unfall…«

»Oh Gott«, stieß die Frau besorgt aus und unterbrach mit ihrer Fürsorglichkeit unhöflich das Gespräch, indem sie an ihre Nachbarin eine Frage stellte, »wie geht es Ihnen?«

Irene reagierte nur mit einem unschlüssigen Schulterzucken. Sie wusste nicht, wie sie ihren Zustand beschreiben sollte. Zum Schreien war ihr zumute, aber wer sollte das verstehen? Sie zeigte äußerlich keinerlei Merkmale eines Unfalls.

»Äußerlich geht es ihr gut, aber sie hat ihr Gedächtnis verloren«, erklärte Tanja, als Irene keine genaue Auskunft über ihren Gesundheitszustand erteilte.

Ihre Anteilnahme an dem Schicksal ihrer Nachbarin war der älteren Frau im Gesicht abzulesen. »Das ist ja schrecklich.«

Irene musste sich abwenden, weil sie spürte, wie ihre Verzweiflung wieder Besitz von ihr ergriff. Um nicht wieder einen Zusammenbruch zu erleiden, entfernte sie sich ein paar Schritte

»Was hat sie nur?«, fragte die ältere Dame irritiert nach.

»Es geht ihr an die Psyche.« Bedacht schaute Tanja kurz über ihre Schulter, als wolle sie Irene kontrollieren, so wie eine Mutter ihr Kleinkind hütete. »Dürfte ich erfahren, wie Sie heißen?«

»Eillig«, antwortete die Frau hastig, »Berta Eillig, wie Schnell, mit zwei L«, gab sie zur Erklärung ab.

Tanja musste über diese Namenserklärung lachen und schob gleich eine Frage nach. »Frau Eillig, kennen Sie eine Karla?«

Angestrengt grübelte Frau Eillig und schüttelte schließlich ihren Kopf. »Nein, also hier in der Gegend kenne ich keine Karla. Ich kenne alle Leute hier in der Straße. Ich wohne schon seit über vierzig Jahren hier,« erklärte sie und erschrak plötzlich, »nicht, dass

Sie jetzt glauben, ich sei neugierig und spioniere den Leuten hinterher…«

»Nein, natürlich nicht«, antwortete Tanja mit einem unterdrückten Schmunzeln, wobei sie eine Nachbarschafts-Mata Hari schon gerne begrüßt hätte. Sie wurde wieder ernst. »Bekommt Frau Valendar schon mal Besuch? Oder ist Ihnen etwas Außergewöhnliches aufgefallen?«

»Nein – solange Frau Valendar hier wohnt, habe ich noch nie Besuch wahrgenommen.« Sie beugte sich näher über die Hecke. »Und ehrlich gesagt«, flüsterte sie und schaute gezielt Irene hinterher, um sicher zu gehen, dass sie nicht mithörte, »bekommt man bei diesem Wildwuchs auch wenig mit, was ums Haus passiert.«

Wie recht sie hatte, dachte Tanja und legte eine Frage nach. »Haben Sie Frau Valendar gestern Morgen gesehen, wie sie mit ihrer Tochter aus dem Haus ist?«

Frau Eillig überlegte angestrengt. »Nein, gestern nicht. Frau Valendar geht immer zu unterschiedlichen Zeiten aus dem Haus.« Sie deutete in eine Himmelsrichtung. »Sie bringt die Kleine immer über die Straße, den Rest geht sie dann alleine bis zum Kindergarten. Der ist nämlich gleich dahinten.«

Bei Tanja wurde eine Vermutung entfacht. Vielleicht wurde Miriam auf dem kurzen Stück gekidnappt.

»Warum fragen Sie das?«, wollte Frau Eillig wissen.

»Nur so«, antwortete Tanja und ging nicht näher darauf ein. Obwohl der Wildwuchs Frau Eillig sichtlich einschränkte, bekam sie doch so einiges mit, weil sie offensichtlich an einer krankhaften Neugier litt und wahrscheinlich war sie ebenso geschwätzig. So hielt Tanja es für ratsam, keine näheren Auskünfte zu erteilen, bevor nichts Genaueres feststand. Plötzlich bemerkte Tanja, wie Irene zur Einfahrt hinüberschaute und ein grünes Fahrzeug beobachtete, das direkt vor der Einfahrt stand. Eine Person saß dort drin und winkte. Mit einer freundlichen Geste, wandte sich Tanja von Frau Eillig ab und schritt auf Irene zu, die verstört den Wagen anstarrte. Dem wollte sie nachgehen. Als sie neben Irene stand, fuhr der Wagen weg.

»Kam dir der Wagen bekannt vor?«, forschte Tanja gleich nach.

»Nein.« Irene schüttelte den Kopf. »Aber der Fahrer hat mir zugewunken.«

»Es war ein Mann?«

Unschlüssig verzog Irene ihre Mundwinkel. »Ich bin mir nicht sicher.« An ihren zusammengezogenen Brauen konnte Tanja ihre Verzagtheit ausmachen, die sie zu überspielen versuchte. Aber als sie wenig später mit ihr das Haus wieder betrat, fröstelte es Irene erneut, was ihre Mutlosigkeit wiederspiegelte. Verloren stand sie im Wohnzimmer und rieb sich die Oberarme. Sie wandte sich Tanja zu, die hinter ihr stand.

»Bleibst du heute Nacht hier?«, fragte sie, was mehr wie eine Bitte klang. Sie wollte die Nacht nicht alleine in dem Haus verbringen.

»Aber ja«, antwortete Tanja. In diesem Zustand konnte sie ihre Klientin unmöglich alleine lassen. Sie hatte sich schon darauf eingestellt und es stellte auch kein Problem für sie dar. Obwohl sie heute Morgen, bevor sie das Haus verließ, noch nicht über die Einzelheiten des Falles unterrichtet war, führte sie genügend Garderobe mit sich, um für ein paar Tage auszuhalten. Eigentlich war sie immer darauf eingerichtet und privat gab es auch niemand, der auf sie wartete. Jedoch wurde sie von einer ganz anderen Angelegenheit gequält. Sie deutete auf die Küche. »Wie gut kennst du dich mittlerweile wieder in deiner Küche aus?«, flachste sie vom Hunger getrieben. Der Mittag war schon weit vorangeschritten.

Angesteckt von Tanjas Bemerkung, lächelte Irene. »Ich schau mal, was ich tun kann.«

Während Irene in die Küche wanderte, ließ Tanja einen missmutigen Blick ins Büro schweifen. Mit einem anspornenden Seufzer frischte sie ihr Gemüt auf, dann marschierte sie hinein und nahm sich erneut die Telefonliste vor. Wieder ging sie der Reihe nach die Liste der übriggebliebenen Nummern durch, aber ohne Erfolg. Nicht eine Person konnte sie erreichen, aber dafür gab es für sie mehrmals die Gelegenheit, ebenfalls auf eine Sprachbox eine Nachricht zu hinterlegen. Aber so machte die ganze Technik für Tanja keinen Sinn. Um Rückruf bitten und dann womöglich selber nicht Zuhause sein.

Plötzlich schob Irene einen Teller mit Pizza unter Tanjas Nase. Vorschriftsmäßig in Dreiecke geschnitten. »Die habe ich in der Tiefkühlbox gefunden, das war für mich das Einfachste«, erklärte sie ermattet und ließ sich erschöpft auf ihren Schreibtischstuhl fallen.

Mitfühlend schaute Tanja sie an. »Ist immer noch schwierig, was?«, sagte sie einfühlsam und lächelte sie ermutigend an, »na ja, sieht aber lecker aus.«

Irene stieß einen müden Laut aus. »Versuch nicht mich aufzuheitern«, konterte sie niedergedrückt, »ich suche mich zu Tode.« Sie stützte sich auf den Schreibtisch ab und ließ ihren Kopf niedergeschlagen in ihre Hände fallen.

Bei allem Mitgefühl, was Tanja für Irene empfand, wollte sie jetzt nicht tiefer darauf eingehen. Das fehlte ihr noch, wenn sie anfing depressiv zu werden. »Na komm«, forderte sie Irene auf und stieß sie an, »lass uns was essen.«

Nur widerwillig konnte Irene einen Happen zu sich nehmen. Nur der Gedanke an ihre Tochter spornte sie an und der unermüdliche Einsatz von Tanja, die dabei alle Geduld der Welt aufbringen musste, um ihr zu helfen. Nein, sie durfte sie nicht enttäuschen.

Tanja ließ eine gute Stunde verstreichen, bevor sie einen erneuten Versuch startete, die restlich verbliebenen Anrufer zurückzurufen. Zwischenzeitig hatte sich Irene auf das Sofa gelegt und ihre Beine mit der flauschigen Wolldecke abgedeckt, die auf dem Sofa lag. Die Stille im Haus verschaffte ihr ein wenig Schlaf, wobei sie die

Anwesenheit von Tanja als sehr angenehm empfand. Es verlieh ihr ein wenig Sicherheit.

Wie von einer großen Qual erlöst, nahm Tanja die Stimme einer Frau wahr, die sich mit Henrig meldete. Dem Klang der Stimme nach vermutete sie eine ältere Frau.

»Guten Tag Frau Henrig, meine Name ist Bartoli...«

»Sie brauchen erst gar nicht zu versuchen, mir was zu verkaufen«, wurde sie gleich in einem abweisenden Ton unterbrochen.

»Das möchte ich gar nicht«, fuhr Tanja dazwischen, »ich rufe im Namen von Frau Valendar an. Sie hatten Frau Valendar angerufen.«

»Ach so – ja!?«

»Was wollten Sie von ihr?«

»Ach ja. Ich hatte Miriam versprochen anzurufen, wenn Karla soweit ist.«

Ein innerlicher Ruck durchzog Tanjas Körper, wobei sie triumphal eine Faust in die Höhe streckte. »Sie kennen Karla?«

»Ja natürlich«, antwortete die Frau irritiert und wirkte leicht brüskiert.

Tanja merkte sehr wohl Frau Henrigs angekratzte Stimmung, wofür sie keine Erklärung fand. »Okay«, redete sie beschwichtigend auf sie ein. Sie wollte jetzt nicht riskieren, dass die ältere Dame wutentbrannt auflegte. »Was wollten Sie von Karla ausrichten?«

Eine Pause folgte. »Hören Sie«, sagte Frau Henrig plötzlich abgeneigt, »warum sollte ich Ihnen das erzählen? Ich kenne Sie doch gar nicht. Ich werde es Frau Valendar oder Miriam nur persönlich erzählen.«

Frau Henrigs Misstrauen konnte Tanja gut nachvollziehen, aber dennoch blieb sie hartnäckig, um ihr einige Informationen entlocken zu können. »Ich kann Sie ja verstehen«, versuchte sie beruhigend auf Frau Henrig einzureden, »es ist nur so, Frau Valendar hatte einen Unfall...«

»Oh Gott, wie fürchterlich«, stieß Frau Henrig voller Mitgefühl aus, »ist sie schwer verletzt?«

Tanja schaute zum Wohnzimmer hinüber, wo Irene zusammengekauert auf dem Sofa lag. »Es geht ihr soweit gut, aber sie hat ihr Gedächtnis verloren – wir versuchen nun die letzten Geschehnisse zu rekonstruieren, um ihr Gedächtnis wieder aufzufrischen, es wäre sehr hilfreich, wenn wir Sie besuchen dürften.«

»Besuchen?« Wieder klang Frau Henrig abgeneigt und skeptisch. Eine kurze Denkpause folgte. »Ich, werde zu Ihnen kommen«, schlug sie schließlich vor, »ich warte vor der Einfahrt auf Sie. In einer halben Stunde.«

Notgedrungen willigte Tanja ein. Zumindest schien es ein kleiner Lichtblick in diesem zerfahrenen Fall zu sein. Blieb nur zu hoffen, dass diese Karla auch wirklich weiterhelfen konnte. Sie trennte mit einem höflichen »Danke« die Verbindung und schritt bedacht zum Sofa und setzte sich auf den niedrigen Tisch, dann legte sie sanft ihre Hand auf Irenes Schulter und schüttelte sie vorsichtig. »Irene«, rief sie sacht, »ich muss dir was erzählen.«

Aufgeschreckt schlug Irene ihre Augen auf und stieß einen französischen Laut aus, doch als sie Tanja ansah, fiel sie wieder entspannt zurück. »Du bist es.«

Merkwürdig, befand Tanja Irenes Reaktion, die offensichtlich auf Französisch träumte. Sie ließ es aber so im Raum stehen. »Schlecht geträumt?«, fragte sie bloß.

»Nein«, antwortete Irene, »ich war nur etwas orientierungslos. Was wolltest du mir sagen?« Schlaftrunken massierte sie ihre Stirn, um ihre Gedanken besser sortieren zu können.

Tanja überlegte kurz. Sie wollte nicht allzu große Hoffnungen verbreiten. »Ich habe etwas über diese Karla erfahren«, erklärte sie sachlich.

Hastig setzte sich Irene auf. »Wer ist sie?«

Tanja zuckte unschlüssig mit ihrer Schulter. »Das weiß ich nicht – eine Frau Henrig kennt sie aber; sagt dir der Name was?«

»Nein.« Irene ließ resigniered ihren Kopf absinken. »Mein Gott, warum nimmt das nicht endlich ein Ende«, murmelte sie verzagt, aber Frau Henrig gab ihr in diesem Moment etwas Auftrieb, wenn es auch nur ein dünner Strohhalm schien, an den sie sich festklammern konnte.

»Das wird schon wieder«, redete Tanja anspornend auf sie ein und knuffte sie am Arm, »Frau Henrig kommt gleich vorbei, sie will sich mit uns in der Einfahrt treffen.«

Wie vereinbart warteten die Frauen in der Einfahrt. Irene war die Anspannung deutlich anzumerken. Sie hoffte so sehr, endlich etwas über den Verbleib ihrer Tochter zu erfahren.

Ungeachtet Irenes Gemütszustands hielt Tanja Ausschau nach einer Frau, die ganz gezielt auf sie zukommen wollte. Aber es gab nur ein paar Kinder, die mit einem Roller auf dem Bordstein umherfuhren. Dann plötzlich trat eine ältere Frau von der gegenüberliegenden Seite auf die Straße und winkte ihnen zu.

»Frau Valendar!«, rief sie, wieder und wieder, weil Irene gar nicht reagierte. Erst als Tanja sie anstieß, schaute sie ebenfalls in die Richtung. Merkwürdig, befand sie, dass Irene nicht auf ihren Namen ansprang.

Nach einem kurzen Blick über ihre Schulter, um sicher zu gehen, nicht von einem Wagen erfasst zu werden, marschierte Tanja voran und überquerte die Straße. »Frau Henrig?«, rief sie der Frau entgegen und erhielt ein deutliches Nicken zur Antwort.

Irene folgte ihr. Ihre Blicke hielt sie dabei konzentriert auf Frau Henrig gerichtet. Fieberhaft versuchte sie diese Frau einzusortieren, aber es wollte ihr nicht gelingen.

Frau Henrig war Anfang sechzig und altmodisch gekleidet. Ihre schwarz gefärbte Betonfrisur saß wie ein schützender Helm auf ihrem Kopf. Ihr Alter konnte man in ihrem runden Gesicht anhand der vielen kleinen Falten ablesen.

Frau Henrig streckte Irene zuerst ihre Hand entgegen, obwohl Tanja als Erste die Straße überquert hatte und vor ihr stand.

»Frau Valendar«, sagte sie besorgt, wie eine Mutter, »was machen Sie für Sachen? Wie geht es Ihnen?«

Missmutig unterdrückte Irene ihren Verdruss. Nahmen diese ständig wiederkehrenden Fragen denn niemals ein Ende? Wie sollte es ihr schon gehen? Scheiße, auf gut deutsch gesagt. Aber um nicht unhöflich zu erscheinen, zumal sie Frau Henrig auch dankbar war, zuckte sie bloß ermattet mit der Schulter und lächelte zwanghaft.

»Frau Henrig«, fuhr Tanja dazwischen, »Sie wollten Frau Valendar etwas über Karla erzählen.«

Frau Henrig starrte Tanja eine Weile an, als müsse sie überlegen. »Ja, sie hat Junge bekommen.«

Bei Tanja fuhren die Brauen in die Höhe. »Junge?«, hakte sie nach, »wer und was ist Karla?«, wollte sie dann wissen.

Verdutzt hatte Irene ihre Augen zusammengekniffen. Sie begriff gar nichts.

Einladend streckte Frau Henrig ihren Arm Richtung Haus aus. »Karla ist ein Kaninchen. Ich sollte Miriam Bescheid geben, wenn es soweit ist.«

»Oh«, stieß Tanja enttäuscht aus und schaute interessiert die Einfahrt hinauf, »Sie wohnen hier? Gleich gegenüber von Frau Valendar?«

»Ja«, antwortete Frau Henrig nickend und blickte Irene fragend an, »wo ist Miriam? Ist sie noch nicht zurück?«

Verwirrt zog Irene ihre Schultern hoch und schüttelte den Kopf.

»Zurück von wo?«, hakte Tanja gleich nach und stieß Frau Henrig damit vor den Kopf.

Ratlos verzog sie ihr Gesicht. »Oh Gott, das weiß ich gar nicht«, musste sie eingestehen, »Miriam wusste es, glaube ich auch nicht genau, es sollte wohl eine Überraschung sein.«

»Überraschung? Für wen?«

»Keine Ahnung.«

»Aber Sie können mit Gewissheit sagen, dass Miriam weggefahren ist – mit wem und wann?«

Beklommen fasste sich Frau Henrig an ihre dicke Perlenkette. »Warum fragen Sie das?«

»Wie ich am Telefon schon erwähnte«, fing Tanja mit ihren Erklärungen an und legte dabei einen sachlichen Ton an den Tag, »Frau Valendar kann sich seit ihrem Unfall an nichts mehr erinnern.« Sie blickte Irene kurz an, um ihren Gemütszustand zu ermitteln. Sie wollte verhindern die Grenze des Ertragbaren zu überschreiten. »Sie weiß nicht mehr, wo Miriam hin ist.«

»Das ist ja furchtbar.« Frau Henrig überlegte. »Also, wo Miriam hin ist, hat mir die Kleine nicht gesagt – als wollte ihre Mutter sie überraschen – und für wie lange weiß ich auch nicht, aber ich glaube, sie ist am Freitag weg – sie hat mich nur gebeten dringend ihrer Mutter Bescheid zu geben, wenn Karla ihre Jungen hat – und das habe ich versucht, aber Frau Valendar konnte ich nicht erreichen«, erklärte sie in überzeugter Pflichterfüllung.

»Wann haben Sie Miriam das letzte Mal gesehen?«, hakte Tanja nach.

Frau Henrig grübelte kurz. »Am Donnerstag«, antwortete sie bestimmt.

Die schwere Last, die Irene vom Herzen gefallen war, konnte man ihr deutlich ansehen. Mit geschlossenen Augen und erhobenen Kopf stand sie da und murmelte ein Dankesgebet. Schließlich führte sie ihre gefalteten Hände zum Mund und lächelte hoffnungsbeladen. »Dann scheint ja alles in Ordnung.« Sie lachte kurz vor Erleichterung auf. »Dann brauchen wir wirklich nur zu warten, bis sich jemand meldet.«

Allem Anschein nach mochte es so sein, nur Tanja sah das etwas anders. Ein Kind, das normalerweise nie in fremde Hände gegeben wurde, wurde plötzlich von einer unbekannten Person betreut und es gab keinerlei Anrufe nach zu Hause. Jeder rief doch Zuhause an, um mitzuteilen, dass es einem gut ging. Aber möglich, dass Irene noch übers Handy mit Miriam geredet hatte, welches nun spurlos verschwunden war. Aber so ein kleines Kind, würde doch mindestens jeden Tag mal Zuhause anrufen, befand Tanja und damit wäre schon längst ein Anruf überfällig. Und wenn Miriam ihre Mutter nicht über Handy erreichen konnte, würde sie es doch mit Sicherheit über das Festnetz versuchen. Im Moment wollte Tanja jedoch kein Spielverderber sein und gönnte Irene den Moment der Glückseligkeit, die ihrer Psyche einen kleinen Auftrieb gab.

»Ja«, nickte Tanja scheinbar zuversichtlich und fasste Irene an den Arm, »wir sollten uns Karla unbedingt anschauen«, spornte sie Irene an und verfolgte damit den Gedanken, mehr in Erfahrung bringen zu können.

In ihrer Freude und Zuversicht, ließ sich Irene gerne mitziehen, weil sie glaubte, dass sie hier wieder ein kleines Stück ihrer Vergangenheit wiederfinden konnte.

Frau Henrig führte die Frauen die Auffahrt hinauf zu einer Doppelgarage, die offen stand. Sie durchquerten die Garage, in der nur ein abgemeldetes Motorrad an einer Wand stand und steuerten auf eine Tür zu, die zum Garten führte. Unter einem Vordach, gleich hinter der Garage standen die Käfige, in einer Höhe, sodass sich eine normal große Person nicht bücken musste, um die Käfige zu reinigen. Meisterlich durchdacht, waren darunter Schränke installiert, um das Futter zu verstauen.

Mit Stolz zeigte Frau Henrig gezielt auf den Käfig von Karla. »Ist sie nicht ein Prachtmädel?«

Lächelnd schaute Tanja in den Käfig, wo Karla in einer Ecke hockte und an einem Bündel Löwenzahn nagte. Wie ein übergroßer Wollknäuel saß das Tier im Käfig, umringt von vielen kleinen, nackten Lebewesen, die noch nicht ansatzweise wie Kaninchen aussahen. Sie lenkte ihre Blicke plötzlich auf die anderen Käfige, die leer standen. »Ist Karla Ihr einziges Tier?«

»Im Moment ja«, erklärte Frau Henrig, »wir beginnen erst mit einer Zucht – wir haben Karla decken lassen«, verkündigte sie feierlich.

»Kann man mit Hasenbraten denn viel Geld verdienen?«, legte Tanja eine unüberlegte Frage nach und fing sich von Frau Henrig einen fast tot einbringenden Blick ein.

»Wo denken Sie hin?«, entgegnete sie entsetzt, »wir wollen sie doch nicht verzehren – wir gehen auf Ausstellungen.«

»Ach so«, antwortete Tanja kühl und überlegte, was mehr gegen den Tierschutz verstieß. Verzehren oder vorführen?

Unterdessen schaute sich Irene interessiert um. Und wie aus einem Zwang heraus wanderten ihre Blicke über eine Naturwiese, hinüber bis zum Kindergarten.

»Wie haben Sie Frau Valendar kennengelernt?«, hörte sie Tanja plötzlich fragen und lenkte sofort ihr Interesse dem Gespräch zu.

Vertraut, als sei Tanja eine gute Freundin, stieß Frau Henrig sie an. »Meine Karla ist ausgerissen«, fing sie ihre Erklärung an und zeigte auf die große Naturwiese, »sie ist da raus gehoppelt – na ja, und da ist Frau Valendar mit Miriam aus dem Kindergarten gekommen.« Es folgte ein Gedankensprung. »Miriam hatte sofort das Vertrauen von Karla gewonnen und konnte sie einfach so einfangen«, erklärte sie überschwänglich, »sie ist ein Naturtalent«, fügte sie hinzu und ließ dabei ihrer Begeisterung freien Lauf.

Höflich lächelnd schaute Tanja Frau Henrig an, aber innerlich brannte sie schon darauf weiter nachzuhaken, um mehr über den Verbleib von Miriam zu erforschen. »Ist Miriam öfters unterwegs?«

»Ja.« Sie schaute Irene gezielt an. »Frau Valendar fährt Miriam an den Wochenenden gelegentlich zu ihrem Vater. Manchmal holt er sie auch vom Kindergarten ab.«

»Sie meinen sicher die Ranch«, vergewisserte sich Tanja.

Sie nickte bestätigend.

»Und sonst so?«

Fragend verzog Frau Henrig ihr Gesicht. »Das weiß ich nicht. Ich weiß nur, dass sie oft bei ihrem Vater ist.«

»Dann war das jetzt eine Ausnahme, dass Miriam woanders hingefahren ist?«

Frau Henrig verlor die Geduld. »Sie können ja Fragen stellen.« Sie schüttelte ratlos ihren Kopf. »Möglich – ich kann das nicht mit Gewissheit sagen – Frau Valendar redet nicht viel über Privates.«

Dies konnte Tanja aus eigener Erfahrung bestätigen.

»Wir kennen uns ja auch noch nicht solange. Und wie schon gesagt, ich weiß nur, dass Miriam weggefahren ist, aber wohin und für wie lange...?«

Mit einem milden Lächeln besänftigte Tanja Frau Henrig wieder. »Entschuldigen Sie bitte meine vielen Fragen, wir möchten halt genau wissen, was vorgefallen ist. Für Frau Valendar ist das sehr wichtig, um ihre Erinnerungen wieder zurückzufinden.«

Mitleidig schaute Frau Henrig Irene an. »Ich wünsche Ihnen alles Gute, ich wünschte, ich könnte Ihnen mehr sagen...«

Irene lächelte dankbar. »Ist ja nicht Ihre Schuld. Sie haben mir schon ein Stück weitergeholfen.«

Tanja zog einen Seitenreißverschluss ihrer Tasche auf und zog eine Visitenkarte heraus und reichte sie Frau Henrig. »Falls Ihnen noch etwas einfällt, rufen Sie mich doch bitte an.«

Die Zuversicht, die Irene nach dem Gespräch mit Frau Henrig ausstrahlte, wollte Tanja nicht so ganz teilen. Ihre innere Stimme warnte sie, weiterhin vorsichtig zu bleiben und den neuen Sachverhalt mehr mit Skepsis zu betrachten.

Sie schritten gerade die Ausfahrt hinunter, als Irene plötzlich mit den Fingern schnippte. Tanja schaute sie von der Seite an und vernahm ihr Strahlen im Gesicht.

»Jetzt müsste es nur noch klick machen in meinem Kopf, und alles wäre wieder in Ordnung«, sagte sie überschwänglich und stieß Tanja motiviert an, »lass uns noch ein Stück Richtung Kindergarten gehen.«

Um Irene nicht die Zuversicht zu nehmen, willigte Tanja ein und so wie sich Irene plötzlich zeigte, schien nun wirklich nur noch der gewisse Klick im Kopf zu fehlen.

Die Frauen bogen zweimal links ab und gelangten so auf die Nebenstraße, die zum Kindergarten führte. Im Unterbewusstsein fiel Tanja ein grüner Kombi auf, der hinter einem Fahrzeug parkte, von dem sie glaubte, dass es das Fahrzeug von eben sei. Und weil der Wagen so unscheinbar in der Parkreihe stand, vermutete sie, dass er zu einem Nachbarn gehörte und maß ihm keine große Bedeutung bei. Tanja legte ihr Augenmerk mehr auf Irene, auf der dieser kleine Spaziergang wie eine Wellness-Kur wirkte. Forschend schaute sich Irene um und nahm jede Kleinigkeit in sich auf. Sie lauschte den Kindern, die laut lachend und kreischend vom Kindergarten zu hören waren. Mit geschlossenen Augen verfolgte sie das Getöse und lächelte dabei, als hoffte sie, dass sie auch bald wieder ihre Tochter lachen hören würde.

Die Zufriedenheit, die Irene ausstrahlte, stimmte Tanja nur in dem Bereich zuversichtlich, was ihr Befinden betraf. Entwarnung wollte sie noch nicht geben. Beruhigt würde sie erst sein, wenn Miriam aus den Ferien anrief oder jemand sie wohlbehütet wieder Zuhause ablieferte; und so betrachtete sie mit erhöhter Aufmerksamkeit die

Umgebung. Ganz gezielt schenkte sie ihr Interesse der großen Naturwiese, die sich zwischen den angrenzenden Privatgärten und dem Kindergarten, über gut 5oo Meter zog und im wirren Gestrüpp endete. Mit Leichtigkeit würde es jedem Laien gelingen, hier ein Mädchen abzufangen und zu verschleppen. Sie verdrängte diesen ekeligen Gedanken und vertraute auf Frau Henrigs Aussage.

Als die Frauen wieder den Rückweg einschlugen, fiel Tanja erneut das grüne Fahrzeug auf. Sie wusste nicht warum, aber ihre innere Stimme rief sie plötzlich zur Wachsamkeit auf. Beinahe zwanghaft blieb ihr Blick für eine Weile an dem Wagen hängen als sie auf die Einfahrt zuschritten. Mit einem innerlichen Mahnruf schüttelte sie ihre Paranoia ab und richtete ihren Blick nach vorne.

Während Irene schon das Haus betrat, steuerte Tanja auf ihren Wagen zu und öffnete den Kofferraum, um ihre Reisetasche herauszuholen. Ein Knacken aus dem Gebüsch unterbrach sie in ihrem Vorhaben. Reflexartig drehte sie ihren Kopf in die Richtung. Erst vermutete sie ein Tier, das womöglich durch das Gestrüpp streunte, aber außer diesem Knacken gab es keinerlei Bewegungen, als ob sich jemand verstecken wollte und das Knacken eines Astes eher unfreiwillig ausgelöst wurde. Neugierig hielt sie für einen Moment ihre Blicke dort hin gerichtet und warf nebenbei den Kofferraumdeckel wieder zu. Langsam und mit erhöhter Wachsamkeit schritt sie auf die dichtbewachsenen Sträucher zu, woher sie das Geräusch vernahm. Ihre Hand tauchte dabei in ihre Umhängetasche ein und umfasste ihren Revolver, sie zog die Waffe aber nicht heraus. Sie ging noch ein paar Schritte auf das Gebüsch zu und als sie noch zirka 20 Meter davon entfernt war, sprang plötzlich eine große Gestalt auf und rannte durch das Dickicht. Tanja konnte nicht genau ausmachen, ob es sich um eine geduckte Person oder einem größeren Tier handelte, was Richtung Abhang lief, der an der Bundesstraße endete und es von da ab drei Fluchtmöglichkeiten gab. Entweder links oder rechts abzubiegen oder den Abhang hinunter über die Bundesstraße. Aufmerksam durchforschte sie mit ihren Blicken das Gestrüpp. Plötzlich wurde sie von einer Intuition befallen. Blitzschnell wandte sie sich um und lief Richtung Ausfahrt. Abrupt stoppte sie dort ab und schaute die Straße hinunter und hielt ganz gezielt Ausschau nach einem Fahrzeug. Der grüne Wagen war verschwunden. Leicht schnaubend und gedankenvoll legte Tanja den Rückwärtsgang ein, wandte sich schließlich um und marschierte zum Haus zurück. Hoffentlich fing die Verfolgungsgeschichte von früher nicht wieder von vorne an, dachte sie und ermahnte sich selber. Du unterliegst einem Hirngespinst, redete sich Tanja ein und schüttelte diesen Gedanken ab. Sie durfte sich von dem alten Fall nicht einvernehmen lassen, sonst würde sie ihre Objektivität verlieren. Wahrscheinlich handelte es sich bloß um ein Nachbarkind.

Während Tanja zum Wagen wanderte, zog sie ihr Handy aus der Tasche und durchsuchte ihr Adressbuch. Während sie auf die Verbindung wartete, öffnete sie erneut den Kofferraum, zog ihre Reisetasche hervor und stellte sie auf dem Boden ab. Als sie gerade den Kofferraumdeckel zuschlug, nahm Bill das Gespräch entgegen.

»Bartoli hier«, meldete sie sich und gab einen kurzen Lagebericht und das Ergebnis bezüglich dieser Karla ab.

Bill reagierte entsetzt. »Ein Kaninchen?«

Müde rieb sich Tanja die Stirn. »Ja«, bestätigte sie, »aber die Besitzerin konnte uns sagen, dass Miriam für ein paar Tage weggefahren ist – sie weiß aber nicht wohin.«

Erleichtert atmete Bill auf. »Dann ist also alles in Ordnung.«

An ihrem Wagen angelehnt starrte Tanja auf ihre Reisetasche, die vor ihr lag. »Ja.« Eine Pause folgte, die Bill skeptisch werden ließ.

»Aber?«

Einen Moment überlegte Tanja, ob sie von dem grünen Kombi berichten sollte und als ihre Blicke sich am Gestrüpp festsetzten, konnte sie ihre Paranoia nicht abschütteln. »Ich habe das Gefühl, wir werden beobachtet.«

»Jetzt klingen Sie aber paranoid«, konterte Bill und ließ ein leises zynisches Lachen verlauten.

»Mag sein«, antwortete Tanja und gönnte Bill diese kleine Schadenfreude aber nicht ohne eine Nachfrage, »wissen Sie, ob Irene bedroht wurde oder bedrängt?«

»Nein«, antwortete er und wurde unruhig, »von wem glauben Sie, werden Sie beobachtet?«

Nun stieß Tanja einen überlegenen Laut aus. »Ach, Sie halten mich doch nicht für paranoid.«

»Hören Sie, ich halte es für besser, dass Sie mit Irene sofort auf die Ranch kommen…«

»Ich würde gerne noch einen Tag abwarten«, unterbrach sie ihn gleich. Wenn sie tatsächlich beobachtet wurden, gab es nur jetzt und hier die Möglichkeit dazu, es herauszufinden. »Ich melde mich wieder«, würgte sie das Gespräch ab, trennte die Verbindung und schob das Handy wieder in ihre Schultertasche. Mit Schwung griff sie nach ihrer Reisetasche und schritt auf das Haus zu. Ein bedrohliches Gefühl lag ihr dabei im Nacken. Kurzerhand stellte sie die Reisetasche auf der oberen Stufe der Treppe ab und schritt in gebeugter Haltung entlang des Hauses. Sie suchte nach möglichen Schlupflöchern und ungesicherten Kellerfenstern. Aber hier konnte sie beruhigt davon ausgehen, dass durch die engen, verglasten Schächte keine Person eindringen konnte. Selbst eine Katze hätte sich nicht dadurch zwängen können und an der schmalen Seite des Hauses waren die Kellerfenster vergittert. Vorsichtshalber rüttelte Tanja an jedem Gitter. Alles schien ordentlich vermauert aber dennoch konnte sie ihr beunruhigendes Gefühl nicht abschalten. Als sie ins Haus zurückkehrte forderte sie Irene auf, die Tür zu verriegeln, dann marschierte sie auf die Tür am Ende des Korridors zu und zog an der Klinke. Verschlossen, stellte sie fest und schob aber sicherheitshalber noch den schweren Riegel an der Tür vor und zog den Schlüssel ab. Ebenso verschloss sie die Kellertür und verstaute beide Schlüssel in ihrer Jeans.

Verständnislos und etwas verunsichert schaute Irene Tanja an. »Verschweigst du mir irgendwas?« Sie deutete auf Tanjas Jeans wo sie zuvor die Schlüssel versenkte. »Wieso diese übertriebenen Sicherheitsmaßnahmen?«

»Sicher ist sicher, ist so ein Tick von mir«, antwortete Tanja mit einem aufgelegten Grinsen. Sie wollte Irene nicht unnötig beunruhigen. Menschen, die hysterisch reagierten, und dafür war Irene im Moment ziemlich anfällig, ließen sich schlecht beschützen. Kaum merklich beäugte sie die Kellertür. Ein wenig übertrieben waren ihre Sicherheitsvorkehrungen schon, musste sie sich gedanklich selber eingestehen. Aber dieses mulmige Gefühl konnte sie einfach nicht abschütteln. Mit wenigen Schritten marschierte sie auf Irene zu und fasste sie an den Arm. »Was hat denn die Küche noch zu bieten?«, sagte sie salopp, um sich selber abzulenken und zog sie durch die Schiebetür, die vom Flur aus in die Küche führte.

Müde rieb sich Tanja ihre Nasenflügel. Sie saß am Esstisch und tippe ihren Tagesbericht ins Lap-Top ein. Protokollierte alle Begebenheiten und Ergebnisse. Ergebnisse, hielt sie gedanklich zynisch fest. Es gab gar keine Ergebnisse, nur Erkenntnisse, die nicht aufeinander passten. Und neue Nachrichten wurden in Irenes Sprachbox auch keine hinterlegt.

Nach Abschluss ihres Berichtes nahm sich Tanja die Protokolle von vor zwei Jahren vor, welches sie im Fall Irene und Bill Valendar verfasst hatte. In einem Unterordner hatte sie ein paar Gespräche protokolliert, die sie damals mit Irene führte. Sehr persönliche Gespräche, die sie diskret und vertraulich behandelte. Diese wollte sie wieder auffrischen, weil sie hoffte, damit Irenes Gedächtnis auf die Sprünge helfen zu können. Eigentlich war sie viel zu erschöpft um die alten Berichte zu lesen, aber Irenes depressiver Gemütszustand spornte sie an. Zuvor, beim Bereiten des Abendessens, war Irene ein paar Mal kurz schluchzend zusammengebrochen. Ihr Optimismus, den sie nach dem Besuch von Frau Henrig ausstrahlte, war wie ein Kartenhaus eingestürzt. Diese ständige Suche nach Materialien, die sie zum Bereiten eines Mahls benötigte, verdeutlichte ihr zunehmend, dass sie trotz aller Bemühungen ihrer Vergangenheit noch nicht ein Stückchen näher gerückt war. Tanja musste Höchstleistungen vollbringen, sie wieder zu beruhigen und zwingen etwas zu essen. Hoffentlich halfen die alten Berichte weiter.

Tanja verrenkte ihren Körper und schaute über ihre Schulter durch den Flur ins gegenüberliegende Büro.

Jetzt saß Irene, nach langer Überzeugungskraft, in ihrem Büro und suchte nach ihrer Vergangenheit. Folgsam blätterte sie die wenigen Ordner durch die im Aktenschrank standen. Sie fand Abschriften ihrer Geburtsurkunde und auch die ihrer Tochter und Fotos, worauf sie gemeinsam zu sehen waren. Aber sie konnte keines der Bilder mit einer Geschichte verbinden. Immer wieder musste sie sich beim Betrachten der Fotos oder Unterlagen zusammenreißen, um nicht ständig ihre Haltung zu verlieren. Sie vergrub dann ihr Gesicht hinter ihren Händen und atmete tief durch, kehrte in sich und lauschte ihrem Herzschlag, der dann beruhigend auf sie einwirkte.

Plötzlich wurde Tanja von ihrem Handy aufgeschreckt, das vor ihr auf dem Tisch lag. An der Nummer im Display konnte sie Bill ausmachen. In gewohnter Manier schmetterte sie ihren Namen durch die Muschel.

»Vallendar hier«, gab er ebenbürtig zurück, »ich wollte mal nachhören, was los ist und wie es Irene geht? Sie haben mich eben abgehängt.«

Sein Tonfall verriet Tanja deutlich seine Besorgnis und auch die Wut, die in ihm schlummerte. »Tut mir leid«, antwortete sie, obwohl sie nicht im Geringsten ihre Tat bedauerte, »Irene geht es unverändert, ihre Erinnerungen kommen einfach nicht zurück, deswegen möchte ich morgen den Unfall rekonstruieren.«

»Was ist mit dem Kerl, von dem Sie glauben, beobachtet zu werden?«, verlangte er zu wissen. An seiner Betonung hörte Tanja heraus, dass er uneingeschränkt die Wahrheit hören wollte.

»Ich habe mich wohl getäuscht und etwas überreagiert – es ist alles friedlich hier. Wahrscheinlich war es ein Nachbarkind.«

»Na schön«, gab sich Bill zufrieden, »und trotzdem wäre mir wohler, Irene käme zu mir.«

»Lassen Sie uns den einen Tag noch abwarten«, erbat sie sich, »dann wird es ohnehin ratsam Irene in professionelle Hände zu geben.«

Bill stieß einen unzufriedenen Laut aus. »Ja, das sehe ich auch so.«

Es war wohl das erste Mal, seit Tanja für Bill arbeitete, dass sie eine Meinung teilten.

»Würde sich Miriam doch endlich mal melden«, hörte sie ihn verzweifelt sagen, womit sie schon eine zweite Übereinstimmung fand. Sie ging aber nicht näher drauf ein. Seiner Stimmung nach, schien er kurz vor einem emotionalen Ausbruch zu stehen, diese Peinlichkeit wollte sie ihm ersparen.

»Ich halte Sie auf dem Laufenden«, erwähnte Tanja nur noch kurz und trennte die Verbindung. Ein kurzer Blick zum Büro folgte. Für heute reichte es, befand sie. Irene musste schon genug ertragen. Des Öfteren hatte Tanja beobachtet wie sie um Fassung rang, und nun befand sie es an der Zeit, Geist und Körper Ruhe zu gönnen. Sie stand auf und schlenderte zur Bürotür. Vom Flur aus schaute sie Irene an.

»Na, alles klar?«, rief sie ihr lieb entgegen.

Irene stieß einen beherzten Laut aus. »Kommt auf die Sache drauf an.« Sie schaute zu Tanja hinüber. »Mit wem hast du telefoniert?«

»Mit deinem Mann, er ist sehr besorgt – Miriam hat sich bei ihm auch noch nicht gemeldet.«

Von Selbstvorwürfen geplagt führte Irene ihre Faust zum Mund um ihm einen Wutausbruch zu verbieten. »Das ist doch komisch, nicht?«, befand sie und musste dabei hart schlucken.

Mitfühlend schritt Tanja auf Irene zu und zog sie behutsam am Arm hoch. »Komm«, sagte sie sanft, »hör auf darüber nachzugrübeln. Konzentriere dich lieber auf dein Gedächtnis. Du solltest dir jetzt Ruhe gönnen.« Sie zog etwas heftiger an ihrem Arm, als sie sich trotzig wehrte. Und nur widerwillig erhob sich Irene und wurde sogleich von Tanja an den Schultern gepackt, die sie eindringlich anschaute. »Vielleicht ist es ja eine erzieherische Maßnahme – die du ergriffen hast, um Miriam zur Selbstständigkeit zu erziehen – du hast sie ganz schön verhätschelt.«

Die Erklärung, die Tanja ablieferte, erschien Irene ziemlich weit hergeholt und diente wohl auch nur dazu, um ihre Verzweiflung und Schuldgefühle zu lindern. Aber in einem Punkt konnte sie ihr nicht widersprechen, sie musste ihre Erinnerungen wiederfinden und ihre gesamte Kraft darauf legen, sonst würde sie ihrer Tochter nicht helfen können, wobei sie hoffte, dass keine Straftat dahinter steckte.

Ohne ein weiteres Wort löste sich Irene von Tanjas Griffen und eilte die Treppe hinauf. Nachdenklich schaute Tanja ihr noch nach und griff ihre neue These noch mal auf, die sie am Nachmittag nicht ausgesponnen hatte. Vielleicht wurde Irene wirklich wieder von dem Stalker von vor zwei Jahren bedrängt, es konnte aber auch ein Beziehungsdrama dahinterstecken, was sie veranlasste, Miriam in Sicherheit zu bringen. Dieses grüne Fahrzeug setzte sich wieder in ihrem Kopf fest und diese undefinierbare Gestalt im Garten. Aber warum weihte sie ihren Mann nicht ein, wenn sie in einem Problem steckte?

Angesteckt von ihren Thesen, kontrollierte Tanja nochmals alle Türen und Fenster, bevor sie in die obere Etage wollte. Aufmerksam ließ sie ihre Blicke durch die dunkle Umgebung wandern und suchte nach Auffälligkeiten. Aber draußen lag eine friedliche Ruhe rund ums Haus. Nur der seichte Wind wog die Äste und Sträucher. Gäbe es doch endlich einen handfesten Hinweis, der auf eine Straftat deutete. Sie hätte so mit Sicherheit besser schlafen können, als mit dieser Ungewissheit und ihren Unmengen an Vermutungen.

Nach ihrem Kontrollrundgang in der unteren Etage, stieg Tanja langsam die Treppe hinauf. Die Erfolglosigkeit ließ sie die Stufen nur schleppend nehmen, wie nach einem Marathonlauf, der ihr die gesamte Energie entzogen hatte. Als sie die letzte Stufe nahm, hörte sie aus dem Bad ein leises Schluchzen. Sofort, als hätte ihr jemand eine Ampulle Adrenalin zugeführt, eilte sie dorthin und fand Irene niedergesunken auf dem WC sitzend vor. Sie hielt eine Zahnbürste in ihrer Hand. Unter wehleidigem Gejammer wippte sie mit ihrem Oberkörper auf und ab.

Vorsichtig schritt Tanja auf sie zu und hockte sich vor sie. Sie versuchte einen Blickkontakt herzustellen, was ihr aber nicht sofort gelang. Behutsam legte sie eine Hand auf ihre Schulter ab und redete ruhig auf sie ein. »Was ist los?«, forschte sie sich behutsam heran, worauf Irene abwesend die Zahnbürste erhob.

»Das kommt mir alles so fremd vor«, krächzte sie schmerzerfüllt, »das ist doch nicht meine.« Wieder brach sie in lautes Schluchzen aus.

Tanja nahm ihr die Zahnbürste aus der Hand und legte sie auf dem Waschbecken ab. Sie erhob sich und drückte Irene tröstend an ihren Körper. »Beruhige dich, das ist völlig normal, dass dir alles fremd erscheint, das wird schon wieder.« Zaghaft fuhr sie mit ihrer Hand über Irenes Rücken, um beruhigend auf sie einzuwirken.

Irene schniefte und schüttelte aufgebend ihren Kopf. »Ich mag da nicht mehr dran glauben.«

Mit festen Griffen an ihren Schultern sah Tanja auf sie nieder. »Du musst Geduld haben.« Suchend schaute sie sich um. Als sie am

Morgen die Räume inspiziert hatte, waren ihr Ersatzzahnbürsten aufgefallen, die noch original verpackt in einer Schublade lagen. Schnell hatte sie die Stelle erfasst und binnen Sekunden einer der Bürsten dort hinausgezogen und reichte sie Irene.

»Nimm eine Neue«, sagte sie und musste sie schon nachdrücklich anschauen, bevor Irene danach griff.

Mit gesenktem Haupt betrachtete Irene die Verpackung. Sie war nun wieder etwas gefasster.

»Geht's wieder?«, erkundigte sich Tanja und erhielt von Irene ein sanftes Nicken und so wandte sie sich um und schritt zurück zur Tür.

»Tanja«, rief Irene sie zurück, worauf sie über ihre Schulter schaute, »danke für dein Verständnis.«

Ein herzliches Lächeln entfuhr Tanja. »Keine Ursache.«

Obwohl sie sich mehrmals selbst ermahnt hatte, konnte Tanja ihr Sicherheitsgehabe nicht ablegen. Als sie das Bad im Pyjama verließ, kontrollierte sie in der oberen Etage alle Fenster. Auf Barfüßen durchschritt sie sogar das leer stehende Zimmer, dessen Boden nur mit Dielen ausgelegt war, die unter ihren Füßen knarrten. Das einzige Geräusch, das die Stille durchbrach. Irene lag schon in ihrem Bett und schlief. Endlich war sie zur Ruhe gekommen, nachdem sie ihr noch eine halbe Stunde Gesellschaft geleistet hatte. Wieder schaute sie durch jedes Fenster und tastete mit ihren Blicken die Gegend ab, und immer noch zeigte sich die Gegend ruhig und friedlich.

Als Tanja ihr Quartier im Kinderzimmer bezog, stellte sie einen Stuhl neben das Bett und hing ihre Tasche über die Rückenlehne. Sie wollte ihren Revolver nicht so weit weglegen. Einen Moment neigte sie sogar dazu, die Waffe herauszunehmen und unters Kissen zu legen, doch der Teddy, der nach Irenes Zusammenbruch auf den Boden gefallen war, sprang ihr ins Auge und bewog sie anders zu handeln. Anstatt nach ihrer Waffe griff sie nach dem Plüschtier und fiel erschöpft ins Bett, aber schlafen konnte sie nicht. Sie war gedanklich viel zu beschäftigt, als dass sie nun in Ruhe sofort hätte schlummern können. Zu viele offene Fragen beschäftigten sie. Mit dem Teddy in der Hand, den sie abwesend in ihren Händen drehte, wünschte sie, dass sich endlich dieser Eric Hopfner, wie angesagt meldete, der ihr hoffentlich ein paar Antworten liefern konnte, sonst musste sie den amtlichen Weg einschlagen, der eine Menge Erklärungen und Zeit kostete.

*

Auch wenn der gestrige Tag Tanja im Bett noch lange beschäftigt hatte, fand sie dennoch zu ihrem wohlverdienten Schlaf. Mit neuer Kraft konnte sie so den Tag angehen, und die brauchte sie auch, um mit Irene die letzten Geschehnisse kurz vor ihrem Unfall zu rekonstruieren. Ein Unterfangen, welches mit Sicherheit an Irenes Gemüt ging und sie erneut zusammenbrechen ließ, aber darauf konnte sie keine Rücksicht nehmen, wenn sie ihre Klientin wieder in ihr gewohntes Leben zurückführen wollte.

Der Morgen zeigte sich von der kühlen Seite, als sie morgens das Haus verließen und so entschied Tanja ihre beige Safari-Jacke überzuziehen, ein Kleidungsstück, dass sie ebenso zweckmäßig einstufte, wie ihre Schultertasche.

Irene hingegen konnte ihrer Robe, die sie im Kleiderschrank vorfand, wenig abgewinnen und brauchte eine Weile, bis sie sich in eine, für sie eher schlichten Auswahl, in eine Jeans zwängte, und ihren eleganten Blazer für darüber bevorzugte, um ein würdiges Erscheinungsbild darzustellen.

Als Tanja hinterm Steuer saß schaute sie Irene von der Seite an.

»Und? Alles in Ordnung?«, erkundigte sie sich um Irenes Wohlbefinden.

Irene lächelte bloß zuversichtlich und nickte, was Tanja zufrieden zurücklächeln ließ, und zufrieden konnte sie auch sein. Der Morgen verlief bisher ohne Zwischenfälle. Irene wirkte ausgeruht und stabil.

Da Tanja den genauen Weg nicht kannte, den Irene normalerweise zur Ranch einschlug, folgte sie ihrem Navi. Der Weg lotste die Frauen über eine Brücke, die über die B 42 führte. Nach einem Kilometer kamen sie an einem Kindergarten vorbei. Stumm saß Irene neben ihr und betrachtete aufmerksam die Landschaft und versuchte sich irgendwelche Gebäude ins Gedächtnis zu rufen.

»Hier war's«, sagte Irene plötzlich, als sie auf eine Kreuzung zufuhren. Unmittelbar davor lag ein Zebrastreifen.

»Vor dem Zebrastreifen?«

Sie schüttelte den Kopf, was Tanja veranlasste dahinter zu halten, um die Situation nachzustellen.

»Was ist passiert?«, hakte Tanja nach.

Ihre Blicke fest auf die Kreuzung gerichtet, kramte Irene in ihren Erinnerungen, aber es wollte ihr nicht gelingen, die Ereignisse vor dem Unfall aufzurufen. »Ich weiß es nicht«, antwortete sie gequält und rieb sich die Stirn, als hoffte sie, dadurch ihre Vergangenheit zu finden.

»Aber du bist sicher, dass es hier war?«

»Ja«, nickte Irene überzeugt und deutete auf das Bankgebäude auf der gegenüberliegenden Straßenseite, »ich kann mich genau an diese Bank erinnern, nach dem ich aus dem Wagen geholt wurde.«

»Okay. Ab wann genau kannst du dich wieder erinnern?«

Nachdenklich schüttelte Irene den Kopf, versuchte ihre Gedanken wachzurütteln. »Ich bin nicht sicher – ich wurde von einem heftigen Schlag geweckt und dann lag überall zersprungenes Glas herum. Ein Polizist hatte die Scheibe eingeschlagen.«

»Mit dem du Französisch geredet hast?«

»Ja, verrückt nicht?« Irene war über ihre Französischkenntnisse überrascht.

Ein Hupen ertönte plötzlich hinter ihnen und riss Irene aus den Gedanken. Tanja bedeutete dem Wagen hinter ihr vorbeizufahren, worauf der Fahrer ihrer Aufforderung folgte, aber neben ihr kurz stehen blieb und mit einer abfälligen Geste seinen Frust kundtat. Gleichgültig winkte Tanja ab, schenkte dem wütenden Fahrer keine Beachtung.

»Was passierte weiter?«, blieb Tanja konzentriert an der Sache hängen.

»Er half mir aus dem Wagen, und dann waren auch schon die Sanitäter da und führten mich in den Krankenwagen.«

»Kannst du mir sagen, ob einer der Sanitäter etwas aus dem Wagen geholt hat? Deine Laptoptasche…, oder was anderes?«

Gequält grübelte Irene und schüttelte schließlich ihren Kopf. »Ich weiß es nicht.«

Weitere Fahrzeuge stauten sich hinter Tanjas Wagen an und hupten erregt. Um den anderen Verkehrsteilnehmern nicht die letzte Geduld zu rauben fuhr sie ein Stück weiter, bog rechts ab und stellte den Wagen vor einem Haus ab in einer eingezeichneten Parktasche. Zu Fuß kehrten die Frauen an die Unfallstelle zurück.

»Kannst du dich erinnern, dass du vor deinem Unfall schon mal hier entlang gefahren bist?«, stellte Tanja eine Frage.

Gedankenversunken schaute Irene umher. »Nein«, antwortete sie abwesend, »nichts kommt mir von früher her bekannt vor.« Um sich vor Ablenkung zu schützen, vergrub sie ihr Gesicht hinter den Händen, sammelte Kraft und konzentrierte sich.

»Das sollte es aber«, redete Tanja auf sie ein, »du bist öfters zu Bill gefahren, zu deinem Mann.«

»Ich weiß es aber nicht mehr!«, schrie Irene plötzlich. Hastig wandte sie sich ab und marschierte zum Wagen zurück. Einige Passanten schauten sie dabei anklagend an, aber niemand gab einen Kommentar dazu ab.

Unter Tränen sank Irene auf den Beifahrersitz nieder aber sie wehklagte nicht. Immer wieder wischte sie mit ihrem Handrücken die Tränen weg, die unaufhaltsam ihre Wangen hinunterliefen.

Eine Weile schaute Tanja sie von der Seite an. »Du solltest dir professionelle Hilfe holen«, riet sie, wobei sie nicht gerade Mitgefühl zeigte.

Trotzig grunzte Irene zurück. »Glaubst wohl, ich bin reif für die Klapse.«

Gereizt stieß Tanja einen leisen Laut aus, blieb aber beherrscht. »So habe ich das nicht gemeint«, stellte sie dennoch klar und startete den Wagen.

Wieder etwas gefasst atmete Irene durch. »Was machen wir jetzt?«

»Ich bring dich in die Klapse«, antwortete Tanja zynisch und verdeutlichte mit einem Schmunzeln, dass es ihr nicht ernst damit war und konnte von Irene sogar ein leises Lachen abringen; Galgenhumor.

*

Missmutig wanderten Irenes Blicke das alte Backsteingebäude hinauf. Rheinsteig- Verlag Unkel, stand auf einer Tafel neben dem Eingang.

»Muss ich da jetzt wirklich rein?«, fragte sie und sah Tanja, um Gnade flehend, von der Seite an.

»Ja«, antwortete Tanja kompromisslos und stieg die drei Stufen des Gebäudes hoch und drückte die schwere Eichentür auf, die nur angelehnt war. Sie sah keinerlei Bedenken Irenes Arbeitsplatz aufzusuchen. Um sie vor weiteren peinlichen Zusammenbrüchen zu schützen hatte sie auf der Fahrt dorthin mit ihrem Chef Herrn Wangert telefoniert und bat darum, seiner Mitarbeiterin nicht allzu vertrauensselig zu begegnen und Abstand und Privatsphäre einzuhalten, so wie man einem fremden Menschen entgegen trat.

Wangert kam gleich auf die Frauen zu, als sie die Agentur betraten. Er hatte regelrecht auf sie gelauert und fing sie schon ab bevor sie die Anmeldung erreichten. Dann stand er ein wenig verunsichert vor ihnen, wobei seine Blicke rastlos zwischen den Frauen hin und her wanderten, bis er entschied Tanja zuerst die Hand zu reichen.

Wangert war ein hochgewachsener Mann mittleren Alters. Er schob einen kleinen Bauch vor sich her. Seine grauen, schütteren Haare lagen kreuz und quer über seinem Kopf.

Er schaute Irene eine Weile an, bis er ihr die Hand reichte und etwas zu ihr sagen konnte. »Ich weiß jetzt gar nicht, wie ich – Sie oder du, anreden soll?«

Erlösend lächelte Irene. Sie zeigte in diesem Moment Stärke. »So wie üblich.«

Erleichtert lächelte Wangert. »Also Irene, und du.«

Sie nickte zustimmend und erleichtert, weil sie ein Stück in von ihrer alten Lebensweise zurückgewonnen hatte. »Und wie darf ich dich anreden?«

»Otto.« Wangert zauderte ein wenig. »Eigentlich heiße ich Ottfried.« Er winkte verächtlich ab. »Aber ich steh da nicht so drauf.«

Tanja musste ein Lachen verschlucken. Sie befand seine Namensabwandlung nicht als glücklich gewählt. Wenn sie Otto hörte, musste sie immer an einen Komiker denken, einen Mann, den man nicht ernst nehmen konnte.

»Ich möchte gerne meinen Arbeitsplatz besichtigen«, bat Irene, »der Arzt aus der Klinik meint, das könnte meinem Gedächtnis etwas auf die Sprünge helfen.«

Mit ausgestrecktem Arm zeigte Wangert die Richtung an. Der Weg zum Büro führte durch einen schmalen Flur, vorbei an zwei weiteren Büros, dessen Türen offen standen, aber in nur einem saß eine junge Mitarbeiterin. Wangert dirigierte von hinten die Frauen. An der Tür zu Irenes Büro quetschte er sich an ihnen vorbei, schritt zum Schreibtisch und deutete auf einen Bürostuhl. »Hier arbeitet Irene.« Er schaute die Frauen dabei abwechselnd an. »Ich habe mich auch in der Belegschaft wegen dieser Karla umgehört«, erklärte er weiter, wirkte aber erfolglos.

»Wir haben diese Karla gefunden«, unterbrach Tanja abwesend. Ihre Blicke hafteten stutzend auf Irenes Schreibtisch. Eine Glasplatte, ordentlich geputzt. Nicht ein Notizzettel lag dort aus.

»Und? Hat sich alles mit Miriam geklärt?«, sprudelte es aus Wangert neugierig heraus, der auf ein gutes Ende hoffte.

»Nun ja, wie man's nimmt«, zauderte Tanja zunächst, »Karla ist ein Kaninchen.«

Bei Wangert fiel die Kinnlade herab. »Und Miriam?«, schob er dann nach, nachdem er seine Fassung wiedererlangte.

»Die Besitzerin des Tieres hat uns erklärt, dass Miriam für ein paar Tage in Ferien ist, wir wissen aber noch nicht wohin.« Tanja deutete auf den Schreibtisch, der sie mehr interessierte. »Benutzt Irene keine Arbeitsmaterialien?«, schnitt sie ein anderes Thema an.

Wangert verzog fragend sein Gesicht. Er brauchte eine Weile dem Quantensprung zu folgen. »Wie schon mal erwähnt, Irene arbeitet ausschließlich mit ihrem Laptop, dass sie immer mit sich führt.«

Neugierig deutete Tanja auf die Aktenschränke, die neben der Tür standen. »Was ist da drin?«

»Ein Teil unseres Archivs.«

»Nichts Privates?«, hakte Tanja nach, um sicher zu gehen, dass nicht doch ein paar private Dinge von Irene dort schlummerten.

Wangert schüttelte den Kopf. »Normalerweise nicht, es sei denn, Irene hätte dort etwas deponiert.«

»Dürfte ich mal einen Blick wagen?«

Wangert nickte zustimmend, worauf Tanja keine Sekunde zögerte eine Schranktür aufzureißen. Ordnerrücken, dicht an dicht standen in den Regalen mit Jahreszahlen gekennzeichnet. Ebenso der untere

Teil des Schrankes. Kaum anzunehmen, dass Irene hier etwas Privates aufbewahrte.

»Woran hat Irene zuletzt gearbeitet?«, fragte Tanja, während ihre Blicke an den Ordnerrücken hafteten.

»Sie sollte für Bill Valendar…«

»Ich meine davor«, unterbrach Tanja ihn ungeduldig und schaute ihn erwartungsvoll an.

»Sie hat einen Bericht über eine Töpferei in Linz geschrieben.«

Interessiert wanderten Tanjas Blicke zu Irene rüber. »Sagt dir das irgendwas?«

Resignierendes Kopfschütteln.

Plötzlich wurde Tanja von einem abtrünnigen Gedanken befallen. »Hat Irene mal an etwas brisantem gearbeitet?« Ihr war der aufgebrachte Kunde von der Sprachbox in den Sinn gekommen, der diesen Gedanken auslöste.

Wangert stieß einen zynischen Laut aus. »Nein. Wir sind ein Heimat- und Kulturverlag – wir decken keine Skandale auf, wenn Sie das meinen?«

»Sicher – ein kleines Umweltdelikt…vielleicht?«

»Nein, ausgeschlossen«, antwortete Wangert überzeugt und schaute dabei seine Mitarbeiterin nachdenklich an, als ob er es dennoch nicht ganz ausschließen würde.

»Okay«, lenkte Tanja ein, obwohl sie diese Antwort nicht ganz zufrieden stellte. Sie wandte sich Irene zu. »Du solltest mit deinen Kollegen reden«, riet sie und schaute Wangert auffordernd an, der ihren Blick gleich zu deuten wusste.

Es vergingen gut 45 Minuten bis Wangert gemeinsam mit Irene die Stufen des Haupteingangs hinab geschritten kam. Wartend saß Tanja auf einer Mauer neben der steinernen Treppe.

Freundlich lächelte Wangert Tanja entgegen, die zu ihnen aufschaute. »Ich bringe Ihnen Irene unbeschadet zurück«, scherzte er milde und wurde gleich ernst, als er beobachtete, wie seine Mitarbeiterin niedergeschlagen auf die gegenüberliegende Mauer niedersank, »ich fürchte, es hat nicht viel gebracht.«

Höflich lächelte Tanja und reichte Wangert ihre Hand nachdem sie aufgestanden war. »Vielen Dank für Ihre Mühe.«

Wangert wandte sich Irene zu, klopfte ihr kurz auf die Schulter und stieg dann wieder die Stufen hinauf.

»Du hast mich alleine gelassen«, platzte es plötzlich vorwurfsvoll aus Irene heraus, die ihre angestauten Aggressionen nicht mehr zurückhalten konnte.

Gelassen schob Tanja ihre Brauen hoch. »Ich bin nicht dein Kindermädchen«, konterte sie spitz.

»Und was sollte das mit dem brisanten Fall?«, verlangte sie zu wissen.

An Lässigkeit kaum zu überbieten schob Tanja eine Schulter hoch. »Na ja, war so eine fixe Idee, dass du irgendwo recherchiert hast und damit jemanden nervös gemacht hast, der dich jetzt bedroht – ich hielt es für möglich, dass du Miriam in Sicherheit gebracht hast, und sie deswegen nicht anruft.«

Aufgerüttelt stockte Irene der Atem, was Tanja gleich auf den Plan rief.

»War bloß so ein Gedanke«, redete sie beschwichtigend auf sie ein, »na komm«, spornte sie Irene an und marschierte los.

»Wo willst du hin?«, rief Irene ihr gequält nach.

Mit einer halben Drehung wandte sich Tanja nach ihr um. »Wir müssen deine Papiere als vermisst melden, falls du das nicht schon selber gemacht hast.« Dann marschierte sie unaufhaltsam voran und ließ ihrer Klientin keine andere Chance, als ihr zu folgen.

*

Zusammengesackt und verheult saß Irene neben Tanja im Wagen. Mehrmals war sie auf der Polizeistation zusammengebrochen, als sie auf die Fragen des Beamten keine Antworten geben konnte. Immer wieder musste Tanja einschreiten und Auskunft abgeben, was die personellen Angelegenheiten betraf. Der Gedanke, dass Tanja mehr über ihre Vergangenheit wusste, als sie selber, nahm ihr jegliche Selbstsicherheit und Zuversicht. Warum fand sie nicht endlich wieder in ihr altes Leben zurück?

Tanja ließ der momentane Gefühlszustand von Irene ziemlich kalt. Mehr beschäftigte sie die Frage, wo ihre Papiere gelandet waren. Als vermisst wurden sie jedenfalls noch nicht gemeldet, und ein weiterer Gedanke plagte sie, von dem sie nicht genau wusste, ob sie einer Paranoia unterlag, oder ob sie wirklich verfolgt wurde. In Unkel war ihr auf dem Parkplatz erneut ein grüner Wagen aufgefallen, der in einer Parkreihe stand. Erst vermutete sie an einem Hirngespinst zu leiden, aber jetzt bildete sie sich ein, dass dieser Wagen zwei Autos hinter ihr fuhr. Mit Gewissheit konnte sie das allerdings nicht bestimmen.

Beabsichtigt fuhr Tanja die erste Ausfahrt Bad Hönningen hinaus, um den Weg durch die Stadt nach Rheinwall zu nehmen. Ihre Augen hielt sie dabei mehr auf den Rückspiegel gerichtet, als nach vorne. Ihr Focus blieb an dem grünen Wagen haften, der dann aber nicht mit abbog, sondern dem Verlauf der Bundesstraße folgte. Nur mit Zwang konnte sie ihre Verfolgungsangst abschütteln. Als ihr Blick erneut einen grünen Kombi erfasste, der ihnen entgegen kam, musste sie über sich selber lachen.

Argwöhnisch schaute Irene sie von der Seite an. »Warum lachst du?«

»Ach nichts«, tat sie es als belanglos ab, »mir kam gerade nur so ein blöder Gedanke.« So war es wohl auch.

Nach diesem kleinen Umweg erreichten sie wieder Irenes kleines Haus. Tanja schaute Irene bedeutsam an. Sie hatte mit ihr noch gar nicht geredet, sie zur Ranch zu bringen, was Bills größtem Wunsch entspräche. Nach kurzem Zögern sprach sie das Thema an.

»Dein Mann möchte, dass du auf die Ranch kommst, er glaubt dir dort besser helfen zu können.«

»Nein«, antwortete Irene mit deutlich ablehnendem Kopfschütteln, »nicht auf die Ranch.«

»Wieso nicht?«

Ratlos suchte Irene nach Gründen. »Ich kenne diesen Mann doch gar nicht.«

»Umso wichtiger, dass du dich mit ihm befasst.«

Uneinsichtig schüttelte Irene hartnäckig den Kopf. »Nein, ich möchte erst einmal hier wieder zurechtkommen.« Sie stieg aus und ließ Tanja einfach zurück. Mit schnellen Schritten stieg sie die Stufen des Hauses hinauf, schloss die Tür auf und trat in den Flur. Beabsichtigt ließ sie die Tür offen, damit Tanja ihr folgen konnte. Ermattet warf sie den Hausschlüssel auf die schmale Kommode und starrte haltlos umher. Wie paradox ihr Einwand doch klang, den sie Tanja eben an den Kopf geworfen hatte. Um wieder alleine zurechtzukommen, bräuchte sie ihre Erinnerungen, um ihr gewohntes Leben wieder aufnehmen zu können. Sie hörte plötzlich, wie Tanja vorsichtig die Tür hinter ihr schloss.

»Ich kann nicht mehr«, wimmerte sie leise, in diesem Moment wurde ihr noch tiefer bewusst, wie töricht ihre Worte doch waren. Rastlos wandte sie sich um und ließ haltlos ihre Blicke umherwandern, bis sie sich schließlich an Tanja festbissen und nach Halt flehten, aber erst nach kurzem Zögern folgte Tanja ihrem Hilferuf und nahm sie tröstend in die Arme und drückte sie fest an ihre Schulter.

»Spätestens morgen bringe ich dich auf die Ranch«, hörte sie Tanja sanft sagen, ohne dass sie bedrohlich klang.

Zustimmend nickte Irene, ohne ihren Kopf zu erheben. Sie kostete den leisen Trost, den Tanja ihr spendete ein wenig aus, aus dem sie neue Kraft tanken konnte.

»Ruh dich etwas aus«, empfahl Tanja und packte sie an den Schultern, »das wird dir gut tun.« Sie führte Irene zur Treppe und bog dann selber in die Küche ab.

Müde schaute Irene ihr nach. Gut tun, hallte es durch ihre Gedanken. Mochte sein, dass sie ein wenig zur Ruhe kam, aber viel lieber wünschte sie, dass sie endlich in ihr altes Leben zurückfand.

»Ich fürchte, wir müssen kaufen gehen!«, rief Tanja aus der Küche und schaute um den Türrahmen herum, »so werden wir den Tag nicht überleben.«

Ablehnend schüttelte Irene ihren Kopf. »Ohne mich.« Für heute hatte sie sich genug blamiert mit ihren Heulattacken, dass wollte sie sich an der Ladentheke ersparen. »Ich leg mich etwas hin«, bestand sie darauf Tanjas Rat zu folgen und stieg die Stufen hinauf.

»Na toll«, stieß Tanja entnervt aus. Sie hasste einkaufen. »Soll ich dir was besonderes mitbringen?«, rief sie in die obere Etage.

»Obst, wäre nicht schlecht – und Salat!«

Tanja stutzte. Obst und Salat, das wurde auf der Ranch so gut wie nie gereicht. Sollte sich Irene durch ihre Trennung einem gesunden Lebensstil zugewandt haben? Sie dachte nicht weiter darüber nach.

Wenig später zog Tanja die Haustür hinter sich zu und hüpfte die Stufen des überdachten Einganges hinunter und erreichte mit schnellen Schritten ihren Wagen. Doch ihr Sicherheitsdrang bewog sie zur Umkehr. Sie griff in ihre Schultertasche und zog den Hausschlüssel heraus, den sie kurz zuvor darin versenkt hatte, und schloss die Tür vorsorglich zu.

Wie aus einem Instinkt heraus lenkte Tanja wenig später ihren Wagen linksherum auf die Straße ein, Richtung Innenstadt. Sie vermutete, dort ein Lebensmittelgeschäft. Schließlich mussten die Einheimischen ja irgendwo kaufen gehen. Bedingt durch die vielen parkenden Autos der Anwohner, schleuste sie den Wagen, wie durch einen Slalom-Parcours durch die Straße. Es gab kaum ein Vorankommen, weil ihr ständig Fahrzeuge entgegen kamen. Als sie auf den entgegenkommenden Verkehr warten musste, fiel ihr der grüne Wagen auf, der nun auf der anderen Seite parkte. Gezielt schaute sie sich das Saarbrücker Kennzeichen an, was sie dann mehrmals vor sich her murmelte, wobei sie überlegte, womit sie es in Verbindung bringen konnte. Sie konnte das Fahrzeug aber zu nichts beiordnen. Der Besitzer musste zu Besuch hier in der Gegend sein. Sie fuhr noch ein Stück weiter, bis sie an einen großen Parkplatz gelangte, der zu einem stillgelegten Getränkehandel gehörte, wo sie von einem Gedankenblitz befallen wurde. Er verfolgt sie nicht, er sucht sie heim und wartet eine günstige Gelegenheit ab. Er lauerte womöglich in den Büschen. Ohne weiter nachzudenken lenkte Tanja den Wagen in letzter Sekunde auf den Parkplatz, fuhr eine scharfe Linksschleife und schlug die entgegengesetzte Richtung ein, ohne groß auf den Verkehr zu achten. Ein Wagen musste wegen ihr sogar heftig abbremsen. Mit ständigem Druck auf ihre Hupe versuchte sie den Gegenverkehr zu bezwingen, was ihr aber nie gelang. Ständig musste sie zwischen den parkenden Autos warten. Ihre Ungeduld war schon an der Grenze zur Erträglichkeit angelangt, als sie endlich wieder in die Einfahrt zu Irenes Haus einbiegen konnte. Ihr Wagen brach dabei hinten leicht aus, als sie das Steuer herumriss. Sie gab noch mal tüchtig Gas und bremste dann stark ab, so dass der Wagen einige Zentimeter über das Gras rutschte. Ihre Blicke waren auf die weit offenstehende Haustür gerichtet, was sie noch mehr in Eile versetzte. Mit einer geübten Bewegung zog sie ihre Waffe aus ihrer Schultertasche, die auf dem Beifahrersitz lag, riss die Wagentür auf und lief zum Eingang. Ihr flüssiger Bewegungsablauf glich wie jener aus dem Lehrbuch. Neben der offenen Tür schaute sie vorsichtig in den Flur. In dem Moment hörte sie wie jemand auf das Vordach sprang und unmittelbar danach auf dem Boden landete, sich geschickt abrollte und gleich wieder auf den Beinen stand. Als die Person die ersten Schritte mehr stolperte, war sie schon geneigt ihr zu folgen, doch als sich diese Person schnell fing und im Laufschritt zur Ausfahrt rannte, entschied sie anders. Auch bemerkte sie aus den Augenwinkeln heraus, dass eine weitere Person die Treppe herunter eilte, mit Mühe die Kurve um den Treppenpfosten bewältigte und auf sie zulief. Reflexartig schob Tanja ihre linke Schulter vor und stieß die Person mit Wucht in den Wohnbereich. Mit einem dumpfen Schlag schlug sie auf und rutschte mindestens einen Meter auf der Seite liegend, auf dem Boden Richtung Sitzgarnitur und blieb benommen einige Sekunden liegen.

Mit einer schnellen Bewegung presste Tanja ihre Schultern gegen den Türrahmen, um einer möglichen Attacke von hinten vorzubeugen und schaute gleichzeitig durch die Haustür der flüchtigen Person nach, die sie seiner Gestalt nach männlich zuordnete und horchte zeitgleich, ob sich nicht noch mehr Leute im Hause aufhielten. Hektisch richtete sie währenddessen ihre Waffe auf die Person die vor ihr lag, die sich mühsam auf den Rücken wälzte und schmerzbeladen stöhnte. Hilflos wie ein Maikäfer, der auf dem Rücken ums Überleben kämpfte, lag ein Mann vor ihr.

»Hände hoch!«, brüllte Tanja ihn an.

Gefügig streckte der Mann seine Hände in die Höhe und spielte trotz seiner aussichtslosen Situation den Coolen. »Sie haben den Falschen gefasst.«

»Ach ja«, konterte sie bissig, »wer sind Sie?«

»Eric Hopfner.«

Skeptisch legte Tanja den Kopf schief und warf nochmals einen kurzen kontrollierten Blick durch die offene Haustür und horchte durch den Flur. »Beweisen!«, schrie sie ihn an.

Mit einer schnellen Bewegung, um dem Missverständnis ein schnelles Ende zu bereiten, griff er ans Revers seiner Jeansjacke und schreckte Tanja damit auf. Er stieß dabei einen gequälten Laut aus.

»Langsam!«, rief sie warnend und zuckte kurz mit ihrer Waffe, bedeutete ihm, dass sie notfalls davon Gebrauch machte, und es wäre nicht das erste Mal gewesen.

Zusammengefahren spreizte der Mann wieder seine Arme. Er merkte sehr wohl, dass es ihr ernst war. »Ganz ruhig Lady«, redete er beschwichtigend auf sie ein und griff wieder an sein Revers. Diesmal lupfte er seine Jacke ganz langsam und griff mit zwei Fingern in seine Innentasche. Er zog eine Mappe heraus und streckte sie Tanja entgegen. »Sind Sie Frau Bartoli?«, stellte er unterdessen eine Frage.

Sie nickte kurz und nahm in gebeugter Haltung seine Mappe entgegen, klaffte sie, mit einem Auge auf ihn gerichtet, auf und betrachtete den Ausweis, der darin steckte. Er hatte nicht gelogen. Sie schleuderte ihm die Mappe wieder entgegen, die er hektisch auffing, wobei er einen seichten Schmerzensschrei ausstieß.

Tanja zog ihre Waffe weg und sah auf ihn vorwurfsvoll nieder. »Ist Ihre Uniform in der Reinigung?«

Regungslos blieb Eric liegen. Der harte Aufprall ließ keine schmerzlose Bewegung zu. »Ich bin privat hier.«

»Na toll«, entgegnete sie, »hoffentlich ist ihr Verstand nicht in der Dienstmütze liegen geblieben.« Schnell besann sie sich. »Sie könnten für mich ein Kennzeichen prüfen.« Bevor Eric Widerstand leisten konnte, hatte sie ihm das Saarbrücker Kennzeichen an den Kopf geschmettert, dann wandte sie sich mit einer schnellen Drehung ab, eilte durch den Flur und rannte die Treppe hinauf. Sie musste sich dringend um Irene kümmern. Als sie nach ihrem Spurt das Schlafzimmer betrat fand sie Irene zusammengekauert auf dem Bett vor. Sie hatte ihre Arme um ihre angezogenen Beine geschlungen und schaukelte mit dem Oberkörper vor und zurück. Sie faselte auf Französisch immer wieder denselben Satz, den Tanja laut ihren

Schulkenntnissen als, »Er will mich holen«, verstand. Immer wieder sprach sie den Satz, wie in Trance. Sie schien überhaupt nicht mehr ihre Sinne zu beherrschen.

Langsam näherte sich Tanja und legte ihre Waffe auf das Nachtschränkchen ab, bevor sie sich auf die Bettkante setzte. Zaghaft sprach sie Irene an, die unaufhörlich weiter schaukelte und gar nicht auf ihre Worte reagierte. Mit festen Griffen packte sie Irene an den Schultern und sah sie fest an.

»Irene, ich bin's, Tanja«, rief sie sacht auf sie ein und schüttelte sie sanft, doch sie hörte nicht auf zu wimmern und faselte immer wieder diesen Satz. Bemüht und vorsichtig legte sie ihre Hände um Irenes Kopf und richtete ihre Blicke auf sich. »Ich bin's, Tanja«, sagte sie nun energischer und hoffte sie wieder zur Besinnung zu bekommen. Sie schüttelte Irene erneut, die plötzlich aufschreckte und in Schluchzen ausbrach. Sie kämpfte um ihre Fassung, erlag aber ihren Emotionen. Tanja rutschte näher an sie heran und schloss sie in ihre Arme, drückte sie fest an ihren Körper. »Es ist alles gut«, redete sie sanft auf sie ein und wiederholte den Satz mehrmals, damit Irene ihn sich einprägte.

»Ich will, dass es aufhört«, jammerte sie wehklagend und klammerte sich an Tanja fest, »ich kann nicht mehr.«

Tanja hielt sie noch einen Moment fest, bevor sie Irene an den Schultern packte und ihr eine Frage stellte. Sie schien jetzt auch wieder etwas gefasster. »Hast du die Person erkannt?«

Mit zittrigem Kinn suchte Irene die Worte. »Es war ein Mann, er hat mit mir Französisch gesprochen.«

»Was hat er dir gesagt?«

»Ich hole dich, sagte er ständig«, erklärte sie, immer noch verwirrt, womit sie Tanjas Französischkenntnisse bestätigte. Erschöpft sackte sie dann zusammen. Tanja fing ihren kraftlosen Körper wieder auf und nahm sie erneut in die Arme und ließ sie gewähren, ihren

Gefühlen freien Lauf zu lassen. Ihr Schluchzen verwandelte sich dabei in ein wehleidiges Klagen.

Ziemlich gereizt betrachtete Tanja die Haustür, die gewaltsam geöffnet wurde, dann kehrte sie in den Wohnbereich zurück. Sie musste eine Menge Kraft aufwenden um Irene zu beruhigen, aber nun schlief sie. Verärgert schaute sie auf Eric nieder, der wehklagend am Tisch saß, seine Augen konzentriert auf sein Smartphone gerichtet hielt und seine wüste Haarpracht massierte. Er war diesem Kerl so nahe und ließ ihn entkommen.

»Warum haben Sie sich den Kerl nicht geschnappt?«, schmetterte sie ihm wütend entgegen.

Weichlich schaute Eric zu ihr auf und stöhnte, weil ihm seine Schulter und Rücken schmerzten. »Er war ziemlich flink, bevor ich etwas sagen konnte, hatte er mich niedergeschlagen...«

Nun stöhnte Tanja, aber nicht von Schmerzen geplagt, sondern genervt. »Das ist das Problem bei euch Polizisten, ihr quatscht zu viel, anstatt zu handeln.«

Es gelang Eric nicht auf ihren frechen Vorwurf zu kontern, sein Rücken meldete sich. Er zuckte zusammen, als habe sich ein Nerv eingeklemmt, der ihm einen elektrisierenden Schmerz verpasste, was ihn laut aufstöhnen ließ. Bei dem Stoß, den Tanja ihm verpasst hatte, schien sich etwas in seinem Rückgrat verschoben zu haben.

»Seien Sie nicht so zimperlich«, entgegnete Tanja gefühlskalt. Sie legte ihren Revolver auf dem Tisch ab, zog einen Stuhl zurück und setzte sich.

Entsetzt über ihr mangelndes Feingefühl starrte Eric sie an. »Mitgefühl kennen Sie wohl keins? Erst schlägt mich der Mann nieder und Sie verpassen mir den Rest.« Pflichteifrig deutete er auf ihren Revolver. »Sie hätten mich damit umbringen können«, warf er ihr vor.

Unbeeindruckt zuckte Tanja mit ihrer Schulter. »Wäre das ein großer Verlust für die Menschheit?«

Eric ersparte sich eine Antwort auf ihre unverschämte Frage. »Wo haben Sie diese Riesenknarre überhaupt her?«, interessierte ihn viel mehr. In der Gegenwart dieses 45 Kalibers, fühlte er sich in den Wilden Westen zurückversetzt.

»Ein Geschenk von meiner Großmutter«, servierte Tanja trocken.

»Oh«, stieß er bissig aus, »ist sie mit John Wayne verwandt?«

»Nein, aber mit Al Capone.«

An ihrem Tonfall konnte Eric nicht erkennen, ob sie scherzte. »Ist sie Italienerin?«

»Ja.«

»Auch so brutal, wie Sie?«

»Schlimmer. Wenn Sie meine Großmutter kennen würden, würden Sie mich als sensibel und nett empfinden.«

Er grunzte abschätzig und deutete auf den Revolver. »Hoffentlich besitzen Sie einen Waffenschein dafür.«

»Natürlich«, antwortete Tanja mit überheblicher Lässigkeit.

»Kann ich den mal sehen?«

»Sind Sie im Dienst?«, konterte sie bissig. Seine belehrende Art kotzte sie an. »Erzählen Sie mir etwas über den Mann. Haben Sie sein Gesicht erkannt?«

Wer war diese Frau überhaupt, dass sie sich so aufführte, als sei sie der Polizeipräsident persönlich? »He«, mahnte Eric und tippte sich erregt auf die Brust, »ich, bin die Polizei.«

Unbeeindruckt lehnte sich Tanja auf dem Tisch auf und schaute den Polizisten drohend an.

Eric scheute eingeschüchtert zurück. »Groß«, antwortete er knapp.

»So«, entgegnete Tanja gereizt, »und flink.« Sie war stocksauer über seine sture Art. »Nu kommen Sie«, forderte sie ihn auf, etwas präziser zu werden.

»Er war kräftig. Dunkle Haare, kurzgeschoren. Stoppelbart.« Er betrachtete nachdenklich die Waffe, die neben Tanja auf dem Tisch lag. »Er ist anscheinend Ausländer.«

»Er hat Französisch gesprochen, nicht wahr?«

Eric nickte. Sie deutete mit ihren Blicken auf sein Handy. »Haben Sie etwas über den Halter des Fahrzeuges herausgefunden?«

Nun reichte es Eric. Verweigernd lehnte er sich mit verschränkten Armen zurück, was ihm nicht ganz ohne Schmerzen gelang, die er aber tapfer und heldenhaft verdrängte. »Wer sind Sie eigentlich, dass Sie sich hier wie eine Chefin aufführen?«

Tanja konnte ihre zynische Verzückung über seinen kläglichen Versuch des Widerstandes nicht unterdrücken. »Wenn Sie mir nicht helfen wollen, dann habe ich meine eigenen Mittel. Sie stand auf und griff nach ihrer Waffe, was Eric ängstlich in Alarmbereitschaft versetzte, was sie mit einem kalten Lächeln erwiderte. »Ich arbeite für eine Anwaltskanzlei...« Sie wandte sich um und verließ das Zimmer, um in ihrem Wagen ihre Tasche zu holen, wo ihr Handy drin steckte. Eigentlich hoffte sie, sich diese Prozedur ersparen zu können, aber es kostete sie nur einen Anruf bei der Zentrale aller versicherten Fahrzeughalter und eine kurze Erklärung, und schon würde sie alles erfahren, was sie brauchte.

»Elfriede Langenhardt«, rief er Tanja plötzlich hinterher. Sie hatte noch nicht einmal die Haustür erreicht. »59 Jahre alt und lebt in dem kleinen verschlafenen Nest Kleinblittersdorf.«

Na also, ging doch. Sie kehrte zurück und setzte sich wieder. Ihre Waffe legte sie dabei vor sich. »Klingt nicht gerade Französisch.« Nachdenklich biss sie sich auf ihre Unterlippe. »Ist der Wagen als gestohlen gemeldet?«

Er schüttelte den Kopf, worauf Tanja erschöpft ihren Kopf fallen ließ. Sie hatte so sehr auf einen Zusammenhang gehofft. Eine heiße Spur an der sie anknüpfen konnte. Als sie da so erschlagen wirkend über dem Tisch hing, wurde bei Eric leichtes Mitleid erweckt.

»Wollen Sie mir nicht endlich verraten, was hier los ist? Und was Ihr Auftrag ist?« Er schlug dabei einen sanften Ton an, um nicht verächtlich zu klingen, obwohl er Privatschnüffler nicht sonderlich mochte.

Erschöpft erhob Tanja ihren Kopf. »Das wüsste ich auch gerne«, antwortete sie friedfertig, was bei Eric auf Wohlwollen stieß und er gerne seine Kooperation signalisierte.

»Hängt das mit dem Unfall zusammen?«

»Im weitesten Sinne schon.«

»Erklären Sie's mir.« Auffordernd und diesmal ohne polizeilichen Nachdruck schaute er sie an. »Sie haben mich um Hilfe gebeten, also, hier bin ich nun. Sie kommen ohnehin nicht drum herum, die Polizei einzuschalten, da wäre es schon gut, wenn ich meinen Kollegen schon etwas Genaueres sagen könnte.«

Da konnte und wollte Tanja nicht widersprechen. Sie war zur Zusammenarbeit sogar sehr gerne bereit. Dieses Klischee behaftete Gerangel zwischen Privatdetektiven und Polizei, welches sich Krimiautoren gerne bedienten, existierte bei ihr gar nicht. Sie glaubte nicht einmal an dessen Existenz. Ihrer Erfahrungen nach, gab es wenige Probleme zwischen ihr und der Polizei. Die Zusammenarbeit reichte sogar bis in die Etage der Staatsanwaltschaft. Allerdings wusste sie nicht annähernd, wie und wo sie in diesem Fall mit ihren Erklärungen anfangen sollte, die doch nur auf Theorien basierten und sie den jetzigen Vorfall, nicht einzuordnen wusste.

»Eigentlich sollte ich Irene nur helfen ihr Gedächtnis wieder aufzufrischen«, fing sie mit ihrer Erklärung an, »damit wir erfahren, wo sie ihre Tochter hingebracht hat, die verschwunden ist.«

Hier nahm der Fall für Eric eine ganz andere Dimension an. »Was meinen Sie, mit verschwunden?«

Unschlüssig schob Tanja ihre Schultern hoch. »Ich werde versuchen, es Ihnen zu erklären.« Missmutig schaute sie ihn an und atmete tief durch, um genügend Puste aufzubringen, ihm alles zu erläutern. »Ich hoffe, Sie haben Zeit.«

Er breitete vorsichtig seine Arme aus, um einen Schmerzimpuls zu verhindern. »Ist mein freier Tag heute.«

Sie lächelte milde. Das war wohl der Startschuss zu einer guten Zusammenarbeit. Als sie ihn so eine Weile anschaute, kam ihr eine Idee. Am Morgen hatte sie erst ihren gestrigen Bericht in Irenes Büro ausgedruckt, sollte er ihn doch lesen, dass würde ihr eine Menge Atem ersparen. Mit schnellen Schritten marschierte sie ins Büro und zog ihren zwei Seiten Bericht vom Tisch und legte ihn Sekunden später Eric vor wobei sie zeitgleich nach ihrer Waffe griff, die sie auf dem Esstisch abgelegt hatte.

Verzückt schaute Eric Tanja an, als er ihren Bericht aufnahm. »Sehr ordentlich«, lobte er und verschwendete keine weitere Zeit und las ihn sogleich durch, damit er seine Kollegen schnellst möglich mit präzisen Informationen zu Hilfe rufen konnte. Unterdessen war Tanja zu ihrem Wagen gegangen und telefonierte mit Bill, den sie über sein Handy erreicht hatte. Er befand sich gerade auf dem Weg zu den neuen Stallungen, als er das Gespräch entgegen nahm. Als sie ihm in knappen Zügen die Ereignisse geschildert hatte, wurde Bill so sehr in einen Schockzustand versetzt, dass er seinen Jeep abwürgte, mit dem er gerade einen steilen Hang befuhr, der zur Baustelle führte.

»Ich möchte, dass Sie unverzüglich zu mir kommen, sobald die Polizei ihre Untersuchungen abgeschlossen hat«, dröhnte er durch die Muschel, »ich werde Ihnen Manfred schicken, der gibt Ihnen Begleitschutz, nicht, dass der Kerl nochmal zuschlägt. Haben Sie mich verstanden?« Er fügte den Nachsatz mit aller Schärfe hinzu. Aus seiner Erfahrung heraus wusste er, dass Tanja schon mal gerne waghalsig agierte. Das konnte sie seinetwegen gerne abziehen, wenn sie alleine war, aber nicht wenn es um seine Familie ging.

Mit rollenden Augen fügte sich Tanja seinem Befehl und unterbrach kurzerhand das Gespräch. Sie zog ihre Schultertasche vom Beifahrersitz und verstaute ihr Handy dort drin. Leicht gereizt über den misslichen Vorfall warf sie ihre Wagentür zu und stapfte die Stufen unter dem Vordach hinauf. Ihr Blick blieb wieder an der aufgebrochenen Tür hängen. Der Kerl hatte ganze Arbeit geleistet, wobei er allem Anschein nach die Eisenstange dazu benutzte, die nun im Flur lag. Mit einem übellaunigen Grunzen betrat sie wieder den Essbereich, wo Eric über ihrem Bericht gebeugt saß und ihn nun genauer studierte. Er schaute gleich zu ihr auf, als sie an den Tisch trat und ihre Tasche darauf warf.

»Die Kollegen kommen gleich. Ich habe die Kriminalpolizei eingeschaltet«, erklärte er und kam gleich auf ihren Bericht zu sprechen, »eine Menge Theorien und viele Fragen.«

»Ja, das finde ich auch. Deswegen muss ich wissen, ob irgendjemand Miriam gesehen hat. Ob sie weggelaufen ist, oder jemand sie aus dem Wagen geholt hat.«

»Aber das hätte uns doch jemand gesagt«, war Eric überzeugt.

Tanja ließ keine Ruhe. »Oft ist es doch so, dass die Menschen gewisse Dinge erst wieder im Gedächtnis haben, wenn sie gezielt darauf angesprochen werden.«

Einsichtig nickte Eric. »Ich werde da mal nachhaken.« Er betrachtete den Bericht. »Sie schreiben, dass sie Frau Valendars Ausweispapiere nicht gefunden haben…«

»Ja, sowie Laptop, Kamera, Handy – alles spurlos verschwunden. Und die Papiere wurden nicht als vermisst gemeldet. Sie können also so lange noch nicht weg sein.« Grübelnd biss sie sich auf die Unterlippe. »Können Sie mir sagen, ob irgendwas davon im Wagen gelegen hat?«

Eric schüttelte den Kopf. »Der Wagen war leer, als wir ankamen. Ich hatte ihn gründlich nach Frau Valendars Ausweisen durchsucht.« Er tippe auf den Bericht, der vor ihm lag. »Sie erwähnten, dass Sie für Valendar schon mal gearbeitet haben und schließen nicht aus, dass es hiermit zusammenhängen könne. Worum ging es da?«

Tanja stieß einen resignierenden Seufzer aus. Sie hasste längere Erklärungen. Aber was sein musste, musste nun mal sein. Sie ließ sich auf einen Stuhl fallen und gab Eric in knappen Sätzen einen Überblick über den zurückliegenden Fall. Mehrmals beobachtete sie dabei, wie sich Eric an den Rücken fasste, aber einen Schmerzschrei mannhaft unterdrückte. Als Tanja mit ihren Erklärungen endete und sie die Beweislage gegen Peter Valendar als sehr dürftig beschrieb und den Fall in Zweifel stellte, warf Eric eine Frage ein.

»Glauben Sie, er ist umgebracht worden?«

»Das weniger – ich glaube nicht, dass er der Täter war – offen gestanden, glaubte ich nicht einmal, dass es überhaupt einen gab. Ich habe nie einen konkreten Hinweis gefunden, dass Irene verfolgt wurde.«

»Aber jetzt glauben Sie's?« Er stöhnte kurz auf, weil er wieder einen elektrisierenden Schmerz in seiner Rückengegend ertragen musste.

Ungeachtet seiner Pein stieß Tanja einen ratlosen Laut aus. »Ich weiß nicht, was ich noch glauben soll? Aber, wenn Valendar und ich mich auch geirrt haben, wäre es möglich, dass der wahre Täter noch frei herumläuft und nun wieder zuschlägt.«

»Glauben Sie, er hat das Kind entführt?«

Unschlüssig schüttelte sie ihren Kopf. »Vielleicht hat Irene sie ja auch in Sicherheit gebracht und darum weiß niemand wo sie steckt und der Unfall war ein reines Zufallsprodukt.«

»Noch mal zu Peter Valendar zurück«, erbat Eric, »was hatte Irene denn vermuten lassen, dass sie verfolgt wurde?«

»Es gab einen Brief, der auf ihrem Bett lag, mit einem Herzchen drin, ansonsten gab es da nur dieses auffällige Aftershave, das schon mal in der Luft ihres Zimmers hing und auch in ihrem Wagen. Für mich grenzte das Ganze an Hysterie. Valendar hat sich aufgeführt, wie ein Besessener, wollte unbedingt einen Erfolg, aber den konnte ich nicht liefern und so hat er mich nach zwei erfolglosen Wochen vor die Tür gesetzt, nachdem ich ihn als Paranoid bezeichnet hatte. Genauso hatte ich auch meine Aussage bei der Polizei zu Protokoll gegeben, was Valendar noch rasender machte. Als Stümperin hat er mich bezeichnet.« Wut schwang in ihrer Stimme mit, als sie dies erläuterte.

»Und jetzt sind Sie wieder in seinem Dienst.« Eric war irritiert.

»Klingt verrückt, nicht? Aber Valendar glaubte, ich sei mit Irene befreundet – wir hatten ziemlich vertrauten Kontakt, und so glaubte er, ich könne seiner Frau helfen ihre Amnesie zu bewältigen.«

»Und, sind sie befreundet?«

»Nein, aber Irene ist sehr scheu aber zu mir hatte sie damals Vertrauen gefasst, und das genieße ich jetzt auch wieder.«

Bei Eric warf sich eine Frage auf, was den alten Fall betraf. »Hatte der Bruder Zugang zum Haus?«

»Ja, er besaß einen Schlüssel.«

»Und Sie halten ihn nicht für den Täter?«

Tanja schüttelte überzeugt ihren Kopf. »Peter hat noch eine lange Zeit im Haus gewohnt, als Bill und Irene schon verheiratet waren, warum sollte er ihr plötzlich nachstellen?«

»Trennungsschmerz«, sprach Eric eine Vermutung aus.

»Das vermutet Valendar auch. Aber das ist Irrsinn. Peter wohnte gleich um die Ecke. Vielleicht gibt es ja auch einen ganz anderen Hintergrund.«

»Welchen?« Eric war mehr als gespannt.

Unschlüssig legte Tanja ihren Kopf schief und biss sich auf die Unterlippe, sie war nicht sicher, ob sie es aussprechen sollte. Ihre Vermutung war schon sehr weit hergeholt. »Irene arbeitet als Journalistin im Rheinsteig- Verlag, vielleicht ist sie ja einem Skandal auf den Versen und hat damit jemanden nervös gemacht.«

Eric lachte laut los. »Rheinsteig – Verlag?«, platzte es aus ihm heraus, »glauben Sie, sie hat einen Öko- Skandal aufgedeckt?«

»Ich weiß es klingt absurd, aber«, schränkte sie ein, »die Mimik von ihrem Chef schloss diese Möglichkeit nicht aus.«

Nur unter Zwang konnte Eric sein Lachen unterdrücken und wurde wieder mit einem Schmerzsignal bestraft, dass ihn laut aufschreien ließ.

Von seinem Wehklagen genervt stand Tanja auf und wanderte hinter seinen Stuhl. »Stehen Sie auf!«, befahl sie und erntete zunächst nur einen verstörten Blick über seine Schulter. »Na los!«

Langsam erhob sich Eric und schaute kritisch über seine Schulter.

»Stützen Sie sich auf dem Tisch ab«, kommandierte sie und drückte sogleich seinen Oberkörper nach vorne, worauf er schon wieder aufschrie.

In vorgebeugter Haltung und ausgestrecktem Hinterteil, hing er nun über dem Tisch und spürte, wie Tanja eine Hand auf einer seiner Hüften legte und mit dem Daumen sein oberes Gesäßteil abtastete, plötzlich wanderten ihre Finger oberhalb seiner Leiste und suchten dort festen Halt. Bei Eric traten Hitzewallungen ein und sein kleiner Freund zeigte eine kleine Gefühlsregung. Unauffällig hechelte er, um seine Erregung im Zaum zu halten. Plötzlich stieß Tanja mit ihrer anderen Hand gegen die andere Hüfte und renkte somit die verschobene Stelle an seinem Gesäß wieder zurecht. In diesem Moment konnte Eric nicht mehr einhalten und stieß einen verzagten Laut aus, als er spürte, wie sein Rücken wieder seine Ursprungsform annahm und ein Orgasmus-Gefühl auslöste, als die Schmerzen nachließen.

»Sagen Sie nicht, ich habe Sie jetzt erregt?«, züngelte Tanja und klopfte ihm ungeniert auf sein Hinterteil.

Immer noch in vorgebeugter Haltung schaute Eric sie über seine Schulter an. »Jaaa«, antwortete er lahm und kam gleich auf einen genialen Gedanken, »Sie dürfen gerne weitermachen, ich drehe mich auch gerne dafür um.«

»Vergessen Sie's«, lehnte sie schroff ab, »darauf steh ich nicht.«

»Stehen Sie etwa auf Frauen?«, kam ihm eine spontane und sehr indiskrete Frage über die Lippen.

»Nein, aber auf Männer und nicht auf unreife Jungs.«

In seiner Eitelkeit verletzt richtete sich Eric auf und sah sie gekränkt an. »Für wie jung halten Sie mich eigentlich?«

»Für 27.«

Beeindruckt schaute er Tanja an. »Gut geschätzt.«

Überlegend grinsend wanderte Tanja wieder um den Tisch herum. »Ich hatte Ihren Ausweis in der Hand – schon vergessen?« In dem Moment hörte sie, wie ein Fahrzeug herangefahren kam, worauf sie Eric flehend anschaute. Ihre Gedanken waren schlagartig wieder beim Fall. »Ich hätte eine Bitte. Ich möchte Irene jetzt nicht einem Verhör aussetzen.«

Verständnisvoll nickte Eric, der ebenfalls wieder beim Fall war. »Ich regel das.«

Mit einem dumpfen Geräusch fiel eine Autotür zu und wenig später vernahmen sie Schritte auf der Treppe.

»Frau Bartoli?«, rief eine Männerstimme.

Tanja entfuhr ein übellauniges Stöhnen, als sie an der Stimme Manfred Offerfeld erkannte. Ein großer finsterer und arroganter Typ mit vorstehendem Kinn, dem man vom Ansehen her jede Schandtat zutraute. Er war für Bill der Mann fürs Grobe und ihm treu ergeben. Tanja schloss auch nicht aus, dass er über Leichen ging, wenn sein Chef dies forderte.

Mit vorgebeugter Haltung schaute Offerfeld vorsichtig durch den Türrahmen.

»Ah, Herr Offerfeld«, begrüßte Tanja ihn mit überspitzter Freundlichkeit, »kommen Sie rein.« Ihre Hände an der Stuhllehne geklammert, verweigerte sie seine Handschlagbegrüßung, was

Offerfeld wenig kümmerte. Er wusste, dass Tanja ihn nicht mochte, umso mehr genoss er die Genugtuung, jetzt ihren Bodyguard abgeben zu dürfen. Er ging um sie herum und reichte Eric seine Pranke, der sich brav vorstellte.

»Sind Sie schon soweit?«, stellte Offerfeld eine Frage an Tanja.

»Nein, die Polizei war noch nicht da.«

»Sie können aber gerne schon fahren. Sie können Ihre Aussage auch später machen«, bot Eric an, »dann haben wir Frau Valendar auch aus der Schusslinie und muss die Untersuchungen nicht ertragen.«

Einverstanden nickte Tanja und trat ohne zu zögern in den Flur. Unweigerlich blieben ihre Blicke wieder an der Haustür hängen, was sie zur Umkehr erwog. Gezielt schaute sie Eric an. »Ich bräuchte jemanden, der die Tür wieder in Ordnung bringt, der Knabe hat ganze Arbeit geleistet.«

»Der Knabe war ich«, gestand Eric und versetzte Tanja in Verblüffung.

»Sie?«

»Ja. Wie hätte ich Frau Valendar denn sonst helfen sollen? Mir blieb nicht viel Zeit darüber nachzudenken, sie schrie unentwegt.«

Gedankenversunken trat Tanja wieder in den Flur und betrachtete die Eisenstange, die vor der Kommode lag, die Eric als Werkzeug diente. Dann begutachtete sie die Schließanlage der Tür genauer. Sie bemerkte, dass die Tür aufgeschlossen wurde und nur vom Schnappschloss verschlossen gehalten, obwohl sie selber die Tür fest verriegelt hatte. Wenn also die Tür von Eric aufgebrochen wurde, bedeutete dies, dass der Eindringling einen Schlüssel besaß und Irene ihn womöglich kannte. Wieder griff sie ihre Beziehungsdrama-Theorie auf. Vielleicht hatte er vor Tagen schon ihre Sachen entwendet, um sie zu demütigen.

»Irene kennt ihn«, murmelte Tanja plötzlich abwesend.

»Wen kennt Irene?«, durchbrach Eric ihre Gedanken. Er war ihr in den Flur gefolgt.

»Na, den Einbrecher«, antwortete sie, »er besitzt anscheinend einen Schlüssel.«

»Dann kommt ein Beziehungsdrama in Betracht«, rekonstruierte Eric und spann seine These weiter, »vielleicht hat Irene ihm sogar geöffnet.«

»Nein«, schloss Tanja aus, »dazu ist Irene viel zu ängstlich und außerdem hätte sie sich dazu an diesen Mann erinnern müssen und außerdem hatte ich den einzigen Schlüssel dabei.«

Eric kam ein neuer Gedanke. »Wäre auch möglich, das der Eindringling sich auf illegalem Weg einen Schlüssel verschafft hat.«

Gedankenversunken nickte Tanja. »Womit wir dann wieder beim Stalker wären.« Wie auch immer. Sie wollte jetzt mit Spekulationen nicht ihre Zeit verplempern. Viel wichtiger erschien ihr, Irene zunächst von diesem Brennpunkt wegzuschaffen.

*

Nach Tanjas kurzer telefonischer Berichterstattung war Bill sofort wieder zum Blockhaus zurückgekehrt. Er nahm sogleich Kontakt zu einer psychologischen Praxis auf. Dr. Linda Fries war für ihn schon mal tätig. Als sich vor zwei Jahren sein Bruder Peter in seinem alten Jugendzimmer erhängte, litt seine Mutter nach den dramatischen Umständen unter seelischen Zusammenbrüchen. Auf Empfehlung von seinem Hausarzt hin, nahm Bill ihre Dienste in Anspruch. Ein Glücksgriff, wie er befand, wofür er seine guten Verbindungen für sie einsetzte und sie weiterempfahl. Mittlerweile verkehrte Dr. Fries nur noch in gehobenen Kreisen, als angesehene Psychologin.

Leider konnte Bill ihr nur eine Nachricht auf der Sprachbox hinterlegen. Aber er wusste, dass er nicht lange auf ihren Rückruf warten musste. Das schmälerte allerdings nicht seine Ungeduld.

Wie erwartet ließ der Rückruf nicht lange auf sich warten. Dr. Fries wusste genau was sich gehörte und den Wert seiner Dienste. Ohne Bills Empfehlungen hätte sie nie den Status erreicht, an dem sie nun stand, wofür sie ihm überaus große Dankbarkeit zeigte. Und seine großzügige Bezahlung kam ihr damals auch sehr entgegen.

»Dr. Fries hier«, meldete sie sich, »Sie haben mich kontaktiert, weil Sie Hilfe brauchen.«

Bill zögerte mit seiner Antwort. »Nicht ich, sondern Irene.«

»Oh«, ließ Dr. Fries zaghaft verlauten und schob gleich eine Erläuterung ihrer erstaunten Haltung nach, »Herr Valendar, Sie wissen, dass sich Ihre Frau mir damals verweigert hat.«

»Das hatte weniger mit Ihnen zu tun, sondern mehr mit der Tatsache, dass sich Irene generell nicht gerne öffnet, aber sie ist nun an einem Punkt, wo sie förmlich um Hilfe fleht.«

»Um was geht es denn?« Sie war sehr interessiert.

Um Dr. Fries einen ziemlich genauen Überblick zu verschaffen, fing Bill am Tag des Unfalls an und arbeitete sich mühsam bis zur jetzigen Sekunde vor. Seine Stimme schwang dabei zwischen Wut und Verzweiflung, die auf seiner Hilflosigkeit basierten. Wenn Irenes Verstand nicht endlich wieder vollständig einsetzte, bliebe er weiterhin über den Verbleib seiner Tochter im Ungewissen und seine Geschäfte wurden dadurch auch massiv beeinflusst. »Sie müssen mir helfen«, flehte er sie an, »es soll auch nicht Ihr Schaden sein.«

Mehr von seinem Nachsatz geleitet, als von seinem eigennützigen Flehen, sagte Dr. Fries zu. »Ich kann Ihnen aber nichts versprechen. Eine Amnesie unterliegt nur bedingt psychologischem Ursprung«, wies sie ihn gleich darauf hin. Dann folgte eine kurze Denkpause. »Diese Frau Bartoli, die Sie erwähnten, die war doch damals Irenes Leibwächterin?« Sie erinnerte sich genau. Bill hatte ihr damals den Bericht von Tanja gefaxt, um ihr einen Überblick der Geschehnisse zu verschaffen. Die letzten Seiten des Berichts, hätte er, so wie er in einem Gespräch mit ihr erwähnte, allerdings am liebsten in seinem Kamin verfeuert. Aber aus der Furcht heraus, dass die fehlenden Seiten einen verschleierten Sachverhalt wiedergaben und somit einen negativen Therapieverlauf seiner Mutter nehmen konnten, ließ ihn damals anders entscheiden.

»Ja«, bestätigte Bill.

»Ach«, stieß Dr. Fries verwundert aus, »ich dachte, Sie waren unzufrieden mit ihr.«

»Stimmt«, musste Bill einräumen, »aber sie hatte zu Irene einen sehr guten Draht, ich hoffte, sie könne Irene helfen. Der Arzt aus dem Krankenhaus hielt es jedenfalls für möglich.«

Dr. Fries verstand sehr gut seine Handlungsweise und die Tatsache, dass Irene eine gute Beziehung zu dieser Detektivin unterhielt, ließ sie hoffen, näher an sie herantreten zu können. »Ich möchte Frau Bartoli zuerst sprechen, lässt sich das einrichten?«, stellte sie zur Bedingung.

»Natürlich«, antwortete Bill Macht erhaben, »schließlich wird sie von mir bezahlt.«

*

Es wollte Tanja nicht gelingen, Irene zu überzeugen freiwillig auf die Ranch zu fahren und so hatte sie einfach über sie hinweg entschieden und ihr in einen Koffer, den sie unter ihrem Bett vorfand, ein paar Sachen eingepackt. Nun saß sie neben ihr im Wagen. Als sie das Haus verließen, war die Polizei immer noch nicht eingetroffen, aber Eric versprach, sich um alles zu kümmern und unmittelbar Bericht zu erstatten. Er persönlich wollte in diesem Fall tätig werden und die Kollegen von der Kriminalpolizei unterstützen, die mit Sicherheit Bill Valendar noch persönlich aufsuchen wollten.

Tanja wies Eric noch ausdrücklich darauf hin, die Sprachbox weiterhin abzuhören, um eventuell eine Nachricht von Miriam zu erhalten, was sie allerdings nach dieser Begebenheit schon so gut wie ausschloss.

Mit einem Grinsen schaute Tanja in den Rückspiegel. Offerfeld fuhr dicht hinter ihr. Die verchromte Stoßstange, seines protzigen Pick-Up, die eher einem Rammbock glich, glänzte in der Sonne, was sie zu einem kleinen Spielchen verleiten ließ. Im vorgeschriebenen Tempo fuhr sie durch die Stadt, die Waldbreitbacher Straße hinauf, doch als sie den Anfang der Sieben Kurven erreichte, so wie die L 275 gerne in der Gemeinde bezeichnet wurde, drückte sie aufs Gas. Ein Lastwagen, den sie noch vor der ersten Kurve überholen konnte, diente ihr dazu Offerfeld abzuhängen, doch bereits nach dieser Kurve konnte er schon wieder aufschließen. Für Tanja wieder ein Grund das Gas tiefer zu drücken und an dem zügig vor ihr fahrendem Fahrzeug aufzuschließen. Kurz vor einer annähernden Kurve, schaltete sie ihren Wagen einen Gang zurück, drückte aufs Gas und scherte aus. Mühelos überholte sie den Wagen, musste aber gleich wieder etwas abbremsen, um die nächste Kurve zu meistern. Ein Unterfangen, welches Tanja im Schlaf beherrschte und welches sie schon mindestens 1000 Mal durchgeführt hatte bei ihren Sicherheitsfahrstunden. Es gehörte zu ihrem Beruf, genauso wie das Selbstverteidigungstraining.

Kurz warf sie einen Seitenblick auf Irene, die keinerlei Regung zeigte und da es ihr offensichtlich egal schien, wie schnell sie fuhr, drückte Tanja das Pedal noch ein Stückchen tiefer durch. Eine Frage kam ihr dabei in den Sinn, die sie eben noch nicht gewagt hatte zu stellen. Doch nun wirkte Irene sehr gefasst.

»Der Mann von eben«, fing sie an, »hatte einen Schlüssel. Es ist möglich, dass du ihn kennst.«

Aufgewühlt starrte Irene Tanja von der Seite an. Mit ihrer Anmerkung hatte sie diese schreckliche Erinnerung wieder aufgefrischt, die sie zu vergessen versuchte.

Tanja merkte aus ihren Augenwinkeln sehr wohl, dass ihr dieser Vorfall noch auf ihrer Seele lastete. Dennoch blieb sie hartnäckig. Nun hatte sie den Anfang gesetzt, jetzt wollte sie auch eine klare Antwort. »Kam dir irgendwas vertraut an diesem Mann vor?«

Mit sich kämpfend, schüttelte Irene plötzlich den Kopf. »Nein, ich war auch viel zu beunruhigt, als er plötzlich im Zimmer stand.«

Zum Trost griff Tanja kurz nach Irenes Hand. »Entschuldige, dass ich dich so quälen muss, aber jede erdenkliche Kleinigkeit kann uns weiterhelfen.«

Nachdenklich führte Irene ihre Hände zusammen und legte sie an den Mund. »Er hat mich Mon Amour gerufen«, fiel es ihr plötzlich ein, dann starrte sie entsetzt Tanja von der Seite an, »glaubst du, er ist mein Lebensgefährte?«

Unschlüssig zuckte Tanja mit ihrem Mundwinkel. »Oder er war es und kommt mit der Trennung nicht zurecht.« Sie grübelte kurz. »Oder – er ist ein Stalker und spielt mit deiner Psyche.«

Ergriffen fing Irenes Kinn an zu zittern. »Glaubst du«, fing sie mit zittriger Stimme an, »er hat Miriam entführt?«

Stopp, mahnte Tanjas innere Stimme zur Vernunft. Sie durfte Irene nicht noch mehr in die Verzweiflung stürzen. Behutsam fasste sie nach ihrem Arm und warf ihr einen kurzen, zuversichtlichen Blick zu. »Ich vertrau darauf, dass du Miriam in die Ferien geschickt hast.«

Mit deutlichem Vorsprung erreichten die Frauen die Ranch. Tanja ließ den Wagen langsam vor dem Haus ausrollen. Stumm vor sich starrend betrachtete Irene das Blockhaus. Ihr Augenmerk biss sich an dem Messingschild fest, das neben der Tür angebracht war.

»Hier habe ich gelebt?« Ihre Stimme klang verletzlich und verunsichert.

»Ja«, antwortete Tanja knapp und öffnete die Wagentür, »komm, lass uns reingehen, es wird dir gefallen.«

Nur zögerlich folgte Irene ihrem Aufruf und stieg aus dem Wagen und ließ sich von Tanja zur Haustür bringen. Miss Livington stand schon in der Haustür, sie hatte von ihrem Büro aus bereits bemerkt, dass sie vorgefahren waren.

»Irene«, stieß Miss Livington aus. In ihrer Stimme schwang ihre gesamte Besorgnis und Mitgefühl mit. Sie breitete ihre Arme aus, um Irene umarmen zu können, doch die scheute zurück. Beklagend blickte Miss Livington Tanja an, die ihr bedeutete Geduld aufzubringen.

Noch bevor Miss Livington die Türe wieder geschlossen hatte, nach dem die Frauen eingetreten waren, stand Bill schon im Flur. Ihm war die Anspannung über die Ereignisse deutlich anzusehen.

Am liebsten wäre Bill gleich auf Irene zugelaufen um ihr die Erinnerungen einzuprügeln, doch er beherrschte sich. Er wusste ja, wenn er Irene drängte, konnte er ihr damit nur schaden und so nutzte er seine offensichtliche Verärgerung, um seine Besorgnis auszudrücken. Langsam schritt Bill seiner Frau nur ein paar Schritte entgegen und stoppte dann ab damit sie sich nicht bedrängt fühlte. »Irene«, rief er ihr dabei vorsichtig zu, »wie geht es dir?«

Irene antwortete nicht. Sie war noch viel zu aufgewühlt, um irgendwas sagen zu können. Verzagt schüttelte sie nur ihren Kopf und schaute Tanja flehend an, etwas zur Situation zu sagen.

Noch bevor Tanja etwas sagen konnte, löcherte Bill sie mit zornigen Blicken.

»Was hat der Kerl ihr angetan?«, verlangte er zu wissen und klang sehr anklagend.

»Nichts«, antwortete Tanja kühl, versuchte Ruhe in das Gespräch zu bringen, »Herr Hopfner von der Polizei, war zum Glück zur rechten Zeit da.«

»Das wäre Ihre Aufgabe gewesen«, entgegnete er kritisch, was Tanja wenig beeindruckte.

»Wenn ich gewusst hätte, welche Dimension dahinter steckt, wäre ich mit der Kavallerie angerückt«, konterte sie bissig.

»Ich möchte Sie sprechen«, befahl er und wies Miss Livington an, sich um Irene zu kümmern. Dazu benötigte er nur einen Blick.

Irene zuckte ängstlich zusammen, als Miss Livington nach ihrem Arm griff, um sie nach oben zu führen. Ruckartig löste sie sich von ihr, doch als Tanja ihr zuversichtlich zunickte, ließ sie sich mitführen. Miss Livington lächelte sie gütig und nachsichtig an.

»Komm, ich zeige dir dein Zimmer«, redete sie auf Irene beruhigend ein.

Geprägt und von der Ungewissheit zernagt, wo Miriam steckte, war auch entsprechend Bills Stimmung, die so langsam immer tiefer sank. Von seinem Chefsessel aus schaute er Tanja gereizt an, die vor seinem Schreibtisch saß.

»Was hat die Polizei gesagt?«, forderte er eine Erklärung.

»Ich habe mit der Polizei noch nicht gesprochen, ich hielt es für wichtiger, Irene erst einmal aus der Schusslinie zu holen. Herr Hopfner kümmert sich um alles.«

Rastlos wanderten Bills Blicke umher. »Ich habe eine Therapeutin engagiert«, erklärte er plötzlich, »Frau Dr. Fries wird morgen kommen, so gegen Mittag. Sie möchte mit Ihnen zuerst sprechen.«

Erstaunt fuhren Tanjas Brauen in die Höhe, was sie zugleich zu einer bösen Bemerkung anstachelte. »Sehe ich aus, als bräuchte ich psychologische Hilfe?«

Gereizt stieß Bill Luft aus, beherrschte sich aber. »Es geht nicht um Sie. Sie möchte nur erfahren, was passiert ist.« Eindringlich schaute er sie an. »Was konnten Sie bisher in Erfahrung bringen?«, stellte er Nachforschungen an, »außer, dass Karla ein Kaninchen ist.«

Ungerührt seiner kränkenden Worte, die ihre Bemühungen als mangelhaft darstellten, kreuzte Tanja ihre Beine und legte ihre Hände in den Schoss. »Der Einbrecher ist offensichtlich Ausländer –

Franzose, vielleicht auch Belgier – und vermutlich ist er mit Irene bekannt. Er besaß einen Schlüssel vom Haus.«

Ein starrer Blick erfasste Tanja.

»Ist aber auch möglich«, fing sie mit einer neuen These an, »dass wir es mit dem alten Fall von vor zwei Jahren zu tun haben.«

Alarmiert riss Bill seine Augen auf. »Was soll das heißen?«

»Nun, dass Peter womöglich unschuldig war und der wahre Täter noch immer herumläuft.« Sie wartete eine Reaktion ab, die aber ausblieb. Ihre Gedanken wieder in die andere Richtung gelenkt, schob sie eine Frage nach. »Können Sie mir sagen, ob Irene wieder eine Beziehung eingegangen ist?«

Abwesend schüttelt Bill seinen Kopf. »Sie sagten was von einem Franzosen…«

»Ja, der Mann spricht Französisch.« Ein neuer Gedanke wurde bei Tanja entfacht. Irene verfügte nicht mehr über Französisch-kenntnisse als sie auch, was so vom Gymnasium übrig geblieben war, aber Irene dachte und träumte sogar auf Französisch. Ein Verhalten, dass nur auftrat, wenn man tiefer mit einer Sprache und Land verwurzelt war. Die Wahrscheinlichkeit, dass sie mit einem Franzosen eine enge Beziehung unterhielt, wurde somit immer wahrscheinlicher. Mochte sein, dass sich diese Beziehung zur Farce entwickelt hatte, was einer ihrer vielen Theorien wieder in Erinnerung rief. Sie wog ab, ob sie ihre Vermutung äußern sollte. Warum eigentlich nicht. »Herr Valendar, es ist nur eine Vermutung, aber bei mir erhärtet sich der Verdacht, dass Irene Miriam in Sicherheit gebracht hat, weil ihr gedroht wurde.«

»Warum hat sie dann nicht mit mir geredet?« Bill war erregt vor Besorgnis und der Sturheit seiner Noch-Frau.

Diese Frage vermochte Tanja nicht zu beantworten. Sie überlegte, ob sie Bill von dem verdächtigen Fahrzeug berichten sollte, stellte diese innerliche Frage aber gleich wieder zurück. Warum die Pferde scheu machen, ohne zu wissen, ob es da wirklich einen

Zusammenhang gab. Dieser Gedanke bohrte sich aber bei ihr fest. SB, für Saarbrücken. Das lag gleich an der französischen Grenze.

»Wird sich die Polizei gleich noch melden?«, unterbrach Bill ihre Gedanken.

»Ja«, antwortete Tanja, »Herr Hopfner wird mit einem Kollegen vorbeikommen. Er hat die Kriminalpolizei eingeschaltet.«

Ermattet sackte Bill über seinem Schreibtisch zusammen und stieß einen entkräfteten Seufzer aus. »Danke«, sagte er gedämpft, aber es klang aufrichtig. Dann erhob er seinen Kopf und schaute ihr fest entgegen. »Wäre gut, wenn Sie noch blieben – Irene fühlt sich bestimmt besser, wenn Sie in ihrer Nähe sind. Ich werde für Sie das Zimmer vom letzten Mal bereiten lassen.«

Kaum merklich schob Tanja ihre Brauen hoch. Seine plötzlich friedfertige Haltung überraschte sie. »Gerne«, antwortete sie ebenso verträglich, und mit dieser Haltung war es ihr auch ernst, weil sie persönlich auch unbedingt erfahren wollte, was hinter Miriams Verschwinden steckte.

»Wundern Sie sich nicht, ich werde Wachen postieren«, warnte Bill.

Wachen, höhnte es durch Tanjas Kopf und musste an ihren Begleitschutz denken, den sie mühelos abschütteln konnte. Bill würde platzen vor Wut, wenn er davon wüsste. Sie behielt es für sich und nickte nur befürwortend. »Das halte ich auch für sinnvoll.« Sie schaute ihn bedacht an und als er sich nicht weiter rührte, stand sie auf. »Ich werde mich jetzt um Irene kümmern, wenn Sie keine weiteren Fragen haben.«

»Tun Sie das.« Angespannt schaute er ihr nach, als sie das Büro verließ und überdachte Tanjas Ausführungen über den Fall. Den Stalker von vor zwei Jahren schloss er jedoch definitiv aus, es musste etwas anderes dahinterstecken.

Als Tanja auf den Flur trat, stand sie erst einmal für einen Moment herum, um sich zu orientieren. Miss Livington trat plötzlich aus ihrem Büro.

»Irene hat sich etwas hingelegt«, teilte sie ihr mit, »ich habe sie mit einer Schlaftablette versorgt, damit sie etwas zu Ruhe kommt.«

Miss Livingtons Fürsorge verschaffte Tanja etwas Freiraum, den sie sogleich nutzte und im Nu einen Fragenkatalog erstellen ließ. »Kann ich Sie was fragen?«

»Natürlich.« Bereitwillig schritt Miss Livington auf sie zu. »Was möchten Sie denn wissen?«

»Können Sie mir sagen, ob Irene eine Beziehung unterhielt? Mit einem Ausländer?«

Miss Livington schüttelte den Kopf. »Nein.«

»War sie öfters unterwegs?«

»Frau Bartoli«, nannte sie gewichtig ihren Namen, »Irene wohnt seit einem halben Jahr nicht mehr hier. Ich habe keine Ahnung, was sie treibt.«

»Na ja«, ließ Tanja nicht locker, »aber sie hat sich von Bill getrennt – hatten Sie das Gefühl, dass es da jemand anderes gab?«

»Möglich, dass sie eine Affäre hat oder damals schon hatte.«

»War sie vor der Trennung schon mal im Ausland? Frankreich?«

Miss Livington erhob ihren Kopf und legte ihre gesamte Missbilligung in ihren Gesichtsausdruck. »Es schickt sich nicht als Angestellte über ihre Vorgesetzten zu plaudern.«

»Miss Livington«, konterte Tanja ebenso gewichtig, »Irene ist womöglich von einem Bekannten überfallen worden, von dem ich vermute, dass er Franzose ist…«

»Ich kann nur bestätigen, dass Irene früher häufig unterwegs war, die Woche über, mag sein dass dies der Grund war. Aber ich weiß nicht wohin sie gefahren ist.«

»Okay«, gab sich Tanja fürs erste zufrieden, »danke.« Sie wanderte zur Haustür. Wenn Irene schlief, konnte sie sich eine kleine Auszeit gönnen. Ein wenig Luft schnappen tat ihr sicher gut.

Mit einem tiefen Luftzug trat Tanja auf die Veranda, alles wankte um sie herum und als ob jemand ihr den Boden unter den Füßen wegzog, griff sie nach dem Geländer, um halt zu suchen. Aber es war nicht der Boden der wankte, sondern ihre Gedanken. Sie löste nach einer Weile ihren Griff und wanderte zur Hausecke und blickte den Hügel hinauf zu den Stallungen und der großen Reithalle. Die Sonne blinzelte mühselig über den Baumwipfeln hindurch, die schon lange Schatten warfen. Von einer Baustelle gab es nicht die geringste Spur. Ihre Gedanken schweiften ab und blieben wieder am Überfall hängen. Wangert, schoss es ihr durch den Sinn. Vielleicht musste Irene beruflich oft ins Ausland und kannte daher ihren Peiniger? Vielleicht wusste Wangert ja was darüber. Sofort griff sie in ihre Schultertasche, kramte ihr Handy hervor und hatte ebenso schnell Wangerts Nummer gewählt.

»Bartoli hier«, meldete sie sich und schmetterte gleich los, »ich hätte gerne gewusst, ob Irene öfters im Ausland war, beruflich?«

»Nein, wir sind Regionen bezogen.«

»Keine Ausnahmen?«

»Nein, wieso fragen Sie?«

»Ich vermute, dass Irene öfters im Ausland war, wie zum Beispiel Frankreich oder Belgien.«

»Nicht für unseren Verlag.«

»War sie denn, häufig unterwegs?«

»Woher soll ich das wissen.« Wangert fing an ungeduldig zu werden.

»Na ja, Sie müssen doch wissen, ob Irene öfters unterwegs war, schließlich arbeitet sie doch für Sie.«

»Irene ist freie Mitarbeiterin, sie kann sich ihre Zeit einteilen.«

»Dann muss sie nicht immer im Verlag sein?«

»Natürlich nicht, wir korrespondieren viel übers Internet.«

»Verstehe, danke.« Schnell unterbrach Tanja die Verbindung und malte ihre Gedanken aus. Irene hatte also viel Zeit ihrem Verhältnis nachzugehen, das ihr womöglich zum Verhängnis wurde. SB, für Saarbrücken, Frankreich, Elfriede Langenhardt, zählte sie gedanklich auf, da konnte es eine Verbindung geben. Erneut aktivierte Tanja ihr Handy. Über das Geländer gelehnt surfte sie durchs Internet und suchte nach einer Adresse und wurde schnell fündig.

Elfriede Langenhardt führte ein kleines Restaurant in Kleinblittersdorf »Zum Hahn« inmitten des idyllischen Städtchens.

Sofort nahm Tanja den Kontakt auf und war schnell verbunden.

»Bartoli hier«, antwortete sie, als sich eine Frauenstimme im Saarländer Dialekt meldete, »ich hätte gerne Frau Langenhardt gesprochen.«

»Gefunden«, scherzte die Dame am anderen Ende der Leitung, »was kann ich für Sie tun?«, fragte sie höflich nach.

»Frau Langenhardt«, fing Tanja zögerlich an, und versuchte unvoreingenommen zu klingen, »ich bin Privatdetektivin…«

»Bitte?«, reagierte diese entsetzt. Eine Reaktion der Tanja oft ausgesetzt wurde und sie jedes Mal zur Schlichtung zwang.

»Keine Sorge«, redete sie beschwichtigend auf sie ein, »es geht bloß um Ihren Wagen. Ich hätte gerne gewusst, wer damit zur Zeit unterwegs ist.«

»Wieso«, stieß Frau Langenhardt ungehalten aus.

Nun musste Tanja ihren Schongang etwas zurückschrauben. »Ihr Wagen wird mit einem Überfall in Verbindung gebracht.«

Schweigen.

»Frau Langenhardt«, rief sich Tanja in Erinnerung.

»Wieso Überfall?«, hakte Frau Langenhardt wissbegierig nach.

»Ihr Wagen ist unmittelbar an einer Stelle gesehen worden, wo eine Frau in ihrem Haus überfallen wurde – vielleicht ist es ja nur ein Missverständnis. Sie müssten dazu nur meine Frage beantworten.«

Kurzes Schweigen. »Mein Neffe ist damit unterwegs.«

»Im Rheinland?«

Frau Langenhardt stieß einen verzagten Laut aus. »Das weiß ich nicht. Er wollte Ersatzteile für sein Motorrad abholen.« Sie grübelte. »Warten Sie – Kaiserslautern.«

»Ist er alleine unterwegs?«

»Ich glaube schon.«

»Wann haben Sie zuletzt mit ihm gesprochen?«

»Heute. Er hat angerufen.«

»Er ist nicht zufällig Franzose?«

»Nein.«

»Ich würde mit ihrem Neffen gerne sprechen, er hat doch sicher ein Handy dabei.«

Frau Langenhardt wurde ungehalten. »Ich werde Ihnen jetzt keine weiteren Fragen beantworten…«

»Dann werde ich Ihnen die Polizei auf den Hals hetzen«, drohte Tanja dazwischen.

»Tun Sie das«, gab Frau Langenhardt unbeeindruckt zurück und legte einfach auf.

Worauf du dich verlassen kannst, du Zicke, grollte Tanja und schnaufte kräftig vor Wut. Sie wandte sich um und schlenderte auf eine, aus Baumstämmen gefertigte, Sitzbank zu und setzte sich nieder. Ihre Wut konnte sie nicht abschalten. Der ganze Fall verlief wieder, genauso wie vor zwei Jahren ins Nichts. Ärgerlich, dass sie wiederholt, ohne konkretes Ergebnis einen Fall abschließen musste und das auch noch mit demselben Klienten. Sie lehnte sich zurück und atmete mehrmals tief durch. Nach einer Weile konnte sie ihren Ärger mit ihren Atemübungen bezwingen und so vergaß sie Zeit und Raum. Plötzlich bemerkte sie, wie ein Fahrzeug auf das Haus zugefahren kam und es stieg kein anderer aus, als Dorfpolizist Eric, der gleich auf die Veranda trat und auf die Bank zusteuerte.

»Hallo Herr Hopfner«, begrüßte Tanja ihn mit übertriebener Freundlichkeit, »Untersuchungen abgeschlossen?«

Er nickte. »Ja«, antwortete er und setzte sich unaufgefordert neben sie. Er griff in eine Tasche seiner Jeansjacke und reichte ihr einen Bund mit drei Schlüsseln. »Die Tür ist repariert worden, das sind die Schlüssel dazu.«

Uninteressiert ließ Tanja das Bund in ihrer Schultertasche verschwinden. »Schon irgendwas herausgefunden?«

Er legte ein überlegenes Grinsen auf und tastete sie von der Seite mit seinen Blicken ab. »Oh ja«, antwortete er bedeutungsvoll, »Tanja Bartoli, 37 Jahre alt, ledig, wohnhaft in Bonn Poppelsdorf, …«

»Oh«, stieß sie aus, wobei ihre gesamte Missbilligung mitschwang, »noch irgendwas Wichtiges herausgefunden?«, züngelte sie bissig. Am Nachmittag hatte sie den smarten Polizisten schon fast lieb-gewonnen, aber seine unangebrachte Spitzel-Leidenschaft schätzte sie überhaupt nicht.

»Du genießt einen hohen Beliebtheitsgrad bei der Polizei in NRW.«

Du, vernahm Tanja angewidert und ging auf ihren Beliebtheitsgrad und den guten Beziehungen, die sie zur Polizei unterhielt, nicht näher ein. Seine Rotzigkeit, sie als Kumpel einzustufen, stieß bei ihr bitter auf, was sie beinahe zu einem Protest verleitete, verschluckte aber ihren Widerstand. Er würde sie doch nur als zickig einstufen und am Ende mit einem triumphalen Sieg feiern, wenn sie am Ende doch nachgab. Diese Genugtuung gönnte sie ihm nicht. Dennoch konnte sie sich einen Nachsatz nicht verkneifen. »Keine anderen Sorgen gehabt, als mir nachzuspionieren?«

»Das war nicht meine Idee«, stellte Eric gleich klar. Ihr missbilligender Tonfall war ihm gleich aufgefallen und das wollte er hier richtigstellen, »außerdem bist du schon vor zwei Jahren überprüft worden.«

Tanja grunzte abschätzig. »Ach«, stieß sie grantig aus, »und jetzt noch mal? Ihr Polizisten müsst zu viel Zeit haben.«

Trotz Tanjas Verärgerung genoss Eric die Recherche seiner Kollegen, hielt aber mit einem bösen Kommentar ein, dazu war ihm die Lage zu ernst. »Wir haben den Mann zur Fahndung ausgesetzt«, sagte er plötzlich im offiziellen Ton, »ich werde morgen eine genaue Beschreibung von ihm abgeben und Miriam haben wir als vermisst eingestuft. Wir bräuchten noch ein Foto von ihr.«

Versöhnlich richtete Tanja sich auf. So gefiel ihr Eric Hopfner, wenn er ganz den pflichtbewussten Polizisten herauskehrte. »Auf dem Sideboard stand eins«, erklärte sie.

»Das habe ich gesehen. Ich war mir aber nicht sicher.«

»Du kannst aber auch eins von mir haben.« Sie stand auf und trat rastlos ans Geländer.

»Wie geht es Frau Valendar?«, fragte Eric ihr hinterher.

Ihre Blicke auf die Stallungen gerichtet, schob Tanja unschlüssig ihre Schultern hoch. Wie sollte sich ein Mensch schon fühlen, der über keinerlei Erinnerungen mehr verfügte und dann auch noch überfallen wurde? »Sie schläft«, antwortete sie, »allerdings nur unter Einnahme von Medikamenten.« Sie umklammerte das Geländer und stieß einen schweren Seufzer aus. »Ich habe mit Frau Langenhardt telefoniert«, sagte sie plötzlich und wandte sich dabei nach Eric um.

»Du hast die Fahrzeughalterin angerufen?«, war er verwundert, »vermutest du wirklich einen Zusammenhang?«

Sie nickte. »Ihr Neffe ist mit dem Wagen unterwegs, angeblich in Kaiserslautern, Ersatzteile holen.«

»Und weiter?«, hakte Eric interessiert nach.

Resignierend wandte sich Tanja wieder um und stützte sich auf das Geländer. »Sie war nicht sehr auskunftsfreudig.«

»Wir werden das prüfen.« Er stand auf und stellte sich dicht neben sie. »Wenn er in Kaiserslautern eingekauft hat, wird er sicherlich Quittungen vorweisen können.« Er spürte sehr, wie Tanja unter der Erfolglosigkeit litt. Er zückte ein kleines Kärtchen aus einer Brusttasche seiner Jeansjacke hervor und reichte es ihr. »Das ist der Kontakt zu Hauptkommissar Dümmel, ich habe ihm von deinem Bericht erzählt, er möchte, dass du ihm den zumailst.«

Abwesend nahm Tanja das Kärtchen entgegen und schob es in eine kleine Tasche ihrer Safari-Jacke, ohne es einmal anzuschauen. Plötzlich spürte sie einen sanften Stubbs.

»Wie schaut's aus? Lust mit mir etwas essen zu gehen?«

Schlagartig war Tanja wieder voll da. Ihre Sirenen hatten sie schier aus der Depression gerissen. Hoppla. »Und dann?«

»Mal sehen, wie sich der Abend entwickelt«, hielt er offen und schaute sie erwartungsvoll von der Seite an, wobei er anzüglich mit seinen Brauen wackelte.

»Ich sagte schon…«

Sofort warf Eric Protest ein. »Jetzt komm mir nicht schon wieder, ich sei zu jung.«

»Dann bin ich eben zu alt«, konterte Tanja.

»Ich steh auf Sex mit reifen Frauen. Da kann man eine Menge von lernen.«

Tanja lächelte milde. »Ich gebe keine Nachhilfe. Außerdem muss ich hier in der Einöde noch ein wenig meine Pflicht erfüllen«, züngelte sie spöttisch, wobei sie verachtend ihr Kinn vorschob.

Mahnend schnalzte Eric mit der Zunge. »Was hast du gegen diese idyllische Landschaft?« Er zog eine kräftige Brise der ländlichen Luft ein. »Riech doch nur die gute Landluft.«

Geringschätzig zeigte Tanja Richtung Stallungen. »Meinst du den Gestank, der vom Stall hier herüber weht?«

Ihr Unterton gefiel Eric nicht. »Du könntest dir wohl nicht vorstellen hier zu leben?«, bemängelte er ihre verächtliche Kritik an Mutter Natur.

Mit mildem Lächeln legte Tanja ihren Kopf schief und stöhnte verächtlich. »Ich könnte mir nicht einmal vorstellen, hier beerdigt zu sein.«

Eric gab auf, ihr das Landleben schmackhaft zu machen. Außerdem hatte ihm Hauptkommissar Dümmel aufgetragen Bill über den Stand der Ermittlungen zu unterrichten. Dümmel übertrug diese Aufgabe ganz gezielt auf Eric, weil er mit dem Fall schon betraut war und einen gewissen Bezug aufgebaut hatte. »Ich muss mit Valendar reden, ist er im Haus?«, schnitt er ein neues Thema an.

Tanja nickte und führte ihn zur Haustür, währenddessen zog sie Miriams Foto aus ihrer Schultertasche, das sie immer noch bei sich trug und reichte es Eric. »Das ist ziemlich aktuell«, erklärte sie. Sie griff nach dem schweren Türknopf und schob die Tür auf. Sie deutete auf Miss Livingtons Büro, als Eric an ihr vorbeischritt. »Du solltest dich bei ihr anmelden.« Als wolle sie ihn abschieben, schob sie ihn Richtung Bürotür. »Sie wird dir gefallen, sie ist genau in dem Alter, wo du eine Menge von lernen kannst.«

Angewidert stemmte sich Eric gegen ihren Anschub und schaute sie mahnend über seine Schulter an. »He, ich kenne die Frau. Die ist schon überreif – vermutlich ist die so ausgehungert, dass sie mich mit Haut und Haaren frisst.«

»Vielleicht hast du ja Glück und ihre Haftcreme versagt.« Ohne weiteren Kommentar ließ Tanja diesen Schmalspurhelden stehen, marschierte zielorientiert durch den Flur und bog schließlich rechts neben der großen Treppe ab.

Mit Gänsehaut, die sich wie ein Teppich über seinen gesamten Körper gelegt hatte, fixierte Eric die Bürotür und schluckte hart. Hoffentlich besaß Miss Livington keinen Revolver und nötigte ihn.

*

Am Morgen suchte Tanja als erstes Irenes Zimmer auf, um sie fürs Frühstück abzuholen. Auch interessierte sie ihr aktueller Gemütszustand. Am gestrigen Abend war Irene nicht zum Abendessen erschienen, so dass sie mit Miss Livington alleine am Tisch saß, weil Bill wichtige Termine vorschob, an die sie aber nicht glaubte. Eher war Tanja geneigt zu vermuten, dass Erics Berichterstattung seine Stimmung überstrapaziert hatte. Als Bill ihr am Abend nochmals kurz über den Weg lief, hinterließ er einen ziemlich geknickten Eindruck. Später saß sie dann alleine in der gemütlichen Wohnzimmerecke, die als Lesebereich diente und vervollständigte ihren Tagesbericht und sandte ihn, wie von Eric aufgetragen, an Hauptkommissar Dümmel weiter. Im Haus lag eine beklemmende Stille. Getragen von Trauer und Schmerz. Der einzige Lichtblick, den Tanjas Herz in einen Freudentaumel versetzte, war der Moment, als Miss Livington ihr einen Stumper mit Whiskey reichte. Einer der besten Whiskeys, der ihr hier vor zwei Jahren zum ersten Mal gereicht wurde. Sie liebte Bill dafür. In diesem Bereich bewies er Geschmack und zeigte sich äußerst großzügig.

Heftig klopfte Tanja an Irenes Zimmertür und wurde kurzum höflich hereingebeten. Irene stand vor dem Kleiderschrank und hing gerade ein Kleidungsstück auf, als Tanja eintrat. Ihre Laune glich der von gestern, aber wesentlich ausgeruhter, was Tanja auf die Schlaftablette zurückführte.

»Hi«, rief Tanja ihr vergnügt entgegen und hoffte sie mit ihrer guten Laune anstecken zu können.

Resignierend starrte Irene in den Kleiderschrank. »Er ist leer, als hätte ich hier nie gewohnt.« Sie wandte sich nach Tanja um und erhob ratlos ihre Arme. »Es gibt nichts, was auf mich hinweist, dass ich mal hier gelebt habe. Es ist aufgeräumt, wie ein Hotelzimmer.«

Tanja fand dafür nur eine plausible Erklärung. »Du hast scheinbar mit dem Thema Bill Valender konsequent abgeschlossen.« Sie rüttelte Irene am Arm, um sie abzulenken. »Nu komm, lass uns frühstücken.«

Aufgebend ließ Irene ihren Kopf absinken. »Ich mag nicht, ist doch sowieso alles sinnlos«, trotzte sie und schüttelte verzweifelt ihr Haupt, »wieso kann sich nicht endlich ein Schalter umlegen und alles ist wieder da?«

»Du darfst die Hoffnung nicht verlieren«, redete Tanja ermutigend auf sie ein. Sie orientierte sich kurz und bückte sich schließlich nach ein paar Schnürschuhen, die sie gestern für Irene eingepackt hatte. »Komm, zieh die an, dann machen wir gleich mal eine Spazierfahrt über das Gelände. Das wird dir gut tun.«

Missmutig betrachtete Irene das Paar Schuhe, das Tanja ihr entgegenstreckte. »Ich kann mir gar nicht vorstellen, damit herum gelaufen zu sein«, frotzelte sie, »elegant sind die doch nicht.«

»Du hast dich immer zweckmäßig gekleidet.« Plötzlich wurde Tanja von ihrer Bemerkung nachdenklich gestimmt. Sie führte sich das Bild vor Augen, als sie Irene aus dem Krankenhaus abholte. Pumps mit Absatz und Tuchhose passten eigentlich gar nicht zu Irene und um eine Baustelle zu besichtigen auch völlig ungeeignet, und da offensichtlich keine Kleidungsstücke mehr hier vorhanden waren, bestand nicht einmal die Möglichkeit sich hier umzuziehen.

Bill saß bereits am großen Tisch, als Tanja mit Irene das Esszimmer betrat. Seine Verfassung schien deutlich besser, als bei ihrer letzten Begegnung. Er stand sogleich auf, als er die Frauen bemerkte und trat ihnen ein Stück entgegen, was bei Irene eine leichte Panikattacke auslöste. Und nur weil Tanja sie anschob, hielt sie den Kurs bei und schritt mit angsterfülltem Blick ihrem Mann entgegen.

Durch die Furcht, die Bill von Irene entgegengebracht wurde, ließ er Vorsicht walten und wies nur mit einer freundlichen Geste seiner

Frau ihren gewohnten Platz am Tisch an und setzte sich dann wieder.

»Ich hoffe, du hast dich ein wenig erholt«, erkundigte sich Bill liebevoll bei seiner Frau und lächelte sie milde dabei an. Ein zaghafter Versuch ihr Vertrauen zu erlangen.

Irene nickte lahm. »Ja«, stieß sie schwach aus, »aber viel lieber wünschte ich, ich wüsste, wo Miriam steckt.«

»Das geht mir nicht anders«, redete er einfühlsam auf Irene ein und schwang seinen Blick auf Tanja, die neben Irene ihren Platz eingenommen hatte, »ich bin sicher, es wird sich bald alles klären. Ich vertrau auf Frau Bartolis Vermutung, dass du Miriam in Sicherheit gebracht hast, und diesen Kerl werden wir auch fassen.«

Ganz bedacht mischte sich Tanja nicht in diese Unterhaltung ein. Sie spürte Bills Bestreben, seiner Frau helfen zu wollen und diesen positiven Fluss wollte sie nicht stören. Doch als Bill das Gespräch nicht weiter vertiefte, meldete sie sich doch zu Wort. Sie zog gerade eine Schnitte aus dem Brotkorb, als sie ein Anliegen vorbrachte. »Ich würde gerne mit Irene die neuen Stallungen besichtigen«, warf sie unbekümmert in die Runde.

»Wieso?« Bill war von diesem Gedanken gar nicht angetan.

»Ich bin überzeugt, dass Irene die frische Luft gut bekommt und für ihre Genesung kann ein wenig Abwechslung doch nur von Vorteil sein.« Sie schaute Irene dabei ganz gezielt von der Seite an. »Vielleicht werden deine Erinnerungen ja geweckt, wenn du in heimischer Atmosphäre ein wenig entspannst.«

Auch wenn Tanjas Absicht ein guter Gedanke zu Grunde lag, mochte Bill ihre Ansicht nicht teilen. Er befand ihn als unvernünftig. Mahnend schaute er die übermotivierte Detektivin an. »Das halte ich nicht für so gut. Was ist, wenn dieser Kerl Ihnen auflauert?«

Überlegen zog Tanja eine Braue hoch. »Ich denke, Sie haben Wachen aufgestellt.«

Angst erfüllt verfolgte Irene diesen kurzen Schlagabtausch, was Bill bemerkte und wohlweislich sofort zum Einlenken bewegte, um sie nicht wieder zu beunruhigen, von dem er wusste, dass alles Negative, was ihre Angst antrieb, ihre Genesung drosselte.

»Na schön«, gab er nach. Seiner Erfahrung nach, konnte er jetzt stundenlang auf Tanja einreden, aber am Ende hätte sie sich ohnehin über ihn hinweggesetzt. »Aber Sie sollten den Jeep nehmen, das Gelände ist sehr unwegsam.«

*

Nach dem Frühstück verschwendete Tanja gar keine unnütze Zeit. Ihre Neugier trieb sie förmlich an, die Baustelle in Augenschein zu nehmen. Sie warf ihre Reisetasche auf das Bett und zog den Reißverschluss auf und zog aus einer inneren Seitentasche eine kleine Pistole hervor. Eine Zeit lang wog sie die kleine Waffe in ihrer Hand, die sie wesentlich besser und unauffälliger am Körper tragen konnte, als ihre schwere Magnum. Im Grunde hasste sie Waffen zu tragen und trug sie auch nicht gerne zur Schau, aber in diesem Fall sah sie eine dringende Notwendigkeit, und um im Ernstfall schnell handeln zu können, war eine Waffe am Körper schneller zu packen, als sie erst aus einer Tasche zu kramen. Ohne weitere Überlegung zog sie den passenden Holster hervor, den sie am Gürtel befestigen konnte, und unter ihrer Safari-Jacke bliebe sie auch unbemerkt.

Als Tanja wenig später zur Treppe marschierte, zog Irene gerade ihre Zimmertür zu. Etwas betröppelt schaute sie Tanja entgegen, die plötzlich in eine Tasche ihrer Jacke griff und ihr Handy hervorzog.

»Mach mal ein blödes Gesicht«, warf Tanja ihr zu und als Irene fragend ihren Kopf leicht neigte, drückte Tanja auf den Auslöser, »sehr schönes Bild«, lobte sie die Aufnahme und versenkte das kleine elektronische Gerät wieder in der Tasche, »das ist für mein Gruselalbum«, spöttelte sie, um Irene etwas aufzuheitern.

»Du bist doof«, entgegnete Irene mit einem Schuss Sarkasmus und schritt auf Tanja zu und packte sie am Arm. Gemeinsam schritten die Frauen die Stufen hinab und wurden von Bill, der im Flur stand, in Empfang genommen. Er wirkte, als wollte er auch einen Ausflug unternehmen.

»Ich dachte, ich begleite euch«, verkündete er feierlich.

Schlagartig verkrampfte sich Irenes Körper, behielt aber Haltung bei. Viel lieber wäre sie mit Tanja alleine gefahren und nur deren Nähe verlieh ihr die nötige Kraft, ihre Bestürzung zu überwinden. Sie konnte sich nicht erklären woher diese Angst, ihrem Mann gegenüber, herrührte.

Tanja hingegen schob verzückt ihre Brauen hoch. Aber dennoch bewahrte sie sich ein wenig Skepsis auf. Bills Zuvorkommenheit schätzte sie sehr in diesen schweren Zeiten, die seine Frau gerade durchlebte, jedoch näher betrachtet, benahm er sich für ihren Geschmack einen Tick zu friedfertig und Irenes offensichtliche Anspannung, ließ sie vermuten, dass er ihr bloß etwas vorspielte.

Gönnerhaft übergab Bill, als sie auf den kleinen offenen Military-Jeep zusteuerten, Tanja die Wagenschlüssel. Er wusste noch genau, wie versessen sie war, den Jeep durch das unwegsame Anwesen fahren zu dürfen. Eigentlich gehörte er nicht zu dem Typ Mann, der sich freiwillig neben eine Frau setzte, aber bei Tanja legte er eine Ausnahme ein. Er wusste um ihr Geschick, wie man einen Wagen durch das unzugängliche Gelände steuerte.

Anders Irene, die nur zögerlich auf dem drahtigen Rücksitz Platz nahm, der ihr nicht gerade große Sicherheit bot. Gurte besaß der Wagen keine, sondern nur ein Überrollbügel, an dem sie sich festklammern konnte und Türen gab es auch keine, die Sicherheit boten. Als Tanja mit durchdrehenden Reifen anfuhr klammerte sich Irene ängstlich an den Überrollbügel. Ein Start, der sie mehr an eine Achterbahnfahrt erinnerte.

Der unwegsame Pfad, der zum Hügel hinaufführte, schüttelte Irene gehörig hin und her. Der Überrollbügel bot ihr dabei nur wenig Sicherheit. Sie besaß gar nicht die Kraft, sich sicher daran festzuhalten und wurde so gehörig durchgerüttelt. Bill hingegen hatte sein Handgelenk lässig auf der Windschutzscheibe abgelegt und dirigierte Tanja, wobei er jedes Schlagloch mit seinem Körper ausglich, als säße er auf einem Pferd.

Mit einem erlösenden Seufzer nahm Irene die Bremsung wahr, die Tanja auf dem Hügel hinlegte und löste ihre Umklammerung am Überrollbügel, zu dem sie eine enge Beziehung eingegangen war.

Von Neugierde getrieben sprang Tanja sofort aus dem Jeep und betrachtete das Gelände. Die Plattform verschaffte ihr dabei einen großzügigen Überblick. Bill ließ es da ruhiger angehen. Ganz in Gentleman-Manier hielt er seiner Noch-Frau die Hand hin, um ihr aus dem Wagen zu helfen. Aufgewühlt starrte Irene ihn an. Ihr Inneres sträubte sich gegen seine nette Geste.

»Irene bitte«, flehte Bill sie an, »hab doch ein wenig Vertrauen zu mir.« Auffordernd schaute er sie an, worauf sie, wenn auch nur widerwillig, nach seiner Hand fasste.

Tanja hatte dieses Schauspiel aus den Augenwinkeln heraus beobachtet. Irenes auffälliges Verhalten, ihrem Mann gegenüber, verunsicherte sie zunehmend. Das wahre Verhältnis zwischen den Beiden wurde für sie immer schlechter einschätzbar. Irenes stetig anwachsende Angst schien durch einen Mahnruf aus ihrem Unterbewusstsein hervorgerufen zu werden. Mittlerweile wollte Tanja an die einvernehmliche Trennung, die Bill hervorhob, nicht mehr glauben. Vielleicht musste sie ja genau dort das Handicap suchen, welches Irenes Erinnerungen blockierte.

Langsam trat Bill mit Irene, der er vertraut seine Hand auf ihre Schulter gelegt hatte, an Tanja heran, die nun ihre Blicke wissbegierig zur Senke gerichtet hielt. Ein großes Fundament war dort eingefasst.

Tanja zeigte mit ihrem Finger auf den gigantischen Betonunterbau, den sie auf mindestens 5000 qm schätzte, der von LKWs und Baggern umlagert wurde. »Ist das bisher alles, was gebaut wurde?« Sie wunderte sich, weil sie glaubte, die Stallungen seien schon fast fertig.

»Ja«, antwortete Bill und ließ von seiner Frau ab und legte gleich eine Erklärung nach, als er Tanjas fragenden Blick vernahm, »wir haben erst vor kurzem damit angefangen. Es gibt auch noch ein paar rechtliche Fragen zu klären.« Er wandte sich nach Irene um, die beklommen auf die Baustelle nieder schaute. »Und ich sagte Ihnen doch auch, dass Irene den ersten Bauabschnitt kommentieren sollte. Es sind mehrere Berichte geplant. Jeder einzelne Bauabschnitt soll dokumentiert werden.«

Dass es mehrere Reportagen geben sollte, daran konnte sich Tanja nicht erinnern, aber sie ließ das so im Raum stehen und ließ ihre Blicke über das Gelände schweifen. Sie entsann sich, dass sie damals mit Irene durch die Senke geritten war und dann hinauf in den Wald, der vom Hügel aus auf der rechten Seite verlief. So ganz wohl fühlte sie sich damals nicht, als sie auf einem Gaul saß. Obwohl sie als Kind ein paar Reitstunden nehmen durfte, konnte sie mit Pferden nie so recht Freundschaft schließen und bevorzugte lieber ein PS-starkes Gefährt.

Plötzlich fixierten Tanjas Blicke eine ganz bestimmte Stelle. Interessiert zeigte sie dort hin. »Hat dort nicht das Haus von Peter gestanden?«, richtete sie eine Frage an Bill.

Bedächtig nickte Bill mit einem Schuss Bedauern in seiner Mimik. »Ja, ein tragischer Vorfall. Es ist abgebrannt, kurz nach seinem Tod«, erklärte er und musste hart schlucken, und als müsse er dieses schreckliche Ereignis immer noch verarbeiten, schüttelte er fassungslos seinen Kopf, »es ist nichts übrig geblieben. Ich konnte nur noch die Asche abtragen.« Er atmete tief durch, um sich wieder fassen zu können. »Es war Brandstiftung«, fügte er dann hinzu.

Tanja war nicht sicher, ob sie Bills Bestürzung Glauben schenken sollte. »Davon hatten Sie mir gar nichts erzählt.«

»Das fällt mir auch heute noch sehr schwer.«

Ein Schauder hatte Irenes Körper durchgerüttelt, als ihr Mann das Schicksal von seinem Bruders Anwesen beschrieb. Ein Schauder, den sie nicht überwinden konnte, als würde die alte Geschichte in ihrem Unterbewusstsein wieder hochkochen.

Bei Tanja wurden dabei ganz andere Gedanken entfacht, als sie den Zufahrtsweg bis zur Baustelle betrachtete, der über Peters Grundstück führte, der womöglich an der Rheinhöhenstraße anschloss. Sie versuchte sich den Streckenverlauf ins Gedächtnis zu rufen, gab es aber auf. Schade, dachte sie, dass ein so schönes altes Fachwerkanwesen in Rauch und Asche endete. »Was werden Sie mit dem Grundstück jetzt anfangen?«, schob sie eine neugierig Frage nach.

Unschlüssig schob Bill seine Schultern hoch. »Nun«, fing er mit einer Erklärung an, »kommt drauf an.« Er warf Irene einen flüchtigen Blick zu. »Das Grundstück gehört nicht mir, sondern Miriam.«

Tanja legte erstaunt ihren Kopf schief. »Miriam? Geht denn das Familienerbe nicht automatisch an den Haupterben zurück?« Ihr war bekannt, dass nichts aus dem Valendar-Besitz in fremde Hände gelangte. Ein frustrierter Blick erfasste sie.

»Das Familienerbe schon«, antwortete Bill, mit einem Schuss Bitterkeit in seiner Stimme, »Peters Errungenschaft gehört nicht zum Familienerbe. Er hat es sich selber gekauft.«

Gedanklich zählte Tanja »1x1« zusammen. »Dann müssen Sie den Vormund um Erlaubnis fragen, wenn Sie hier etwas bewegen wollen«, schloss Tanja daraus.

Bill nickte. »Stimmt.« Er legte wieder seinen Arm um Irenes Schulter, aber nur kurz, weil sie abweisend zuckte. »Aber, wie ich schon erwähnte, gibt es zwischen mir und Irene keinen Disput. Sie hat mir bereits die Erlaubnis erteilt, das Grundstück als Zufahrt nutzen zu dürfen. Und das ist notariell festgehalten.«

Irene wurde ungemütlich. »Ich möchte gerne zurück«, sagte sie bestimmend und marschierte auf den Wagen zu.

Ratlos schaute Bill seiner Frau hinterher. »Woher kommt nur diese Abneigung gegen mich?«, forderte er dann eine Antwort von Tanja.

»Sie sind ihr eben fremd«, antwortete Tanja lapidar.

»Sie doch auch«, entgegnete Bill leise, so dass es Irene nicht hören konnte, »und Ihnen vertraut sie.«

Als sei sie ebenso ratlos, zuckte Tanja mit ihrer Schulter, dabei hatte sie sich schon ihre eigene Theorie zusammen gesponnen. Sie vermutete, dass es eine Auseinandersetzung zwischen ihm und seiner Frau gab, sonst würde sich Irene nicht so barsch verhalten. Wahrscheinlich gab es da gewisse Dinge, an die sich Irene womöglich gar nicht erinnern wollte.

Während Bill seiner Frau folgte, die schon längst im Wagen saß, schaute Tanja nochmals über ihre Schulter auf Peter Valendars Grundstück und ließ ihre Gedanken kreisen. Erst beging Peter Selbstmord, dann brennt sein Haus ab, das unter Denkmalschutz stand und verschaffte seinem Bruder so die wichtige Zufahrt zur Hauptverkehrsstraße. Ein paar Zufälle zu viel, und wer wusste schon, was er mit dem Grundstück ansonsten angestellt hätte, wäre das Erbe an ihn gegangen? Und auch dieses Bauvorhaben, die Stallungen zu erweitern, erschien ihr paradox, so weit abseits von der Ranch.

Bevor Tanja den Wagen startete, zeigte sie nochmals Richtung Stallungen. »Was haben Sie denn noch geplant?«, forschte sie sich heran, »Sie bauen doch nicht nur Stallungen.«

Eine Weile starrte Bill die vorwitzige Detektivin von der Seite an. So recht wollte er nicht darauf antworten. »Sie sind ganz schön neugierig«, wich er ihrer Frage aus.

Tanja begegnete ihm mit einem aufgesetzten Lächeln. »Nun ja, es interessiert mich halt – ich kann mir halt nicht vorstellen, dass Sie so weit weg vom Gestüt einfach nur ein paar Stallungen hinsetzen.«

»Sie haben Recht«, gab Bill plötzlich zu und erwiderte ihr Lächeln, »ich habe ein Hotel geplant und eine große Reitsportanlage.«

»Dann werden Sie eine Menge Bäume abschlagen müssen. Geht denn das so einfach?«

»Nein.« Er warf einen bedeutsamen Blick, über seine Schulter, Irene zu, die teilnahmslos auf der Rückbank saß. »Ich werde wohl Peters Grundstück komplett mit nutzen.«

»Sofern Irene ihre Zustimmung gibt.« Provozierend schaute Tanja Bill von der Seite an. »Und, hat sie?«

»Wir stehen in Verhandlungen.« Bedeutsam warf er Irene einen Blick über seine Schulter zu. »Aber leider ist dies durch Irenes Zustand im Moment ausgesetzt.«

Tanja begegnete seinem kleinen Unmut mit einem verdeckten hämischen Grinsen. »Aufgeschoben ist ja nicht aufgehoben.«

Bemüht verbarg Bill seinen Frust. »Genau«, stimmte er Tanja zu, »ich mache mir da auch wenig Sorgen, mehr um meine Tochter.«

So sehr sich Bill auch bemühte seinen Unmut, bezüglich des Grundstückes, zu überspielen, konnte er Tanja nichts vormachen. Die Angst, die bei Irene herrschte, wenn Bill in der Nähe war, sprach eine andere Sprache, worüber sie gerne mit ihm gesprochen hätte, aber das hielt sie in Irenes Gegenwart nicht für zumutbar.

Mit tiefgründiger Miene startete Tanja den Motor und fuhr, wie zuvor, mit durchdrehenden Reifen an.

*

Bis zum Eintreffen von Dr. Fries blieb Tanja genügend Zeit Miss Livington in ihrem Büro aufzusuchen. Sie reichte ihr einen USB-Stick über den Tisch.

»Was ist damit?«, fragte Miss Livington.

»Da ist mein Bericht von den letzten Tagen drauf«, erklärte Tanja, »könnten Sie mir den ausdrucken?« Sie verfolgte damit ein ganz bestimmtes Ziel. Sie beabsichtigte den Bericht Dr. Fries in die Hände zu drücken, um sich selber längere Erklärungen zu ersparen und auch zu verhindern, dass sie in diese Therapie mit einbezogen wurde.

»Aber natürlich.« Mit einem Lächeln nahm Miss Livington den Stick entgegen, steckte ihn in ihren Rechner und öffnete die Datei.

Tanja setzte sich auf einen der Stühle vor dem Schreibtisch. »Was ist in der Ehe von Bill und Irene schief gelaufen?«, stellte sie plötzlich eine Frage.

Überrascht schaute Miss Livington sie an. »Warum fragen Sie das?«

»Ich frage mich die ganze Zeit, warum Irene so Angst vor ihrem Mann hat? Er tut immer so, als sei alles in Ordnung, aber sie reagiert ständig abweisend, fast panisch.«

»Na ja«, tat Miss Livington dies als belanglos ab, »sie haben sich auseinandergelebt.«

Ungläubig lächelte Tanja. »Auseinandergelebt sieht anders aus, wenn man sich danach einvernehmlich trennt. Gab es Streitereien?«

Der Drucker ratterte los.

»Nein«, antwortete Miss Livington, »sie haben sich nie gestritten.« Sie zog die Unterlagen aus dem Drucker und schob sie ordentlich zusammen.

»Und es gab auch keine Auseinandersetzung wegen Peters Erbe? Oder um das Sorgerecht?«

»Was sollte es da für Auseinandersetzungen geben? Miriam ist Peters Erbin. Das ist notariell festgeschrieben. Da gibt es nichts dran zu rütteln. Und erst wenn Miriam 18 ist, kann sie persönlich entscheiden, was sie damit anstellen möchte.«

»Schon«, ließ Tanja nicht locker, »aber Irene ist Miriams Vormund und wie ich eben von Bill erfahren habe, hat er vor Peters

153

Grundstück auch dafür zu nutzen. Gab es da nicht doch Auseinandersetzungen wegen dem Erbe?«

Mit energischem Blick überreichte Miss Livington Tanja die Unterlagen über den Tisch und den Datenstick. »Entschuldigen Sie mich, Sie rauben mir meine Zeit.« Mit ihrer Hand deutete sie auf die Tür, was für Tanja der gnadenlose Rauswurf bedeutete.

Pikiert erhob sich Tanja und verließ, ohne jede weitere Aufforderung das Büro. Sie bedankte sich nicht einmal. Hier wurde doch irgendwas verheimlicht.

*

Dr. Linda Fries hatte für das persönliche Gespräch mit Tanja gezielt die Leseecke ausgewählt, diese schien ihr, wegen der intimen Atmosphäre, am geeignetsten. Hier saß sie vor zwei Jahren auch oft mit Martha Valendar zusammen, um mit ihr den tragischen Verlust ihres Sohnes Peter aufzuarbeiten.

Dr. Fries war Anfang dreißig, lässig gekleidet und gehörte zu den nicht ganz schlanken Frauen, aber dafür zu den liebenswert aussehenden. Ihr rundes Gesicht wirkte sehr vertrauenswürdig, was von ihren braunen Augen und den langen, dunklen, wallenden Haaren unterstrichen wurde. Ein Vorteil für ihren Beruf, auf den sie sich bei Tanja aber nicht verließ. Da gab es diese gewissen Ähnlichkeiten zwischen ihren Berufen. Stets wachsam zu sein und skeptisch seinem Gegenüber, soviel konnte sie auch aus Tanjas Bericht von vor zwei Jahren herauslesen.

Dr. Fries erhob sich gleich aus ihrem Sessel, als Tanja, mit den Unterlagen in der Hand, ihr entgegen schritt und streckte ihr die Hand entgegen, begleitet von einem freundlichen Lächeln. Mit Spannung brannte sie schon darauf die Detektivin persönlich kennen zu lernen, um endlich ein Gesicht zu der Frau zu erhalten, dessen Bericht sie mit großer Bewunderung gelesen hatte, der auf eine entschlossene und unbeugsame Persönlichkeit schließen ließ.

»Freut mich Sie kennen zu lernen.« Sie wies Tanja einen Platz, auf einer der Sessel an. Während sie sich setzten fuhr sie gleich fort. »Eines vorweg. Ich habe Ihre Dissertation gelesen, die sie vor zwei Jahren erstellt haben.«

Darauf war Tanja nicht gefasst, was gleich ihren Zynismus aufblühen ließ. »Dann haben Sie mich sicher schon analysiert und ein Psychogramm erstellt.«

Dr. Fries überspielte ihren kränkenden Zynismus mit einem Lächeln. »Ja«, antwortete sie, »ich bin überzeugt, Sie werden mit mir das Gleiche tun.« Um das Gespräch nicht in eine Diskussion zu lenken, um den Sinn der Psychologie zu erläutern, ging sie gleich auf Tanjas Bericht von vor zwei Jahren ein. »Sie sind mit Herrn Valendar ganz schön heftig ins Gericht gegangen, hat mich gewundert, dass er Sie wieder engagiert hat.«

Tanja musste schmunzeln. »Das beruht wohl mehr auf einem Missverständnis.«

»Er glaubte, Sie seien mit Irene befreundet«, warf Dr. Fries ein.

»Sie wissen ja schon gut Bescheid.« Mit einem geschickten Wurf aus dem Handgelenk, warf Tanja ihren aktuellen Bericht auf den kleinen Tisch. Dann lehnte sie sich entspannt zurück. »Ich habe da noch einen Bericht für Sie, daraus können Sie alles Wichtige entnehmen, was ich bisher herausgefunden und unternommen habe.«

Dr. Fries schenkte dem Bericht, der nur wenige Seiten umfasste, keine Beachtung. Die mechanische Abfolge interessierte sie im Moment nicht. »Wie ist Ihre jetzige Beziehung zu Irene?«, stellte sie eine direkte Frage, die sie viel mehr interessierte.

»Sie vertraut mir«, erklärte Tanja nüchtern.

»Hatten Sie Irenes Vertrauen sofort wiedererlangt, oder mussten Sie das Vertrauen erkämpfen?«

»Ich musste es erkämpfen, allerdings war es ziemlich leicht. Irene hat keine große Auswahl, was ihren Freundeskreis betrifft.«

»Ich nehme an, das Vertrauen beschränkt sich auf den beruflichen Teil.«

»Bedingt«, nickte Tanja, »wenn Sie meinen Bericht von vor zwei Jahren gut im Gedächtnis haben, dürften Sie wissen, dass Irene mir ein paar nette Geschichten aus ihrem Leben erzählt hat, bevor sie auf Bill traf, aber ich bin nie in ihre Seele vorgedrungen.«

»Diese persönlichen Gespräche, haben Sie die auch dokumentiert und Herrn Valendar übergeben, oder haben Sie die vertraulichen Aufzeichnungen zurückgehalten, sofern es welche gibt?«

»Ja, es gibt vertrauliche Aufzeichnungen. Und nein, Herr Valendar hat diese nicht erhalten. In meinem Beruf gibt es genauso eine Schweigepflicht, wie in Ihrem auch«, erläuterte Tanja kühl.

»Ich gehe davon aus, dass Sie die Aufzeichnungen noch besitzen.«

Tanja nickte bloß.

»Möchten Sie mir diese nicht auch vorlegen?«

Tanja schwieg sich aus und begegnete ihrer Frage mit einem verschmitzten Grinsen, womit sie auf ihre Schweigepflicht pochte.

»Es wäre aber sehr nützlich«, appellierte Dr. Fries an ihre Vernunft.

Dr. Fries' Appell stimmte Tanja nachdenklich. Ihr selber war es bisher noch nicht gelungen, mit Irene ihre Vergangenheit aufzufrischen, weil sich die Gelegenheit noch nicht bot. »Ich bin bereit meine Aufzeichnungen zur Verfügung zu stellen, wenn Irene ihre Erlaubnis erteilt.« Sie deutete auf den Tisch, wo immer noch unberührt ihr aktueller Bericht lag. »Solange müssen Sie vorlieb mit diesem Bericht nehmen.«

Dr. Fries merkte schon von Anfang an, dass es mit Tanja schwierig werden würde, überein zu kommen und es dürfte ebenso schwierig werden von Irene die Einwilligung zu erhalten. Sie wusste ja um die Verschlossenheit ihrer Patientin und ihr jetziger Zustand würde den Zugang zu ihrer Seele noch schwieriger gestalten.

»Trauen Sie mir nicht?«, versuchte sie erneut Tanjas Vernunft zu bewegen.

»Ich traue grundsätzlich niemandem.«

»Damit werden Sie sich nur vor Enttäuschungen schützen können, aber das macht einsam.«

»Mag sein, ist aber eine Art Lebensversicherung.« Tanja beäugte ihren Bericht, den Dr. Fries nicht einmal beachtet hatte. »Sie sollten den Schwerpunkt gezielt auf Frankreich legen oder Saarbrücken – den Mann, den wir suchen ist möglicherweise Franzose…«

»Stopp!«, warf Dr. Fries ein, »ich bin hier die Therapeutin.«

»War nur ein gut gemeinter Rat«, entgegnete Tanja, »Irene kennt möglicherweise den Täter.«

Sachlich lächelte Dr. Fries. »Sie wirken sehr angespannt.« Eindringlich sah sie Tanja an, die mehr als nur gereizt wirkte. »Geht Ihnen der Fall nahe?«

Aufgerüttelt setzte sich Tanja auf und nahm ihre Abwehrhaltung ein. Sie ließe sich jetzt nicht in ein Therapiegespräch zwingen, was sie am Ende weichklopfte. Das war das Letzte, was sie jetzt brauchte. Ihr Verstand musste kühl und berechnend bleiben, sonst verlöre sie den Überblick. »Stopp«, reagierte sie mit der gleichen Taktik, »ich bin nicht Ihre Patientin.«

»Wie Sie meinen.« Dr. Fries erhob sich und streckte Tanja ihre Hand entgegen. »Das wär's. Danke für Ihr Gespräch.«

Dieses abrupte Gesprächsende hakte Tanja unter taktischem Feldzug ab. Dr. Fries hatte sehr wohl gemerkt, dass sie jetzt und hier nicht weiterkam, und Tanja war klug genug zu wissen, dass sie es erneut versuchen würde. Sie erhob sich ebenfalls und erwiderte ihre freundliche Geste. »Soll ich Ihnen Irene rein schicken?«

»Nein«, antwortete Dr. Fries und warf lächelnd einen bedeutsamen Blick auf den Bericht nieder, »ich werde mir erst Ihren Bericht vornehmen, bevor ich Irene zum Einzelgespräch hole.« Einen Moment lang schaute Dr. Fries Tanja noch nach, dann zog sie den

Bericht vom Tisch und setzte sich entspannt in den Sessel. Sie hatte gerade die erste Seite halb gelesen, als Bill hinzu kam. Er stellte sich vor sie und schaute auf sie nieder.

»Frau Bartoli ist mir eben entgegengekommen – haben Sie durch sie neue Erkenntnisse erworben?«, verlangte Bill zu wissen.

Mit einer höflichen Geste forderte Dr. Fries ihn auf, sich zu setzen, der er brav folgte. Er wusste, dass Dr. Fries nicht gerne zu ihren Gesprächspartnern aufschaute. Geduldig wartete sie ab, bis Bill saß.

»Wenig«, antwortete sie, »Frau Bartoli ist Ihrer Frau sehr ähnlich. Möglich, dass sie sich deswegen so gut verstehen.«

Bill schnaufte abfällig. »Starrköpfe«, murmelte er, wobei er in vorgebeugter Haltung seine Hände knetete.

»Nein«, widersprach Dr. Fries, »vorsichtig.« Sie wedelte mit den Unterlagen. »Ich hoffe, dass ich hier ein paar Antworten finde.«

Aufgerüttelt warf Bill einen hastigen Blick auf die Unterlagen, die Dr. Fries gerade zusammenrollte. »Was haben Sie da?«

»Einen Bericht von Frau Bartoli.«

»Warum hab ich den nicht?«

Fragend verzog Dr. Fries ihre Mundwinkel. »Ich bin sicher, Sie werden auch noch eine Abschrift erhalten.«

»Das hoffe ich doch sehr.« Mit Hilfe seiner Arme erhob sich Bill wieder und schaute auf Dr. Fries nieder. »Ich möchte über alles unterrichtet werden – Ausnahmslos«, forderte er und ohne einen Kommentar abzuwarten stapfte er durch das Wohnzimmer, schlug Richtung Esslounge ein und verschwand dann durch eine Tür.

*

Ungeduldig starrte Tanja auf ihre Armbanduhr und ließ dann ihr Handgelenk wieder kraftlos am Geländer der Veranda herunterbaumeln, über dem sie aufgestützt hing. Der Mittag war schon deutlich vorangeschritten. Gereizt seufzte sie. Sie verschwendete hier ihre Zeit. Viel lieber wäre sie jetzt irgendwelchen Hinweisen nachgegangen, anstatt hier abzuwarten um Irene Händchen zu halten. Sie warf einen kurzen Blick über ihre Schulter. Irene saß hinter ihr auf einem Lehnstuhl. Mit gekreuzten Beinen saß sie dort und wippte nervös mit einem Fuß. Im Takt dazu schlug sie ihre Fingerkuppen aneinander.

»Hinweise«, murmelte Tanja vor sich her. Im Grunde gab es nur einen festen Hinweis, und das war der grüne Kombi mit Saarbrücker Kennzeichen. Kaiserslautern, das lag nicht gerade um die Ecke, um einen Abstecher nach Rheinwall einzulegen, und am Nachmittag wieder im Saarland sein zu können. Aber vielleicht log Frau Langenhardt, oder ihr Neffe hatte sie angelogen.

Plötzlich sprang die Haustür auf und Dr. Fries trat heraus. Tanja wandte sich ihr zu. Sie musste ihren Körper strecken, der etwas eingeschlafen war in der langen vorgebeugten Position. Dr. Fries lächelte sie kurz an, bevor sie sich Irene widmete, die sie freundlich per Handschlag begrüßte und ihre Patientin regelrecht damit aus dem Lehnstuhl zog.

»Guten Tag Frau Valendar, ich bin Dr. Fries. Wir haben uns lange nicht mehr gesehen.«

Hilfesuchend wandte sich Irene Tanja zu, die etwas verdutzt nach Dr. Fries' Begrüßung aus der Wäsche schaute.

Lange nicht gesehen, schwirrten Tanja Dr. Fries Worte im Kopf umher. Was meinte sie damit? Nach kurzer Abwesenheit nickte sie Irene zuversichtlich zu, und erst auf ihr Nicken hin, ließ sie sich von Dr. Fries ins Haus führen. Als die Frauen durch die Tür verschwanden, wäre Tanja ihnen am liebsten gefolgt, als stille Beobachterin. Aber das verstieß gegen das Therapieprinzip von Dr. Fries. Hoffentlich erfüllte sie für Irene wenigstens die rettende Rolle, als Erlöserin, wobei sie in Erwägung zog, ihre vertraulichen Berichte auch ohne Irenes Zustimmung Dr. Fries in die Hände zu geben. Für Irene konnte das nur von Nutzen sein. Sie hatte ihren Gedanken noch nicht zu Ende gedacht, da öffnete sich die Tür und Miss Livington rannte ihr beinahe in die Arme, weil Tanja immer noch gedankenversunken die Haustür anstarrte.

»Frau Bartoli«, nannte Miss Livington geflissentlich ihren Namen und schaute sich kurz auf der Veranda um, »alleine?«

»Ja, Irene wurde gerade von Dr. Fries abgeholt.«

Erstaunt schaute Miss Livington kurz durch den Flur. »Ohne Widerstand?« Ihr amerikanischer Akzent wurde dabei stark hervorgehoben.

Wieder wurden bei Tanja Fragen aufgeworfen. »Dr. Fries war schon mal hier, nicht wahr?«

»Ja«, antwortete Miss Livington knapp.

Ihrer knappen Antwort zufolge, wurde in Tanja leichte Gereiztheit ausgelöst. »In welcher Sache?«, hakte sie nach, obwohl sie wenig Hoffnung darauf legte, jetzt mehr Antworten zu erhalten, als am heutigen Vormittag.

Miss Livington schritt an ihr vorbei und stellte sich ans Geländer. Dort kramte sie in einer Tasche ihres Blazers eine Schachtel Zigaretten heraus. Sie hielt Tanja höflich die Schachtel hin, die neben sie trat.

Ebenso höflich lehnte Tanja kopfschüttelnd ab. »Nein Danke.« Erwartungsvoll schaute sie Miss Livington von der Seite an. Doch die frönte unbeirrt ihrem Laster und fingerte am Zellophan ihrer Schachtel herum, zog einen Glimmstängel heraus und steckte ihn zwischen die Lippen. Während sie ihre Schachtel wieder im Blazer verstaute, zog sie mit der anderen Hand ihr Feuerzeug hervor und zündete die Zigarette an. Mit einem erlösenden Seufzer stieß sie den Rauch aus und ließ zeitgleich ihr Feuerzeug wieder in die Tasche gleiten.

»Ich weiß, das Zeug bringt mich um«, sagte Miss Livington, um jeden Vorwurf gleich abzuschmettern.

Tanja war es ziemlich egal, auf welche Art und Weise sie sich umbrachte. »Nu kommen Sie«, drängte sie ungeduldig, »in welcher Angelegenheit war Dr. Fries hier? War es wegen Peter?«

Miss Livington schmunzelte sie überlegen an. »Hat Bill Ihnen denn gar nichts gesagt?«

»Nein, ich wurde es eben mehr per Zufall gewahr.«

»Irene«, nannte Miss Livington bedächtig ihren Namen, wobei sie abwesend ihre Zigarette anstarrte, die sie in ihren Händen drehte.

»Nu lassen Sie mich nicht so verhungern, wie heute Morgen.« In Tanjas Stimme schwang ihre gesamte Gereiztheit mit.

Wieder hellwach schaute Miss Livington die Detektivin an. »Sie dürfen mich nicht für unhöflich halten«, schmetterte sie ihren Vorwurf gleich ab, »ich kann in meinem Büro nicht ungestört reden«, erklärte sie.

Nicht wirklich verblüfft legte Tanja ihren Kopf schief. »Valendar hört Sie ab?«

Sie nickte kurz. »Sie dürfen das nicht falsch verstehen – vor fast einem Jahr hat mich ein Kunde massiv angegriffen und da die Bürowände isoliert sind, konnte Bill meine Hilferufe nicht hören. Zum Glück konnte ich aus dem Büro fliehen – seitdem hat er eine Mithöranlage installiert und eine Kamera, die er aber nur einschaltet, wenn jemand Fremdes im Haus ist.«

»Nur Ihr Büro?«

Miss Livington beantwortete ihre Frage mit einem unschlüssigen Schulterzucken.

Kontrollierend schaute Tanja zur Haustür. Ein unangenehmes Gefühl breitete sich bei ihr aus, weil ein schrecklicher Gedanke sie überfiel. Nicht auszudenken, wenn Bill seine Abhörleidenschaft auch auf andere Zimmer ausgeweitet hat. Es dürfte dann niemandem mehr möglich sein sich zu bewegen, ohne dass er es bemerkte.

Miss Livington durchbrach ihre Gedanken. »Bill ist nicht da, wenn Sie möchten können wir reden.«

Verzückt schob Tanja eine Braue hoch. Jetzt stand sie der Frau gegenüber, mit der sie im vorangegangen Fall schon gut zurechtkam. Mit dem Po gegen das Geländer gelehnt hielt sie vorsorglich doch die Tür unter Kontrolle. Bills Wagen stand vor der Tür, was sie mit Skepsis betrachtete. Möglichkeiten, das Haus zu verlassen gab es jedoch viele. »Also, in welcher Sache war Dr. Fries hier?«

Bereitwillig lächelte Miss Livington. »Bills Mutter Martha, ist nach Peters Freitod zusammengebrochen und wurde von Depressionen heimgesucht und bekam ständig ihre Nervenzusammenbrüche«, antwortete sie, »auch Will hatte stark damit zu kämpfen, das war damals ziemlich dramatisch.« Sie nahm einen Zug, als wolle sie damit ihre Nerven beruhigen. »Wir alle waren ziemlich fertig. Niemand war darauf gefasst, dass Peter Selbstmord begehen könnte. Bill holte daraufhin Dr. Fries ins Haus. Sie ist ihm empfohlen worden…«

»Und, konnte sie helfen?«, warf Tanja dazwischen.

»Sie versteht ihr Handwerk.« Sie beäugte ihre Zigarette. »Sie hat mit jedem von uns geredet und auch mehrere Gruppentherapien durchgeführt – wir fühlten uns alle sehr wohl dabei, nur Irene ließ sich nicht überzeugen mitzumachen.«

Nachdenklich drehte sich Tanja um, stützte sich auf das Geländer und starrte in die Einöde. Es gab wenig, was hier ihre Gedanken durchkreuzte. Nur Weiden und Bäume und außer ein paar Pferden gab es kein Lebewesen ringsherum, abgesehen von Miss Livington. Das Hauptleben auf der Ranch fand auf dem Hügel in den Stallungen statt, und als wäre eine dicke Wand dazwischen, drang nichts davon in die Nähe des Blockhauses. So konnte sie seelenruhig ihre neuerworbenen Erkenntnisse verarbeiten, die erneut eine Frage in ihr aufwarf, die sie schon länger beschäftigte. »Was stimmt zwischen Irene und Bill nicht?«, griff sie das Thema vom Vormittag noch mal auf, »irgendwas ist doch vorgefallen. Irene hat Angst vor ihrem Mann.«

Miss Livington nickte sacht. »Seit Peters Selbstmord ist Irene eine andere Frau. Sie hat sich noch mehr verschlossen, als je zuvor. Ihr ist sogar der Spaß am Reiten verlorengegangen. Bill ist seither immer alleine los geritten. Im Ganzen unternahmen sie seither wenig zusammen.«

Nachdenklich schürzte Tanja ihren Mund. »Die beiden haben sich via Internet kennengelernt – war die Ehe wirklich glücklich?«

Etwas unschlüssig verzog Miss Livington ihren Mundwinkel. »Irgendwie waren sie schon glücklich. Irene hat sich hier sehr wohl gefühlt und was sie erwartete, das wusste sie ja. Bill brauchte eine amerikanische Frau und einen Nachkommen, damit er vor fünf Jahren das Erbe annehmen durfte, als sein Vater 65 wurde. Damit war sie einverstanden.«

Nachdenklich schoben sich Tanjas Brauen zusammen. Die Erbstatuten waren ihr bekannt. Blödsinnige Statuten, wie sie befand, die Bills Großvater Jakob ins Leben gerufen hatte, der nach einer langen Amerikareise mit einer amerikanischen Frau nach Hause kam, deren Eltern eine Pferdefarm besaßen. Mit ihrem Sachverstand baute er dann das Gestüt auf. Den Erfolg, den er mit seiner Frau damals einfuhr nahm er somit in das Testament auf, weil amerikanische Frauen für ihn ein gutes Omen bedeuteten. Die Erbfolge war dabei nicht von der Geburtenreihenfolge abhängig.

Diese abstrusen Erbangelegenheiten hatte Tanja damals schon nicht verstanden, die Bills Vater Will unumgänglich übernehmen musste. Für ihren damaligen Fall waren die Erbangelegenheiten der Familie Valendar völlig irrelevant und somit schenkte sie damals dieser Begebenheit keinerlei Beachtung. Doch nun betrachtete sie den damaligen Fall aus einer anderen Perspektive. »Wie war denn das Verhältnis zwischen Bill und Peter – ich meine bevor Peter des Stalkers bezichtigt wurde. Gab es einen Wettlauf um das Erbe?«

Miss Livington schmunzelte tiefgründig. »Ja natürlich. Peter hat es genau wie Bill gemacht, nur..« Sie verzog abfällig ihre Mundwinkel.

»Peter war halt nicht so der smarte Typ – er tat sich mit Frauen immer etwas schwer – und so hat Bill das Rennen gewonnen.«

Versonnen blinzelte Tanja den Hügel hinauf zu den Stallungen. »Und dann hat Peter von seinem Pflichtteil das Grundstück hinterm Hügel, Bill vor der Nase weggeschnappt«, resümierte sie, »was ihn jetzt ziemlich ärgert.«

»Ja, so ähnlich lief das ab«, erklärte Miss Livington und zog Tanjas wissbegierige Blicke auf sich, die sofort bereitwillig eine Erklärung hinzu fügte, »ja, Bill hat sich geärgert, weil er glaubte, der Vorbesitzer hielte das Grundstück für den Haupterben zurück, so wie es mit Will abgesprochen war. Aber der Sohn übernahm das Grundstück zwischenzeitig und machte mit Peter wohl gemeinsame Sache. Und damit spielte er Bill in die Karten, und das bis über seinen Tod hinaus.«

Tanja versuchte logische Schlüsse zu ziehen, gab es aber auf. »Wusste Bill, dass Miriam erben würde?«

»Nein. Er hat geglaubt, er würde es bekommen, weil Peter immer noch keine eigene Familie besaß und dann vor drei Monaten dieser Schock, dass Miriam alles erbt.«

Irritiert schob Tanja ihre Brauen hoch. »Vor drei Monaten erst?«

»Jep«, antwortete Miss Livington im Original Südstaaten-Slang, »das Testament lag zwei Jahre auf Eis – und dann das.« Sie nahm den letzten Zug ihrer Zigarette und drückte den Stummel am Geländer aus. Mit einer halben Drehung warf sie ihn in einen Ascher, der auf einem benachbarten Tisch stand und wandte sich wieder Tanja zu, die gleich eine Frage nachlegte.

»Hatte Bill schon immer den Plan dort ein Hotel zu bauen?«

Unschlüssig zuckte Miss Livington mit der Schulter. »Keine Ahnung. Aber die Anbindung zur Rheinhöhenstraße ist Gold wert.«

Ohne Zweifel, dachte Tanja, bei der sich gleich eine weitere Frage stellte. »Hat Bill das Sorgerecht für Miriam eingefordert?«

»Ja. Er hat Irene sogar gebeten, wieder auf die Ranch zu ziehen und die Scheidung zurückzuziehen, aber sie hat nicht eingewilligt. Die Ehe, war halt nicht mehr das, was sie mal war, nach diesem Zwischenfall mit Peter. Und auf das Sorgerecht, wollte Irene nicht verzichten. Sie glaubte wohl, dass sie Miriam dann nie wieder sieht.«

Tanja verstand nicht so recht. »Aber das Sorgerecht sollte Bill doch egal sein. Irene hat doch Bill in allem zugestimmt, was er wollte. Er kann doch ohnehin schalten und walten, wie er möchte.«

»Bedingt«, schränkte Miss Livington ein, »Bill muss jeden Bauabschnitt neu beantragen bei Irene. Dazu muss er natürlich später auch die Einnahmen offen legen, an denen Miriam beteiligt ist. Er hasst es abhängig zu sein und kontrolliert zu werden.« Ihr ganzer amerikanischer Akzent schwang dabei in ihrer Stimme mit, der die Bedrohung voll zur Geltung brachte, die von ihrem Chef ausging.

»Was ist, wenn Miriam etwas zustößt?« Tanja musste nach ihrer Frage hart schlucken, weil sie ihre Frage als sehr taktlos empfand, aber bedingt durch diese Umstände, stand diese Frage nun mal im Raum.

»Dann liegt das Erbe bis Miriam volljährig geworden wäre, wieder auf Eis - dies bedeutete Baustopp bis dahin.«

Nun sah Tanja klar. Kein Wunder, dass Bill alles daran setzte seine Tochter zu finden. Hinzu kam, dass das ganze Vermögen ohne Erbe dastünde. »Und wenn Irene – etwas zustieße…?«

Miss Livington verzog tiefgründig ihr Gesicht. »Dann wären Bills Probleme gelöst.«

»Glauben Sie, dass Irene sich scheiden lassen wollte, wegen dem Vorfall, von vor mehr als zwei Jahren? Sehen Sie da einen wirklichen Zusammenhang?«

Unschlüssig wankte Miss Livington mit dem Kopf. »Ja und nein.«

Verwirrt kniff Tanja ihre Augen zusammen, worauf Miss Livington eine Erklärung hinzufügte.

»Es ist so – Bill hat kein wirkliches Interesse an Frauen.«

Perplex zog Tanja ihre Brauen hoch. »Er ist schwul?«

»Nein«, antwortete Miss Livington bestimmt, »Bill gehört zu den Menschen, denen Sex nichts bedeutet. Er kann auch keine Liebe empfinden. Er hat seine Pflicht erfüllt und bekommen was er wollte, damit gut. Und Irene hat ihm gedient. Und als sie plötzlich die Scheidung wollte, sah er kein Problem darin. Wenn er allerdings nur ansatzweise geahnt hätte, was auf ihn zukommt – er hätte wahrscheinlich nicht zugestimmt.«

Mutmaßlich sah Tanja dort die Begründung, warum Irene nach Ausgleich suchte, was ihr möglicherweise zum Verhängnis wurde, aber das erklärte nicht ansatzweise diese Angst, die sie ihrem Mann entgegenbrachte.

Miss Livington steuerte auf die Tür zu und griff nach dem Türknauf.

»Trauen Sie Bill einen Mord zu?«, fragte Tanja ihr hinterher. Mit einer halben Drehung, hatte sie sich Miss Livignton zugewandt, die sie eine Weile anstarrte und dann unschlüssig ihr Gesicht verzog, das ausdrückte, dass sie es nicht gänzlich ausschloss, aber bestimmt antworten wollte sie darauf nicht.

Mit dem Gesäß stieß Miss Livington die Tür auf. »Behandeln Sie unser Gespräch bitte vertraulich«, bat sie und auf Tanjas Kopfnicken, trat sie ins Haus ein.

Beunruhigt starrte Tanja die Haustür an, durch die Miss Livington verschwunden war. Sie überlegte, ob sie Bill den Mord an Peter zutraute. Ein kalter Schauder überfiel sie dabei, der ihr Eric in Erinnerung rief. *»Glauben Sie, er ist ermordet worden?«* Vielleicht hatte Bill diesen Stalker nur erfunden, um seinen Bruder loszuwerden und sie diente nur dazu, das einzige Indiz zu bestätigen, das Peter überführte, worauf Bill den Selbstmord inszenierte, was ihm am Ende nicht den erhofften Nutzen einbrachte und ihn in Irenes Abhängigkeit trieb. Hinweise, schwirrte es Tanja durch den Kopf und lenkte ihre Gedanken wieder auf ihren aktuellen Fall. Zeit mit Hauptkommissar Dümmel ein paar Takte zu reden.

*

Der Weg zur Neuwieder Kriminalinspektion lag Tanja noch einigermaßen in Erinnerung, von ihrem Fall von vor zwei Jahren. Damals wurde sie von Hauptkommissar Frederik Heiner verhört, eine andere Abteilung, als wie in dem jetzigen Fall. Inständig hoffte Tanja, dass sie den Weg nicht noch öfters einschlagen musste, weil sie die Kurverei durch diese Stadt als eine einzige Plage empfand. Die Straßen führten kreuz und quer entlang der Alleen und Häuser, es gab keinerlei erkennbare Struktur, und hatte man sein Ziel erreicht, gab es keinen Parkplatz. Wie gut, dass sie ihrem Navi vertrauen konnte und keinen festen Termin mit der Assistentin vereinbart hatte, sondern nur eine ungefähre Zeitangabe. Für Hauptkommissar Dümmel stellte es an diesem Freitagnachmittag kein Problem dar, er war ohnehin im Haus, vorausgesetzt er wurde nicht unplanmäßig zu einem Dringlichkeitseinsatz abberufen.

Irgendwann marschierte Tanja durch die Gänge des Altbaugebäudes. Aufmerksam schritt sie von Tür zu Tür und betrachtete die Namensschilder, die daran hingen. Im Gebäude roch es wie in einer antiken Bibliothek, nach alten muffigen Büchern. Plötzlich blieben ihre Blicke an einem Schild hängen, was in ihren Gedanken ein Gewinnspielgefühl auslöste. Bingo.
Sie klopfte heftig und wurde nach kurzem Warten hereingebeten. Beim Eintreten stellte sich Tanja schon vor, damit er gleich wusste, wo er sie einordnen musste. Dümmel kam sofort auf sie zu geschritten und reichte ihr die Hand. Er glich einem verwegenen Typ Mann. Lichtes, dunkles Haar, lang bis auf seinen Schultern liegend, Hakennase, wie man sie eher von einem Schurken vermutete. Er trug ein über der Hose hängendes Streifenhemd, das,

wenn es bis zum Boden gereicht hätte, einem Kaftan glich. Im Dunkeln, wäre Tanja wahrscheinlich eher vor ihm geflohen, oder hätte zumindest vorsichtshalber ihre Waffe gezogen.

»Dümmel«, stellte er sich knapp vor und führte Tanja an seinen Tisch und setzte sie dort auf einem Stuhl ab. Mehr nützlich als bequem. Vermutlich lag die Absicht dahinter, jeden Besucher abzuschrecken, der mal mit dem Gesetz in Konflikt geriet, dass er nie wieder den Wunsch auf Rückkehr verspürte.

Er wanderte in gebeugter Haltung um seinen Schreibtisch herum und ließ sich auf seinen Sessel plumpsen. Dann schob er ein paar Blätter hin und her und sah sie schließlich fest an. »Tanja Bartoli«, nannte er gewichtig ihren Namen und schob anerkennend sein Kinn vor, »die Kollegen aus NRW sind begeistert von Ihnen.«

Gelangweilt atmete Tanja durch. Diesen Spruch kannte sie bereits. Währenddessen legte Dümmel bedacht seine Hände ineinander und starrte auf seine Unterlagen.

»So wie ich Sie, nach Ihren Berichten einschätzen darf, brennen Sie höchst wahrscheinlich darauf unsere Ermittlungsergebnisse zu erfahren«, mutmaßte Dümmel.

»Schön zu erfahren, dass meine Berichte angekommen sind«, sagte Tanja und versuchte dabei nicht zynisch zu klingen, wozu sie, ihres Erachtens, alle Berechtigungen besaß. Seit Versenden ihrer Mail wartete sie vergebens auf eine Eingangsbestätigung, »und ja, ich hätte gern den neusten Stand der Dinge erfahren. Herr Valendar ist sehr ungehalten.«

In sich gekehrt presste Dümmel seine Faust gegen seine Nasenspitze, was Tanja vermuten ließ, dass seine Hakennase unter Berufskrankheit fiel.

»Tja«, stieß Dümmel aus, »offen gestanden, haben wir nicht viel. Die Umfragen in der Nachbarschaft führten zu keiner heißen Spur. Frau Valendars Tochter wurde am Montag auch von niemandem gesehen, den Unfallverursacher haben wir auch befragt, er hat kein

Mädchen im Wagen wahrgenommen. Er ist auch sofort ausgestiegen um zu helfen, aber der Wagen war verriegelt. Wir haben auch den Arbeitsplatz von Frau Valendar auf den Kopf gestellt – nichts. Genau wie Sie haben wir nur viele wilde Vermutungen. Es gab auch keine auffälligen Bankkontobewegungen, was auf eine Erpressung hindeutet. Sie hat auch keine Sparverträge aufgelöst oder ähnliches.«

So viel wusste Tanja selber. Schließlich hielt sie ja Irenes Bankunterlagen schon in der Hand, falls sie überhaupt vollständig waren. Aber es musste irgendwo eine größere Summe deponiert gewesen sein. 20000,- Euro konnten doch nicht die komplette Absicherung für Irene gewesen sein. Sie sprach ihren Gedanken nicht aus.

»Wir gehen davon aus«, unterbrach Dümmel Tanjas Gedanken, »so wie Sie ja auch schon vermuten, dass Frau Valendar ihre Tochter in die Ferien geschickt hat, oder in Sicherheit gebracht. Wir können nur hoffen, dass sie ihr Gedächtnis zurückerlangt, sonst werden wir die Wahrheit wohl nie herausfinden.«

Das befand Tanja als wenig zufriedenstellend. »Was ist mit dem grünen Kombi?«, verlangte sie zu wissen. Es interessierte sie, ob diese Spur verfolgt wurde.

»Die Saarbrücker Kollegen haben gestern Morgen die Halterin befragt und auch den Neffen. Der arbeitet bei ihr als Koch.«

Tanja stieß einen zynischen Laut aus. »Gestern Morgen erst?«

Gereizt atmete Dümmel durch, dem sehr wohl bewusst wurde, dass Tanja seine Polizeiarbeit als unbefriedigend empfand. »Hören Sie«, versuchte er auf sie einzuwirken, »der junge Mann war mit dem Wagen in Kaiserslautern unterwegs und hat morgens Motorradteile geholt. Und Nachmittags war er wieder zurück in Kleinblittersdorf.«

»Dann wird er ja wohl Quittungen vorweisen können.«

»Nein«, widersprach Dümmel, »er hat sie vom Schrotthändler geholt.«

»Haben Sie den schon befragt?«, hakte Tanja ungehalten nach.

»Ja. Ich habe mit ihm telefoniert. Er sagte, er war zum Zeitpunkt des Abholens nicht da und hatte die Teile bereitgelegt…«

»Dann kann auch jemand anderes die Teile geholt haben…«, hielt Tanja für möglich.

Dümmel atmete leicht gereizt durch. »Wir haben die Ersatzteile im Wagen gefunden«, erklärte er.

Das überzeugte Tanja überhaupt nicht. »Er lügt«, platzte es aus Tanja heraus, »und seine Tante wahrscheinlich auch – sie deckt ihn.«

»Hee!«, mahnte Dümmel, »keine Vorverurteilungen. Der junge Mann wurde am späten Nachmittag sogar in einer Kneipe gesehen, und dafür gibt es eine Menge Zeugen, weil er sehr auffällig wurde und, er sieht nicht im Entferntesten dem Mann ähnlich, den Herr Hopfner beschrieben hat. Er ist nicht einmal Franzose. Außerdem sagten Sie, ist Ihnen der Wagen schon am Dienstag aufgefallen.«

»Okay«, lenkte Tanja ein. Irrtümer konnte man nie ausschließen. »Und den Wagen hat er vor seinem Kneipenbesuch bei seiner Tante abgegeben?«, hakte sie nach.

»Nein«, antwortete Dümmel, »er hatte ihn bei sich zuhause abgestellt.«

»Vielleicht ist er ja gar nicht selber gefahren und hat seine Tante angelogen, weil er einen freien Tag haben wollte.«

Dümmel ging die Geduld aus. »Frau Bartoli, kann es sein, dass Sie das Kennzeichen einfach nur falsch gelesen haben, in der Eile?«

»Nein«, beharrte Tanja. Sie traute diesem Neffen nicht. Womöglich war der Wagen schon länger unterwegs, als Frau Langenhardt und ihr Neffe zugaben.

Mahnend beäugte Dümmel Tanja. »Haben Sie vor dem Fahrzeug gestanden, als Sie sich die Nummer – notiert haben?«

»Nein«, gestand Tanja, »es war im Vorbeifahren.« Und dennoch schloss sie alle Zweifel aus. »Wie heißt der Mann?«, hakte sie nach.

»Xaver Langenhardt.«

Nachdenklich führte sich Tanja gedanklich das Nummernschild nochmals vor Augen. Sie hielt einen Irrtum ausnahmslos für ausgeschlossen. »Sie sollten den Wagen meines Erachtens genauer in Augenschein nehmen«, befand sie und fixierte Dümmel flehend.

»Sie wollen mir doch nicht vorschreiben, wie ich meine Arbeit zu verrichten habe«, entgegnete er brüskiert.

Tanja gab nicht auf. »Vielleicht war er ja mehrere Tage unterwegs«, griff sie ihre Theorie auf, »ich finde, Sie sollten...«

»Nein«, unterbrach Dümmel sie konsequent, weil er wusste worauf sie anspielte, »wissen Sie eigentlich, was so eine forensische Untersuchung kostet?«

Einen Kostenüberblick besaß Tanja nicht, ihr wurde immer nur gesagt, dass diese Untersuchungen Unsummen verschlangen, aber einen genauen Betrag wollte ihr bisher niemand verraten. Dies tat auch Dümmel nicht, stattdessen legte er eine weitere Begründung nach.

»Und auf eine so vage Vermutung werde ich das bei der Staatsanwaltschaft auch nicht durchbekommen. Wir können nicht einmal Fingerabdrücke abgleichen mit dem Täter im Haus, weil er nach Herrn Hopfners Aussage Handschuhe trug. Wonach sollten wir also suchen?«

Gereizt stöhnte Tanja. »Nach Spuren die auf Miriam hinweisen.«

»Das ist doch alles nur spekulativ«, schmetterte Dümmel ab.

Als Tanja das Kripogebäude verließ, kochte sie innerlich, weil sie Dümmel nicht überzeugen konnte, dass der von ihr beschriebene Wagen, zur Tatzeit nicht wieder zurück im Saarland gewesen sein konnte, sondern in Rheinwall. Schnaubend schaute sie die Straße rauf und runter und hatte schnell einen Entschluss gefasst. Genau hier lag ihre Begründung, was ihr an der Polizeiarbeit missfiel. Die Mädels und Jungs waren weisungsgebunden und da lag meist der gewisse Punkt, wo sie als Unbedarfte agieren konnte und für die

Polizei notwendige Informationen auf unkonventionelle Weise beschaffte. Ein guter Grund jetzt Eigeninitiative zu entwickeln, um Beweise herbeizuschaffen, befand sie.

*

Am späten Nachmittag traf Tanja wieder auf der Ranch ein. Nachdem sie eine halbe Stunde auf Bill warten musste, saß sie nun in seinem Büro und berichtete. Aufgewühlt und mit verbissenem Gesichtsausdruck schüttelte Bill fortwährend seinen Kopf.

»Warum geht denn das nicht weiter?«, fluchte er.

»Ich werde morgen nach Saarbrücken fahren und mir den Wagen mal genauer anschauen«, sagte Tanja und hoffte, dass sie ihn mit ihrem Einsatz etwas Hoffnung geben konnte.

Zustimmend nickte Bill, wobei er abwesend seine Faust zum Mund führte und grübelte.

Bei Tanja hingegen schwirrte immer noch eine Frage in ihrem Kopf herum. Die Höhe und Form der Absicherung, die er seiner Frau zukommen ließ. Die offensichtlichen Bankunterlagen ließen sie immer stutziger werden, je mehr sie darüber nachdachte. Mit vornehmer Zurückhaltung setzte sie zu ihrer Frage an. »Herr Valendar, Sie hatten erwähnt, dass Sie Irene rundherum finanziell abgesichert haben – in welcher Form?«

Verwirrt schaute er sie an. Er verstand den Zusammenhang nicht. »Warum wollen Sie das wissen?«

»Nun ja, ich konnte außer ihrem monatlichen Gehalt, und 20000 auf ihrem Sparkonto, plus 1000 Euro in bar, kein Vermögen finden… Erscheint mir etwas wenig.«

Eine Weile starrte Bill sie fragend an. »Sie hat Gold bekommen zur Hochzeit«, erklärte er, »und vor einem halben Jahr, durch unsere Trennung nochmals, als Abfindung.«

»Gold?« Tanja war perplex.

»Ja, Gold. Das ist so üblich, aus den Goldgräberzeiten her und es ist eine solide Anlagemöglichkeit.«

»Gold, in Fonds...?«

»Nein, in Barren.«

»Sind die irgendwo deponiert?«

Bill wurde ungemütlich. »Ich weiß nicht, was Irene damit angestellt hat – deponiert oder ausgegeben...?«

»Wie viel?«, forderte Tanja eine klare Summe zu erfahren, worauf Bill sie entgleist anstarrte, was sie gleich zum Einlenken bewegte, »verstehen Sie mich nicht falsch, ich schließe Erpressung nicht aus.«

Er atmete tief durch. »10 Unzen zur Hochzeit und 15 Kilo in kleinen Barren als Abfindung.«

Bei der Summe musste Tanja schlucken. »15 Kilo«, fragte sie nach, um sicher zu gehen, sich nicht verhört zu haben.

Er nickte bekräftigend und glaubwürdig.

»Dann ist Irene mit einem Koffer voller Gold hier... raus?«

Bill nickte bestätigend, worauf Tanja verblüfft ihre Wangen aufblies. Wenn sie hochrechnete kam sie bei dem Gewicht bei dem jetzigen Zeitwert auf rund eine halbe Millionen, die Irene hier aus dem Haus schleppte, als ginge man mal eben zum Kaufmann um die Ecke, um sich mit dem Nötigsten einzudecken.

»Und Sie haben keine Ahnung, wo sie das Gold deponiert haben könnte?«

»Nein«, fuhr Bill sie heftig an, »und offen gestanden ist es mir auch egal.«

Beschwichtigend erhob Tanja ihre Hände. »Nu bleiben Sie doch bitte ruhig«, forderte sie ihn auf, »das sollte Ihnen aber nicht egal sein, wenn Irene erpresst wurde.«

Bill sprang auf. »Genau das regt mich auf«, schrie er Tanja über den Tisch an, auf dem er sich aufgestemmt hatte, »sie wäre mal besser mit ihrem Problem zu mir gekommen! Ich hätte alles getan, um Miriam zu schützen.«

Tanja war ebenfalls aufgesprungen und erhob beschwichtigend ihre Hände. »Ganz ruhig«, sprach sie auf ihn ein, »es beruht alles nur auf vage Vermutungen.« Inständig schaute sie ihn an. »Vielleicht liege ich mit meinem Gedanken falsch«, schloss sie nicht aus.

Kraftlos senkte Bill seinen Kopf und sackte wieder auf seinen Bürosessel nieder. »Entschuldigen Sie«, stieß er hilflos aus und stützte seinen Kopf in seine Hände, »das Ganze frisst mich auf.«

»Ich kann Ihnen gut nachfühlen«, redete Tanja beschwichtigend auf ihn ein, wobei sie nicht wirklich Mitgefühl für ihn empfand. Seine ganze Besorgnis lag doch überwiegend der Abhängigkeit seiner Tochter zugrunde, ohne der er sein Bauprojekt abschreiben konnte.

Wieder gefasst schaute Bill zu Tanja rüber. »Werden Sie heute noch unser Gast sein?«

Zustimmend nickte Tanja. »Wenn Sie es wünschen?«

»Für Irene ist das bestimmt das Beste.«

Auch wenn es Tanja nicht so ganz behagte in einem Haus zu wohnen, von dem sie ausgehen musste, dass sie abgehört und möglicherweise sogar videoüberwacht wurde, so ging sie auf seinen Wunsch ein, halt auch aus dem Grund heraus, keinen Verdacht aufkommen zu lassen, dass sie Bescheid wusste.

Um sich eine kleine Auszeit zu gönnen, ließ sich Tanja von Bills Hausbediensteten mit ein paar kühlen Getränken versorgen und nutzte die Abendsonne um zu verschnaufen. Mit einer Kühlbox unter ihrem Lehnstuhl saß sie auf der Veranda und ließ es sich gut ergehen. Sie hatte den Stuhl extra etwas vorgezogen, damit sie ihre Beine auf einen Zwischenbalken des Geländers ablegen konnte. Mit einer kleinen Flasche, amerikanisches Bier natürlich, in der Hand, starrte sie mal wieder in die vor ihr liegende Einöde, wobei ihr Blick öfters an dem kleinen Sportwagen hängen blieb, der zu Dr. Fries gehörte. Ein Gedanke kam ihr dabei immer wieder hoch. Wie viel mochte Bill ihr bezahlen, dass sie so kurzfristig einen Fulltimejob auf der Ranch übernahm?

Ihre Gedanken wurden von einem heranfahrenden Wagen durchbrochen, der auf das Blockhaus zufuhr und eine Menge Staub aufwirbelte. Die Erde war ziemlich ausgetrocknet, weil es schon seit Tagen nicht mehr geregnet hatte.

Langsam rollte der Mittelklassewagen aus, der rechts von der Veranda-Treppe zum Stillstand kam und es stieg kein anderer als Eric aus. Mit einem freundlichen Lächeln stieg er die Stufen hinauf und wurde von Tanja geringschätzig gemustert. Schon wieder keine Uniform.

»Privat, oder beruflich hier?«, rief Tanja ihm entgegen.

Er breitete ehrerbietig seine Arme aus. »Privat.«

»So? Was führt dich hierher?«, fragte sie nach, als ob sie es nicht schon längst wüsste.

Enttäuscht, dass sie nicht seinen Grund erahnte, oder wahrhaben wollte, legte er seinen Kopf schief. »Ich habe Sehnsucht nach dir.«

Gelangweilt rollte Tanja ihre Augen. Nicht schon wieder diese Anmache, flehte sie innerlich. »Dafür machst du den weiten Weg hierher?«

»Für meine Angebetete ist mir kein Weg zu weit«, schmachtete er. Ein Spruch, der wie aus einer billigen Werbung klang. Mit einer Verrenkung schaute er interessiert unter ihren Lehnstuhl und beugte sich über sie, aber nicht um einen Kuss zu ergattern, sondern um die kleine Kühlbox unter dem Stuhl hervorzuziehen. Flaschen klirrten aneinander.

Verzück lächelte Eric, als er das Klirren vernahm. »Feierst du eine Party?« Sein Gesicht war ganz dicht an ihrem, was Tanja aber in keinster Weise zurückschrecken ließ.

»So kann man das nicht nennen«, antwortete sie kühl und wartete regelrecht darauf, dass er nun in seiner Kühnheit einen Angriff wagte und ihr einen Grund lieferte ihm eins aufs Maul zu hauen.

175

Ihren angestauten Aggressionen hätte sie so viel Luft verschaffen können.

Beeindruckt von ihrer Kaltschnäuzigkeit, die ihm verriet, dass sie keine Sekunde zögern würde ihm eins überzubraten, würde er jetzt mit irgendeiner Anzüglichkeit aufwarten, zog er sich einen Stuhl heran, der etwas abseits stand und setzte sich brav neben sie, dann zog er die Kühlbox zwischen seine Füße, hob den Deckel hoch und zog eine Flasche Bier heraus. Genüsslich betrachtete er dieses gut gekühlte Getränk bevor er den Flaschenöffner entnahm, der dabei lag und den Kronkorken fliegen ließ.

»Du bist also wegen mir hier?«, hielt Tanja fest und beobachtete ihn, wie er einen genießerischen Schluck nahm, »die reife Detektivin und der junge Cop«, spöttelte sie und wurde gleich mit einem Zungenschnalzen gerügt.

»Jetzt mach dich nicht wieder über mein Alter lustig, du weißt ja gar nicht, was dir entgeht.« Er deutete den langen Anfahrtsweg hinunter. »Übrigens, ich wohne hier gleich um die Ecke.«

Tanja ging nicht weiter auf dieses Geplänkel ein, und um die Ecke, überhörte sie. »Ich war heute bei Dümmel«, sagte sie stattdessen.

An ihrem Tonfall konnte Eric ihren Frust erkennen, und so wie er schon von seinen Kollegen unterrichtet wurde, gab es auch jeden Grund dafür. »Die Ermittlungen laufen nicht sehr gut«, bestätigte er. Er klang ernst und betroffen.

»Ja«, antwortete Tanja leise, »dazu kommt, dass Dümmel den Wagen von Frau Langenhardt nicht untersuchen will.«

»Weil es keinen Sinn macht«, verteidigte Eric seinen Kriminalkollegen, »erwartest du Spuren von Miriam?«

»Das ist unser einziger Anhaltspunkt.« Eindringlich schaute sie Eric an. »Ich werde morgen nach Kleinblittersdorf fahren, mir den Wagen anschauen und mir die Langenhardts vornehmen.«

»Zeitverschwendung — Sieh doch ein, dass du dich verlesen hast.«

»Nein«, schloss Tanja aus, »und darum weiß ich, dass der Wagen am Mittwochnachmittag nicht in Kleinblittersdorf zurück war – irgendeiner von den Langenhardts lügt. Wahrscheinlich beide.«

»Du verrennst dich, weil du frustriert bist«, hielt er ihr vor, »weil du nicht weiterkommst…«

»Jaaa, stimmt«, entgegnete Tanja angesäuert. Sie zog ihre Beine ein und stützte sich auf die Armlehnen. »Ich arbeite jetzt zum zweiten Mal für Valendar und das ohne Erfolg…«

»Oh«, spöttelte Eric dazwischen, »du fühlst dich in deiner Ehre gekränkt.«

»Nenn es wie du willst – ich behaupte, hier stimmt was nicht.« Wütend schnaubte sie.

Versöhnlich stieß Eric seine Flasche gegen ihre. »Komm, lass uns nicht streiten. Ich gebe zu, dass einige Dinge sehr merkwürdig sind«, bestätigte er, nicht um sie zu beruhigen, das war seine wirkliche Auffassung.

Obwohl Tanja durch seine Worte keine Befriedigung fand, ließ sie sich von seiner Trinkfreudigkeit anstecken. Zeitgleich nahmen sie einen Schluck Bier und starrten sich danach nachdenklich an.

»Wie geht es Frau Valendar?«, durchbrach Eric plötzlich die friedsame Stille.

Tanja, die mittlerweile ihre innere Ruhe wiedergefunden hatte, schob ihre Schulter vor. »Ich weiß nicht, ich habe sie heute Mittag zum letzten Mal gesehen.« Sie gestikulierte haltlos herum. »Sie ist irgendwo mit Dr. Fries zugange.«

Wie auf Zuruf kam Dr. Fries mit Irene ums Haus herum, in Begleitung von Miss Livington. Mit einem kleinen Abstand folgte ihnen Offerfeld mit einem Zigarrenstumpen im Mundwinkel, auf dem er mehr herum kaute als rauchte, und seiner Winchester, die er geschultert mit sich trug. Eine gewisse Bedrohung ging von ihm aus, was Eric zu einem zynischen Scherz verleitete. Er beugte sich zu Tanja hinüber.

»Hast du dich mit ihm zum Duell verabredet?«, flüsterte er ihr zu.

Sie begegnete seinem Spot mit einem Schmunzeln. »Ich schieß doch nicht auf streunende Hunde.«

Miss Livington verkündete unverhohlen ihre Verzückung, als sie Eric neben Tanja sitzen sah. »Herr Hopfner«, sagte sie freundlich, wobei man kaum ihren amerikanischen Akzent vernahm, als würde sie sich für ihn besondere Mühe geben, »schön Sie zu sehen.«

Er lächelte gequält zurück und wandte sich Tanja zu. »Siehst du, sie mag mich«, sagte er und überwand seinen Ekel, der mehr und mehr Besitz von ihm ergriff, je freundlicher Miss Livington lächelte und ihre Zähne entblößte. Haftcreme.

Um sich abzulenken schwenkte Eric den Rest Bier in seiner Flasche und trank ihn schnell aus. In Windeseile hatte er die Flasche wieder in die Box zurückgelegt und sich vom gemütlichen Lehnstuhl erhoben. »Tja, Zeit für mich zu gehen«, verkündete er der Allgemeinheit, schritt zügig die Stufen hinunter, wanderte zu seinem Wagen und riss die Tür auf. Einen Moment verweilte er dort und blickte kurz zu Tanja hinauf, deren Blick er, wie auf Absprache, einfangen konnte. Pass auf dich auf, sagte er ihr mit seinen Blicken. Die Tatsache, dass Offerfeld mit einer geladenen Winchester durch die Gegend lief, beunruhigte ihn, wobei er nicht genau abschätzen konnte, von wem mehr Gefahr ausging. Von dem Unbekannten, der möglicherweise irgendwo lauerte, oder von dem Ranchangestellten?

Bedacht lächelte Tanja zurück, als könne sie seine Gedanken lesen. Mach ich – ich halte dich auf dem Laufenden.

Miss Livington platzte in die romantische Idylle. Mit tapsigen Schritten stieg sie gemeinsam mit Irene die Veranda hinauf. »Das Essen wird fertig sein«, warf sie in die kurz aufgekommene Ruhe. Mit gutem Beispiel voran trat sie mit Irene ins Haus.

Mit einem kontrollierten Blick über ihre Schulter, beäugte Dr. Fries Offerfeld. Als er nur so dastand wandte sie sich mit ihrem gesamten Körper nach ihm um. »Danke. Herr Offerfeld. Ich denke wir benötigen Ihre Hilfe heute nicht mehr.«

Mit selbstgefälligem Grinsen, als habe er einen wichtigen Dienst abgeleistet, salutierte er den Frauen. »Ladys«, sagte er gewichtig und marschierte zu einem Military- Jeep, dort legte er seine Winchester auf den Rücksitz, sprang hinters Steuer, setzte den Wagen zurück und sauste los.

»Ein unangenehmer Zeitgenosse«, sagte Dr. Fries, die mittlerweile neben Tanja stand. Die nickte nur abwesend und schlenzte sich an ihr vorbei. »Kann ich Sie kurz sprechen?«, hielt Dr. Fries sie zurück.

»Natürlich«, antwortete Tanja selbstverständlich, aber um die Fortsetzung des Gesprächs vom Vortag zu unterbinden, nahm sie innerlich gleich ihre Abwehrhaltung ein.

»Mit Ihrem Tipp lagen Sie goldrichtig«, erklärte Dr. Fries und ließ Tanja neidlos ihre Hochachtung zukommen, »Irene reagiert auf das Saarländer Umfeld – und sie beherrscht Französisch, wie ihre Muttersprache. Ich habe ihr einen französischen Text gegeben, den konnte sie mir perfekt übersetzen.«

»Dann liege ich mit meiner Vermutung richtig.«

»Sieht so aus.«

Somit wurde für Tanja ihre Beziehungsdramatheorie immer wahrscheinlicher. Langenhardt, schwirrte ihr im Kopf herum, irgendwie musste es da eine Verbindung geben. »Haben Sie Irene mal auf Elfriede Langenhardt angesprochen?«

»Die Fahrzeughalterin, die Sie in Ihrem Bericht erwähnten?«

»Ja.«

»Nein, aber ich kann es morgen aufgreifen. Sehen Sie einen Zusammenhang?«

Unschlüssig verzog Tanja ihre Mundwinkel. »Langenhardt, Saarbrücken, Frankreich«, zählte sie auf, »das liegt doch alles ziemlich dicht beieinander.«

Kaum merklich nickte Dr. Fries zustimmend. »Ein Versuch wäre es wert«, befand sie, »aber es ist sehr merkwürdig, dass sich Irene nicht mehr an die Ranch, ihren Mann und das Kind erinnert.«

Nachdenklich starrte Tanja die lange Einfahrt entlang. »Ein schreckliches Ereignis?«, warf sie in den Raum.

»Möglich.« Dr. Fries betrachtete Tanja von der Seite. »Sie hat den Selbstmord von Peter nie aufgearbeitet. Vielleicht ist da etwas hängen geblieben. Übrigens, Irene hat keine Einwände, dass ich ihre persönlichen Berichte einlesen darf.«

Tanja nickte einverstanden. »Ich werde die Unterlagen bei Miss Livington deponieren.«

Dankbar lächelte Dr. Fries, sie begrüßte Tanjas Kooperation. »Danke.« Sie schaute plötzlich auf ihre Armbanduhr und ließ Tanja keine Möglichkeit darauf zu antworten. »Ich muss los«, sagte sie und reichte ihr zum Abschied die Hand.

»Sie bleiben nicht hier?«, war Tanja überrascht.

»Nein, ich habe ja auch noch ein Privatleben«, erklärte Dr. Fries und lächelte milde. Das fehlte ihr noch, dass Bill Valendar sie rund um die Uhr anheuerte. Nein, so viel Geld konnte ihr keiner bieten, dass sie auf so einen Fulltimejob einginge. »Ich bin das ganze Wochenende hier eingespannt, dann muss ich ja nicht noch die Nacht hier verbringen. Außerdem braucht Irene auch ihre Entspannungsphasen.«

Tanja schaute Dr. Fries noch nach, wie sie in ihren Wagen stieg und abfuhr. Sie war nicht einmal mehr ins Haus zurückgekehrt um sich von ihrer Patientin zu verabschieden.

*

Wäre da nicht der ernste Hintergrund, den Tanja nach Saarbrücken zog, hätte es eine schöne Tour sein können. Das Wetter lud regelrecht zu einem Ausflug ins Freie ein. Während sie dem Verlauf ihres Navis folgte, bereitete sie sich gründlich vor, um mit Frau

Langenhardt und ihrem Neffen ein kleines Verhör zu führen. Gedanklich legte sie sich einen Fragenkatalog zurecht. Feste Notizen benötigte sie dazu nicht. Während ihrer Unterredungen ließ sie sich ohnehin von ihrer Intuition leiten. Und als hätte sie es mit Absicht so geplant, erreichte sie ohne Zwischenfälle zur Mittagszeit den Gasthof »Zum Hahn«, ein kleines Fachwerkgebäude inmitten vieler historischer Häuser. Gezwungenermaßen musste sie ihren Wagen ein paar Sträßchen weiter abstellen, auf einem sandigen Parkplatz. Die Straßen verliefen eng durch die Altstadt und es gab keine Parknischen.

Forschend umschauend schlenderte Tanja auf das alte Fachwerkgebäude zu. Durchgehend geöffnet, stand auf einem großen Aufsteller vor der Tür, ein weiteres Schild wies auf eine Terrasse hin, die man durch die Gaststätte erreichen konnte.

Für einen Moment tappte Tanja im Dunkeln, als sie die Gaststätte betrat. Ihre Augen benötigten einen Moment sich an die Dunkelheit zu gewöhnen. Langsam schlängelte sie sich durch die enge Bestuhlung zum Tresen durch. Der alte Holzboden knarrte unter ihren Füssen und unter der Decke verliefen schwere Holzbalken, die einen zu erschlagen drohten. Als Tanja den Tresen erreichte besaß sie bereits wieder klaren Durchblick und konnte die kräftige Frau im Trachten-Look, die hinter der Zapfanlage stand und ein Bier zapfte, gut erkennen. Ihre Haare trug sie kurz und auftoupiert. Tanja schätzte sie auf Ende fünfzig.

»Guten Tag«, grüßte die Frau freundlich im Saarländer Slang, »was kann ich für Sie tun?«

»Ich bin Tanja Bartoli.«

Frau Langenhardts freundliche Gesichtszüge fielen schlagartig der Schwerkraft zum Opfer. »Ach, Sie sind das«, entgegnete sie feindselig im unmissverständlichen Deutsch, »die Polizei war bereits schon hier. Sie unterliegen einem Irrtum.« Unbeirrt griff sie nach einem erneuten Glas und hielt es unter den Zapfhahn. »Und jetzt entschuldigen Sie mich, ich habe zu tun – der Biergarten ist voll mit Gästen.«

Keine Spur beeindruckt schürzte Tanja ihren Mund. »Wenn der Wagen wieder hier ist, kann ich ihn mir sicher mal anschauen.«

Entnervt knallte Frau Langenhardt das Glas auf die Theke, so dass der Inhalt etwas überschwappte. »Kommen Sie.« Sie zog hinter der Theke eine Schiebetür auf und führte Tanja in einen Raum, der dem Anschein nach als Büro fungierte, und deutete auf ein Fenster zum Hinterhof, durch das man den besagten Kombi sehen konnte. »Ich hoffe, Sie geben jetzt Ruhe.« Entnervt verschränkte Frau Langenhardt ihre Arme und betrachtete die Schnüfflerin von der Seite, hoffte, dass sie endlich wieder abzog.

Grübelnd betrachtete Tanja den Wagen. Wie viele grüne Kombis mochte es im Saarland geben, bei denen sie sich um eine Ziffer vertan haben könnte? Wahrscheinlich eine Menge, dennoch wollte sie nicht an einen Irrtum glauben. Ihr Blick haftete einen Moment an dem Nummernschild. Nein, sie schloss einen Irrtum definitiv aus. Und somit hielt sie an ihrer Behauptung fest, dass Frau Langenhardt log, oder ihr Neffe. Unbeirrt deutete sie mit ihrem Finger auf das Fahrzeug. »Dieser Wagen hat mich zwei Tage verfolgt«, behauptete sie.

Frau Langenhardt warf einen verächtlichen Blick auf Tanja. »Sie unterliegen einem Irrtum. Mein Neffe hat laut Beschreibung nicht annähernd die Ähnlichkeit mit dem Täter und er war auch nicht im Rheinland. Er war am Mittwoch nur in Kaiserslautern.«

Mit ihrem schroffen Gehabe konnte sie Tanja in keinster Weise einschüchtern. »Wo war dieser Wagen am Dienstag?«, verlangte Tanja zu wissen.

Frau Langenhardt druckste. »Mein Neffe war damit unterwegs. Er benutzt den Wagen häufig.«

»Wo kann ich Ihren Neffen finden, ich möchte ihn sprechen«, blieb Tanja beharrlich.

Gereizt stöhnte Frau Langenhardt und schritt auf eine Tür zu, die zur Küche führte. »Xaver!«, rief sie, »kommst du mal bitte.«

Ein junger Mann in Kochkluft, schlank und mit dunkelblonden, langen Haaren, die zu einem Zopf gebunden waren, betrat das Büro. »Ja bitte?«, rief Xaver seiner Tante zu in einem perfekten Deutsch mit leicht Saarländer Slang.

Frau Langenhardt ergriff sofort das Wort, wobei sie wieder einen verachtenden Blick auf Tanja warf. »Frau...« Sie überlegte kurz, ob sie eine böse Bezeichnung für die Detektivin zum Besten geben sollte, doch sie kam nicht dazu.

Kalt grinsend schaute Tanja Frau Langenhardt an, der deren Zorn, der die Luft vergiftete, nicht verborgen blieb. »Bartoli«, half sie ihr überspitzt auf die Sprünge.

»Frau Bartoli«, wiederholte sie ebenbürtig den Namen, »möchte dich sprechen.« Sie stapfte in die Gaststätte zurück. »Halt dich nicht auf...«

»Der Biergarten ist voll mit Gästen«, warf Tanja frech dazwischen.

»Was wollen Sie von mir?«, hinterfragte Xaver Langenhardt leicht nervös. Er wusste wer Tanja war. Seine Tante hatte von ihrem Anruf berichtet. Kontrollierend blickte er zur Schiebetür, durch die seine Tante gerade verschwunden war. »Ich habe der Polizei doch schon alles gesagt.«

»Was gesagt?«

»Na ja, dass ich Ersatzteile für mein Motorrad geholt habe.«

»Ja sicher«, entgegnete Tanja ungläubig, wobei ein gewisser Reizton in ihrer Stimme schwang.

»Ja«, stammelte Xaver, »ich kann Ihnen die Teile zeigen.«

»Das glaube ich Ihnen gerne. Wo waren Sie denn am Dienstag?«

»Unterwegs.«

»Mussten Sie nicht arbeiten?«

»Nein«, antwortete Xaver leicht nervös, »wir haben Montag und Dienstag zu.«

»Ah«, stieß Tanja zynisch aus, »dann hatten Sie genug Zeit ins Rheinland zu fahren und ich wette, Sie waren nicht alleine.«

»Nein«, stritt Xaver vehement ab, »das stimmt nicht. Ich war nicht…«

»Wissen Sie was?«, unterbrach ihn Tanja und legte einen wirren Jargon in ihre Stimme, den Xaver erschauern ließ, »das glaube ich Ihnen sogar.«

Mit sicherem Gefühl starrte Xaver Tanja an. »Was wollen Sie dann noch von mir?«

»Wissen, wer, den Wagen gefahren hat?«

»Na, ich«, stotterte Xaver und warf einen verängstigten Blick durch die Tür zur Gaststätte.

»Sie lügen«, behauptete Tanja.

Xavers Nervosität stieg an. Wieder schaute er kontrollierend durch die Tür. »Warum sollte ich lügen?«

»Weil Sie irgendjemanden decken«, presste Tanja energisch hervor und zeigte durch das Fenster auf den Wagen, »dieser Wagen hat mich und Irene Valendar zwei Tage lang verfolgt. Sie können sich gerne ausschweigen, aber spätestens wenn Frau Valendar ihr Gedächtnis zurückerlangt, kriegen wir Sie wegen Beihilfe dran. Sie kennt den Fahrer, von früher und außerdem gibt es einen Zeugen«, schmetterte sie ihm ungehalten an den Kopf.

Ertappt wusch sich Xaver über seinen Mund. »Beihilfe, zu was?«

Unschlüssig und lässig zuckte Tanja mit der Schulter. »Mörder, Frauenschänder, Kidnapper? Suchen Sie sich was aus.«

»Scheiße man«, fluchte Xaver aufgewühlt und grübelte kurz. Plötzlich schob er sich an Tanja vorbei, stapfte zur Tür und schob sie zu. »Ich habe den Wagen weitergegeben«, gestand er, wobei er verzweifelt den Boden mit seinen Blicken absuchte.

Mit einer halben Drehung wandte sich Tanja ihm zu. »An wen?«

»Mathis, meinen Kumpel.«

»Mathis, wer?«, hakte Tanja ungeduldig nach.

»Collier.«

Ein kleiner Ruck des Triumphs durchzog Tanjas Körper, als sie den südländischen Namen vernahm. »Ist er Franzose?«

Xaver nickte und schob ratlos seine Schultern hoch. »Scheiße, scheiße, scheiße«, fluchte er verzweifelt, »was hat er nur angestellt?« Haltlos wanderte er auf und ab. »Meine Tante bringt mich um, wenn sie erfährt, dass ich den Wagen weitergegeben habe.«

»Was hatte er vor?«, hakte Tanja ungeachtet seiner Besorgnis nach. Verzweifelt fuhr Xaver mit seiner Hand übers Haar. »Er hat gesagt, er müsse seiner Frau helfen.«

»Helfen wobei?«, schnauzte sie ihn ungeduldig an.

»Na – Yasmin war im Rheinland, eine Freundin besuchen…«

»Irene Valendar?«, warf Tanja dazwischen.

Ahnungslos schob Xaver seine Schultern hoch. »Keine Ahnung«, antwortete er, »ich kenne die Frau nicht.«

»Na schön«, schenkte Tanja ihm Glauben, »wobei wollte er Yasmin helfen?«

»Sie hatte am Sonntag eine Autopanne.«

»Eine Autopanne?« Tanja grübelte. »Am Sonntag schon?«

»Ja. Und da habe ich am Sonntag meine Tante gefragt, ob ich den Wagen haben kann bis Mittwoch.«

»Ihr Kumpel war am Sonntag schon unterwegs?«

Xaver nickte hektisch. »Ja. Sonntagabend«, gab er nervös zu, »ich habe Tante Elly erzählt, ich wollte für drei Tage ausspannen und auch ein paar Ersatzteile abholen… Die hat mir mein Kumpel dann auch mitgebracht, weil es auf dem Weg lag. Die Teile lagen abholbereit beim Schrotthändler im Hof.«

Fassungslos über seine Abgebrühtheit schüttelte Tanja ihren Kopf. »Das haben Sie der Polizei natürlich nicht verraten.«

»He!«, stieß Xaver unruhig aus, »die haben nur wegen Mittwoch gefragt.«

Nun wurde Tanja einiges klar. Dieser Mathis und seine Frau haben Irene bedroht. Wahrscheinlich hatten sie es auf ihr Geld abgesehen. Ein kleines Gauner-Ehepaar, das mit Erpressung eine Menge Geld verdienen wollte. Dann kam dummerweise dieser blöde Unfall dazwischen. »Das mit der Autopanne haben Sie ihrem Kumpel geglaubt?«, hielt Tanja ihm ungläubig vor.

»Ja, wieso nicht?«

»Ist der nicht im Automobilclub?«

»Nein. Er ist Kfz-Mechaniker.«

»Und dann hat er keinen eigenen Wagen?«

»Nein, er ist Biker wie ich. Seine Frau hat doch einen Wagen.«

»Na schön«, schenkte Tanja ihm diesbezüglich Glauben. Möglich, dass Xaver die Wahrheit sagte und wirklich völlig ahnungslos war, oder sie einer falschen Fährte folgte. Um nichts unversucht zu lassen kramte Tanja ihr Handy hervor, tippte auf ihm herum und streckte es Xaver entgegen. »Das ist Irene Valendar, haben Sie die wirklich noch nie gesehen?«

Entgleist starrte Xaver das Foto an, dann Tanja. Dann entfuhr ihm ein eisiges Lachen. »Wollen Sie mich verarschen?«

»Bitte?«, entgegnete Tanja ungehalten.

Er deutete aufgeregt auf das Handy. »Das ist Yasmin.«

Entrückt und kontrollierend betrachtete Tanja ihr Display, um sicher zu gehen, nicht ein falsches Foto erwischt zu haben. Aber es zeigte Irenes Bild, welches sie erst gestern von ihr geschossen hatte. Irritiert tippte Tanja auf das Foto. »Sie kennen diese Frau als Yasmin Collier?«

Er zeigte nervös gestikulierend auf das Handy. »Ja.«

Ratlos fasste sich Tanja an die Stirn und fuhr sich nachdenklich durchs Haar. Doppelleben, fuhr es ihr durch den Sinn. »Können Sie jeden Irrtum ausschließen?«, hakte sie nach.

»Ja«, beteuerte Xaver, »ich kenne doch Yasmin, ich war doch letztes Jahr ihr Trauzeuge.«

»Trauzeuge?« Tanja war verwirrt. »Wie lange kennen Sie Yasmin?«

»Na ja.« Xaver war nicht ganz sicher. »Seit anderthalb Jahren, als Mathis sie kennen gelernt hat.«

Grüblerisch kniff Tanja ihre Augen zusammen. »Ist sie häufig unterwegs?«

»Ja, sie ist Journalistin.«

Das bekräftigte Tanjas Vermutung. Irene führte ein Doppelleben. Aber warum? Sie führte ihre Hände an die Schläfen und grübelte. Anderthalb Jahre, fuhr es in ihrem Kopf herum. Vielleicht gab es ja doch eine Auseinandersetzung zwischen Bill und Irene, und sie versuchte bloß gemeinsam mit Miriam unterzutauchen, weil sie nicht auf das Sorgerecht verzichten wollte und die Abfindung kassieren, und Mathis ist ihr Verbündeter.

Xaver wurde zunehmend hektischer und warf einen verängstigten Blick zur Schiebetür. »Hören Sie… ich…«

In ihren Gedanken gefangen erhob Tanja ihre Hände, ließ keine Unterbrechung zu. »Yasmin hat eine Tochter – sechs Jahre alt.«

»Nein.«

»Sicher?«

Er nickte fahrig.

»Aber sie können mit Bestimmtheit sagen, dass diese Frau...« Sie erhob ihr Handy. »Yasmin Collier ist, geborene Hardtman?«

Xaver stutzte für einen Moment. »Nein. Sie heißt Bechter mit Mädchennamen.«

Tanjas Gedanken fuhren Achterbahn. »Bechter«, murmelte sie. Sie war mehr als nur überrascht, mit welcher Gründlichkeit Irene ihr Doppelleben durchführte. Ihr Beruf bot ihr dazu sogar alle Möglichkeiten. Nur Miriam konnte sie als großen Risikofaktor nicht direkt mit einbeziehen, aber wahrscheinlich hat Irene sie bei Mathis in Sicherheit gebracht. Oder? Ihr kam ein schrecklicher Gedanke.

Mathis hatte es nur auf die Abfindung abgesehen. Aber was ist dann mit Miriam geschehen? Hatte Irene sie rechtzeitig in Sicherheit gebracht, oder befand sich Miriam in Mathis' Gewalt und er versuchte Irene in die Knie zu zwingen, die sich im Moment nicht erinnert. Um absolute Aufklärung zu erhalten, musste Tanja diesen Mathis Collier unbedingt aufspüren. »Ihr Kumpel, der ist doch wieder zurück. Seit wann genau, und wie kann ich ihn finden?«, richtete Tanja plötzlich einen energischen Fragenkatalog an Xaver.

Eingeschüchtert zuckte Xaver leicht zusammen. »Er hat mir den Wagen Mittwochnacht vor die Tür gestellt.«

»So!?«, entgegnete Tanja sarkastisch, »und Ihrer Tante haben sie erzählt, sie waren schon nachmittags zurück und waren noch einen trinken.«

Er nickte hektisch. »Es war schwierig Mathis zu erreichen. Meine Tante war sauer, als der Wagen nicht rechtzeitig zurück war – ich habe sie dann hingehalten und bin dann wirklich in die Kneipe, um Zeugen zu haben, damit sie mir auch glaubt.«

Mit einem Schuss Bewunderung stieß Tanja Luft aus. Mit seiner Ausrede hatte sich Xaver unbewusst sogar noch ein Alibi verschafft. »Sie scheinen ja ziemlichen Respekt vor Ihrer Tante zu haben«, züngelte Tanja.

Xaver zuckte verängstigt mit den Schultern. »Sie hat mir aus der Patsche geholfen und mir eine Chance gegeben. Tante Elly bringt mich um, wenn Mathis irgendeinen Scheiß gebaut hat.«

Tante Elly, was für ein niedlicher Name für so eine gestandene Frau, dachte Tanja und konzentrierte sich aber gleich wieder auf den Fall. »Wo finde ich diesen Mathis?«

»Wahrscheinlich in seiner Werkstatt.«

»Wo?«

»Na hier, an der Grenze«, stammelte Xaver nervös.

»Geht es auch präziser?«, schnauzte Tanja ihn an.

Die Tür schob sich plötzlich auf und Elfriede Langenhardt streckte ihren Kopf durch den Rahmen. »Wie lange dauert das hier noch?«, fuhr sie heftig in das Gespräch, »die Gäste warten.«

Mit aufgelegtem Lächeln schaute Tanja zur Tür. »Einen Moment noch, wir sind gleich soweit.«

Maßregelnd tippte Elfriede Langenhardt auf ihre Armbanduhr.

»Eine Minute«, erbat sich Xaver nervös Aufschub. Er marschierte auf seine Tante zu und schob sie in die Gaststätte zurück. »Ich muss ihr gerade noch was erklären«, legte er eine Begründung nach, worauf sie mit massivem Nachdruck reagierte.

»Wenn du irgendeinen Mist gebaut hast, dann reiß ich dir die Birne ab«, zischelte Elfriede Langenhardt durch ihre Zähne, »dann wirst du froh sein, wenn die Polizei dich zuerst erwischt.«

»Nein, nein«, beruhigte Xaver seine Tante, obwohl ihm seine Anspannung anzumerken war, »es ist alles in Ordnung.« Er schob die Tür wieder zu und marschierte gezielt auf einen Küchentisch zu, der als Schreibtisch genutzt wurde. Er kritzelte etwas auf einen Zettel und reichte ihn Tanja. Er tippte auf eine von zwei Adressen. »Das ist seine Werkstatt und das andere sein Wohnsitz.«

Tanjas Blick blieb an dem Ortsnamen seines Wohnsitzes hängen. »Großblittersdorf? Das ist schon Frankreich.« Soviel verrieten ihr ihre geographischen Kenntnisse.

»Ja«, nickte Xaver und beäugte kurz die Tür zur Gaststätte, während bei Tanja ganz andere Gedanken entfacht wurden. Wenn Mathis wirklich der gesuchte Mann war und sich dort aufhielt, war die französische Polizei für ihn zuständig. Und was, wenn sie dem falschen Kerl auf der Spur war? Die Ausmaße eines Irrtums würden verheerend sein, von der Blamage ganz abgesehen. Bevor sie Alarm schlug, brauchte sie Gewissheit.

»Haben Sie ein Foto von Mathis?«

Xaver zögerte. »Sie sind ganz schön anstrengend.«

»Ich weiß«, antwortete Tanja lapidar, »was ist jetzt?« Sie deutete auf die Tür. »Ich kann auch mit Tante Elly reden«, drohte sie.

Beunruhigt zog Xaver sein Handy aus seiner Pepitahose, drückte kurz auf ihm herum und zeigte es vor. Er und dieser Mathis standen in Lederjacken nebeneinander, die Arme um die Schultern gelegt, so wie das bei Kumpels üblich ist.

»Schicken Sie's mir«, forderte sie ihn auf, »und wenn Sie schon dabei sind, hätte ich auch gerne seine Handynummer.«

In Sekundenschnelle hatten sie die Daten ausgetauscht, worauf Tanja ein bissiges »Danke« verlauten ließ, um ihn etwas zu demütigen.

Nervös rieb Xaver seine Finger an den Handinnenflächen. »Sie werden mich doch nicht bei Tante Elly verraten?«

Der Junge fing an ihr Spaß zu machen. Im negativen Sinne allerdings. »Das hängt davon ab, inwieweit Ihr Kumpel in der Sache verstrickt ist.«

»Er wird alles abstreiten«, war Xaver überzeugt.

Gelassen nahm Tanja, seinen kleinen Anflug von Widerstand mit einem Schulterzucken auf. »Das kann er ja gerne machen, aber wenn Herr Hopfner von der Polizei ihn identifizieren kann, ist er reif.« Mit einem selbstgefälligen Lächeln trat sie zur Tür und schob sie auf. Sie wandte sich nochmals kurz nach Xaver um, dem sie ansah, dass er darauf brannte seinen Kumpel zu warnen. »Schönen Gruß an Mathis. Bedenken Sie aber, wenn Sie ihn warnen, machen Sie sich mitschuldig.«

Erwischt wog Xaver sein Handy, das er noch in der Hand hielt und noch bevor er es wieder in seine Hose stecken konnte, war Tanja zur Stelle und entriss es ihm.

»Hee!«, brauste Xaver auf.

»Ganz ruhig«, mahnte Tanja, die sich schnell ein paar Schritte von ihm entfernt hatte und ihn mit gestrecktem Arm vom Leib hielt, »es ist besser, wenn ich kein Risiko eingehe.«

Brav hielt sich Xaver zurück, bevor seine Tante aufmerksam wurde. »Ich hätte das Handy gerne wieder zurück«, zischelte er.

Lässig wedelte Tanja mit dem Gerät. »Ich schicke es mit der Post zurück.« Tanja sah diese Maßnahme für unerlässlich. Sollte Mathis wirklich der Täter sein und Miriam in seiner Gewalt, durfte sie nicht riskieren, dass er aufgeschreckt wurde und womöglich in seiner Panik Miriam etwas antat. Ohne weitere Zeit zu verschwenden verließ Tanja die Gaststätte. Gleich vor der Tür legte sie einen Stopp ein und übermittelte Eric eine Nachricht, samt Mathis' Foto. Sie wollte sofort wissen, ob Mathis der gesuchte Mann war. Hoffentlich musste sie nicht lange auf Antwort warten.

*

Gelangweilt saß Eric neben seinem Kollegen Fellner im Dienstwagen, versteckt hinter einer Plakatwand und hielt Ausschau nach Verkehrssündern, als sein Handy plötzlich in der Hose vibrierte. Wie immer stand es auf lautlos, damit sein Kollege sein Privatleben nicht mitbekam. Aber jetzt legte Eric eine Ausnahme ein und zog das kleine Gerät aus seiner Hose hervor und schaute nach, wer ihn kontaktierte. Er hoffte auf eine Nachricht von Tanja.

»Du weißt, das verstößt gegen die Vorschriften«, mahnte Fellner pflichteifrig.

»Meine Mutter ist krank, vielleicht braucht sie Hilfe«, schwindelte Eric ihm vor. Schnell las er Tanjas Nachricht und öffnete das Foto.

Taktlos griff Fellner nach seiner Hand und zog sie an sich. »Deine Mutter, he?« Er stieß seine Hand verachtend weg. »Ich wusste gar nicht, dass du auf Kerle stehst.« Er lachte hämisch, seinen Partner überführt zu haben.

Mit ernster Miene streckte Eric seinem Kollegen das Handy entgegen. »Dieser Knabe hat Frau Valendar überfallen«, klärte er auf.

Beeindruckt und etwas beschämt schaute Fellner seinen Kollegen an. »Wo hast du das her?«

»Von Bartoli«, antwortete Eric knapp und wählte sogleich ihre Nummer. Er musste unbedingt die Zusammenhänge wissen, wie sie an das Foto gelangt war. Damit konnte er der Kripo einen festen Anhaltspunkt liefern, an dem sie ansetzen konnten. »Das ist der Kerl«, dröhnte er ihr entgegen, ohne sich zu melden, »wo hast du das Foto her?«

»Von Xaver Langenhardt«, antwortete Tanja angeberisch.

Eric kam ein schauderhafter Gedanke. »Ich hoffe du hast ihn nicht verprügelt, um das zu erhalten.«

»Na, na, na«, mahnte Tanja, »was denkst du von mir?«

»Okay«, schenkte Eric Tanja Glauben, »dann gibt es also doch eine Verbindung.«

»Ja, und das ist noch nicht alles«, kommentierte Tanja wobei negative Sequenzen in ihrer Stimme mitschwangen, »wenn der Datenaustausch zwischen Neuwied und Kleinblittersdorf, besser funktioniert hätte, wären wir jetzt schon viel weiter«, presste sie hervor.

»Jetzt hör auf zu spotten«, entgegnete Eric gereizt.

»Ich habe noch gar nicht angefangen«, stichelte Tanja und wurde ernst, »dieser Neffe von Frau Langenhardt hat den Wagen an Mathis Collier weiterverliehen. Und der war schon seit Sonntag damit unterwegs.«

»Der Mann auf dem Foto?«

»Ja.«

»Dann hattest du also doch Recht mit dem Wagen.«

Wie das runterlief, wie Öl. »Danke für die Blumen«, bemerkte Tanja scharfzüngig und fuhr fort, »ich habe zwei Adressen, wo er sich zur Zeit aufhalten könnte.«

»Moment«, erbat Eric und kramte aus einem Türfach einen Notizblock hervor, »kann los gehen – Großblittersdorf?«, blieb er an dem Ort hängen, als Tanja ihm die zweite Adresse durchgab.

»Ja, das ist schon Frankreich«, gab Tanja zu.

»Auch das noch, bleibt nur zu hoffen, dass sie ihn in Deutschland erwischen.«

»Noch was«, warf Tanja dazwischen, »ich habe Xaver Langenhardt Irenes Foto gezeigt – er kennt sie als Yasmin Collier.«

Schweigen.

Gewappnet rief sich Tanja in Erinnerung. »Bist du noch dran?«

»Was hat das denn nun zu bedeuten?« Eric war total platt.

»Dass Irene offenbar ein Doppelleben führt. Sie trägt als Yasmin sogar einen anderen Mädchennamen.«

»Donnerschlag«, entfuhr es Eric, »das ist Urkundenfälschung«, gab er fachmännisch zum Besten und legte seine Konzentration aber sogleich wieder auf das Gespräch, »und jetzt fühlt er sich betrogen und läuft Amok«, mutmaßte er.

»Oder«, warf Tanja ein, »Irene wollte untertauchen – warum auch immer, und er ist ihr Komplize – der aber in Wahrheit nur an Irenes Abfindung will. Und der Unfall hat nun alles durcheinander gewirbelt.«

»Ich denke, es gibt kein Geld.«

»Geld nicht, aber 15 Kilo Gold, das spurlos verschwunden ist.«

Eric stieß einen bestürzten Laut aus. »Glaubst du, er hat Miriam entführt?«, warf er plötzlich eine Frage ein, die ihn aus Mitleid zu dem Mädchen sehr beschäftigte.

»Keine Ahnung – Ich halte daran fest, dass Irene sie in Sicherheit gebracht hat.«

»Wie auch immer, wir sollten handeln«, befand Eric, »ich werde sofort die Kollegen von der Kripo darauf ansetzen.« Ohne Zeit zu verschwenden trennte Eric die Verbindung, jede Sekunde zählte, um Mathis Collier aufzuspüren.

Tanja wanderte unterdessen gedankenversunken vor der Gaststätte hin und her und griff Erics furchtbare Vermutung auf. Was, wenn Mathis Collier Miriam wirklich entführt hatte? Vielleicht war es Irene gar nicht mehr gelungen ihre Tochter in Sicherheit zu bringen. Und nun machte er Jagd auf sie, um an das Gold zu kommen. Wenn ja, wo würde er Miriam verstecken? In der Werkstatt? Sicherlich nicht. Zuhause? Schon eher. Er musste auch schnell handeln, weil Xaver Langenhardt den Wagen zurückbringen musste.

Denk nicht zu lange nach, rief Tanjas innere Stimme sie zur Räson. Nimm die greifbare Möglichkeit in Betracht. Schnell griff Tanja in ihre Tasche und zog ihren Autoschlüssel hervor, wobei sie merkte, dass sich Xavers Handy auch noch dort drin verbarg. Hastig zog sie es heraus, orientierte sich kurz und warf es neben der Gaststätte in einen Briefkasten, der zum Privateingang der Langenhardts gehörte, dann lief sie zum Parkplatz und saß in Sekundenschnelle hinterm Steuer und gab Mathis Privatadresse ins Navi ein. Die Werkstatt hielt sie für weniger wichtig, da dürften schon Erics Kollegen hin unterwegs sein.

Mit durchdrehenden Reifen lenkte Tanja den Wagen auf die Straße. Sie musste schnell sein, bevor Mathis Wind bekam und verschwand. Bis die französische Polizei aktiv würde, konnten Stunden vergehen, die Mathis einen Vorteil verschafften. Der Polizeieinsatz in seiner Werkstatt würde sich mit Sicherheit schnell herumsprechen, also musste sie schneller sein als jede Mund-propaganda bevor Mathis weitere Schritte unternahm, wobei sie gar nicht darüber nachdenken mochte, für welche Grausamkeit er sich entschied. Der Gedanke, dass Miriam irgendwo in einem Zimmer geknebelt festgehalten wurde, konnte sie nur unter Ekel abschütteln. Würde Dr. Fries sie jetzt in diesem Moment fragen, ob ihr der Fall nahe ging, sie würde es mit einem deutlichen »Ja!« herausschreien.

Das Haus von Mathis lag gleich an der Landstraße, die nach Großblittersdorf führte, nicht weit von der deutschen Grenze. Nur von Feldern und Bäumen umringt. Ein einsamer Traktor stand auf einer sandigen Fläche, neben dem Haus. Um Mathis nicht gleich aufzuschrecken stellte Tanja ihren Wagen etwas abseits ab. Eine schmale Parkbucht mit ein paar Bäumen lieferte ihr die perfekte Abstellgelegenheit. Nun musste sie hoffen, dass Mathis sie nicht entdeckte. Ihren Wagen dürfte er wiedererkennen und ihr Gesicht auch, also war äußerste Vorsicht geboten. Nach einer Strategie suchend schaute sie sich von ihrem Wagen aus um und betrachtete das Haus. Es war klein, der Eingang ebenerdig. Zur Frontseite hin stachen zwei kleine Giebelfenster über dem Eingang hervor. Tanja vermochte zu bezweifeln, dass man im oberen Stockwerk überhaupt aufrecht stehen konnte, so schloss sie aus, dass sie von dort aus beobachtet werden konnte. Zu ihrer Blickseite hin gab es keine Fenster, darin sah sie ihre Chance unbemerkt an das Haus heranzukommen. Sie griff nach ihrer Tasche und stieg aus. Schnell warf sie die Tür zu und wanderte zum Heck des Wagens. Mit dem elektronischen Schlüssel öffnete sie den Kofferraum und warf ihre Tasche hinein. Mit ein paar schnellen und gezielten Handgriffen kramte sie unter dem Verdeck des Ersatzrades eine Waffe heraus und steckte sie in ihren Hosenbund. Zur Sicherheit führte sie in heiklen Situationen immer eine zweite Waffe mit sich. Vorsorglich warf sie ihre Bluse darüber. Dann griff sie noch nach einem Springmesser, das sie mit einem Klettband an ihrem Bein unter ihrer Jeans befestigte. Sicherheitshalber zog sie noch ein paar Handschellen hervor und schob sie in die Gesäßtasche ihrer Jeans. Zum Schluss entnahm sie ihre Magnum aus der Schultertasche, die sie in der Hand behielt. Mit gezieltem Blick auf das Haus warf sie den Kofferraumdeckel zu und verriegelte den Wagen. Als wäre sie auf der Flucht sprang sie hastig über einen niedrigen, mit Gras bewachsenen Wall ins anliegende Feld, das etwas tiefer lag als die Straße. Das hochgewachsene, struppige Gras bot ihr dabei einen optimalen Sichtschutz. Läuft doch besser als geplant, dachte sie und kam auch recht schnell voran. Ihr Problem fing erst am Haus an. Sie lief entlang der Kopfseite des Hauses in den hinteren Teil des

Anwesens, das durch eine kleine Mauer geschützt wurde. Vorsichtig spähte sie um die Ecke. Ein Teil der hinteren Mauer war eingebrochen. Nur noch ein kniehohes Mauerwerk und ein paar herumliegende Backsteine, deuteten darauf hin, dass die Mauer irgendwann mal rund um das Grundstück verlief.

Hockend betrachtete Tanja den hinteren Teil des Hauses. Auf dem gepflasterten Hinterhof stand ein großes Geländemotorrad. Das richtige Bike, um unwegsames Gebiet zu bewältigen. Aufmerksam beobachtete Tanja nun das Haus und schaute gezielt durch die kleinen Fenster, um irgendein Lebewesen auszumachen, aber es wirkte alles so, als sei der Besitzer ausgeflogen. Aber das Motorrad verriet, dass Mathis noch Zuhause sein musste, wenn er, wie Xaver Langenhardt behauptete, keinen eigenen Wagen besaß. Rechts von ihr, gleich hinter der Mauer, grenzte ein Schuppen am Haus. Eine aus Brettern gezimmerte Tür stand einen Spalt weit offen.

Kontrollierend blinzelte sie durch den schmalen Türspalt, um sich zu vergewissern, ob sich jemand im Schuppen aufhielt. Da der Schuppen kein Fenster besaß und kein Lichtstrahl durch den Türspalt zu vernehmen war, ging Tanja davon aus, dass sich niemand dort aufhielt. Flink und groß mahnte ihr Erics Aussage, und so wie Mathis den Sprung von Irenes Vordach gemeistert hatte, schien er offensichtlich gut durchtrainiert zu sein. Inständig flehte sie, dass er nicht irgendwann einmal der Fremdenlegion diente. Diese Jungs kannten keine Gnade und besaßen auch kein Gewissen. Sie spürte, wie ihr Herz den Rhythmus erhöhte. Ruhig bleiben, sonst hast du gegen so einen Menschen verloren, mahnte sie sich. Nach mehrmaligem Durchatmen wagte sie den Sprung über die zerfallene Mauer und schlich zügig durch den Hof. Ihren Blick hielt sie dabei kontrollierend auf das Haus gerichtet. Sicherheitshalber warf sie einen kurzen Blick durch die offene Tür des Schuppens, als sie ihn passierte. Sicher war sicher. Mit einem großen Satz warf sie sich dann mit dem Rücken gegen die Hauswand. Sie verweilte kurz, bevor sie den Mut fand vorsichtig durch das Fenster im Haus zu schauen. Hastig zuckte sie wieder zurück. Mathis wuselte durchs Haus. Er lief umher, als würde er etwas suchen. Hoffentlich hatte er sie nicht gesehen. Wieder wagte sie, nun mehr aus ihren Augenwinkeln heraus, einen Blick durchs Fenster. Er packte einen Rucksack zusammen, was sie auf Flucht schließen ließ. Für Tanja gab es hier nur eine Überlegung. Sie wollte im Schuppen auf ihn warten und ihn überraschen, sofern er Miriam nicht als Geisel bei sich führte, was sie eher ausschloss. Mit einem kleinen Mädchen auf einem Motorrad zu flüchten, erschien ihr als sehr schwierig. Er hielt sie wenn, hier weiterhin fest oder hatte sie schon anderswo versteckt. Mit dem Rücken an der Wand gepresst, tastete sich Tanja bis zum Schuppen vor. Langsam schob sie die Tür auf, testete sie vorsichtig an, ob sie nicht ein verräterisches Quietsch-Geräusch erzeugte. Sie blieb stumm, und so quetschte sie sich an der Tür vorbei und nutzte sie als Sichtschutz. Sie keuchte vor Erregung, was ihre Wachsamkeit aber nicht beeinträchtigte, und dank ihrer Aufmerksamkeit hörte sie, wie plötzlich eine Tür hinter ihr knarrte. Hastig wandte sie sich um, aber in dem Moment wurde sie schon von einem bulligen Mann gepackt. Verdammt, sie hatte die Tür, die ins Haus führte, übersehen. Mit Wucht wurde sie von dem großen Mann gegen ein Regal gepresst. Sie spürte wie die kräftigen Finger des Mannes ihr Gelenk umklammerten, in der sie ihre Waffe hielt. Kräftig schlug er ihre Hand gegen einen Pfosten des Regals, worauf ihre Waffe ihren Händen entflog, gleichzeitig hatte der bullige Mann den Ellenbogen seines anderen Armes gegen ihre Kehle gepresst.

»Haben Sie mich also gefunden«, sagte er bedrohlich, im französischen Akzent. Seine Stimme klang rauchig und eindringlich. Sein stark betontes »R«, ließ ihn wie einen Besessenen klingen, der zu allem entschlossen war.

Mit dem Körper an das Regal gepresst und seinem Ellenbogen an der Kehle, vermochte Tanja gar nicht antworten zu können. Sie rang nach Luft und ihr Körper schmerzte, durch den Aufprall gegen das Regal. »Mathis Collier?«, keuchte sie schwer. Aus ihrer Position konnte sie nicht genau erkennen, wer ihr gerade die Luft abschnürte.

»Ja«, hauchte er ihr bedrohlich ins Ohr.

Tanja schluckte hart, versuchte ihre Kehle geschmeidig zu halten. »Was haben Sie mit Miriam angestellt?«

Mathis lachte spöttisch. »Warum sollte ich Ihnen das erzählen? Sie arbeiten für einen Mörder.«

Langsam, ohne dass Mathis etwas bemerkte, nahm Tanja ihre linke Hand nach hinten und zog ihre zweite Waffe aus ihrem Hosenbund. »Was haben Sie jetzt mit mir vor?«, verlangte Tanja zu wissen. Sie versuchte ihn abzulenken, auch hatte er seinen Griff etwas gelockert und bevor er auf ihre Frage antworten konnte, drückte sie ihm den Lauf der Waffe in seine Seite. »Loslassen«, schnaufte sie schwer, »sonst drück ich ab.«

Nur ganz langsam streckte der Mann seine Arme aus und zog seinen Körper zurück. Für Tanja noch lange keine Entwarnung. Mit einem kräftigen Stoß mit ihrer Schulter gegen seine Brust, stieß sie ihn nach hinten und verschaffte sich so den nötigen Abstand.

Taumelnd, fast ergebend, fiel der Mann rückwärts gegen ein gegenüberliegendes Regal und rutschte an einem Pfosten herab. Leere Glasbehälter flogen umher, schlugen auf dem Boden ein und zerschellten. Sich an einen Regalpfosten klammernd schaute der Mann verachtend zu ihr auf.

»Na los«, forderte er sie auf, »schießen Sie doch. Valendar wird Ihnen einen Orden dafür geben.«

Nach Luft ringend schaute Tanja auf den bulligen Mann nieder, der sich langsam an einem Pfosten hochzog. »Sitzen bleiben und schön die Hände hoch nehmen!« Brüllte Tanja ihm entgegen.

»Keine Sorge, ich werde mich nicht wehren«, antwortete er friedfertig.

Unbeeindruckt zuckte Tanja mit der Waffe und bedeutete ihm mit energischem Blick, dass sie notfalls von ihr Gebrauch machte. Gefügig gehorchte er, während Tanja nach der Tür griff und sie komplett aufzog, sodass sie durch den einfallenden Lichtstrahl, sein Gesicht erkennen konnte. Es handelte sich tatsächlich um Mathis Collier.

»Sind Sie alleine?«

Er schwieg.

»Sind Sie alleine?«, fragte sie erneut, diesmal energischer.

Er schwieg.

»Mensch machen Sie die Klappe auf!«, schrie Tanja ihn an, in der Hoffnung genug Lärm produziert zu haben, dass ein möglicher Helfer sie hörte und Mathis zu Hilfe eilte. Aber nichts dergleichen tat sich. »Wo ist Miriam?«, stellte sie ihm erneut diese Frage und verpasste ihm einen heftigen Tritt gegen sein Schienbein. Sie mochte gar nicht darüber nachdenken, was dieses Dreckschwein mit dem Mädchen angestellt hatte. »Und was haben Sie mit Irene vor?«

Mathis stöhnte nur kurz auf und lachte dann eisig. »Sie sind ja so ahnungslos«, verspottete er Tanja.

»Dann klären Sie mich auf!«, schrie Tanja ihn an. Sie musste an Miriam denken. Der Gedanke an ihr Schicksal löste ein großes Hassgefühl gegen Mathis aus, was sie beinahe erwog, ihm ihre Waffe an den Kopf zu setzen und…? Aber das half ihr nicht weiter.

Er schüttelte ermattet seinen Kopf. »Sie ist nicht Irene – sondern Yasmin meine Frau…«

»Ja sicher«, entgegnete Tanja, »sie ist Irene und Yasmin – sie führt ein Doppelleben und Sie….« Sie stockte, weil sie gar nicht wusste, als was sie ihn bezeichnen sollte. »Was haben Sie vor?«

»Sie können mir glauben«, antwortete Mathis ermattet, »sie sind Zwillingsschwestern.«

»Irene hat keine Schwester«, dementierte Tanja.

»Doch, doch«, antwortete Mathis Collier heiser, »sie hat Yasmin immer verschwiegen.« Kraftlos nahm Mathis seine Arme herunter und Tanja ließ ihn gewähren. Er umschlang seine angezogenen Beine und ließ seinen Kopf aufgebend auf die Knie sinken. »Es ist alles schief gegangen«, stieß er schwach aus.

Mathis Verzweiflung, falls sie echt war, ließ Tanja abermals vermuten, dass Irene untertauchen wollte. Aber was sollte jetzt die Zwillingsschwester? Verwirrt schaute sie auf ihn nieder. »Was ist schief gegangen?«, verlangte sie zu wissen.

»Sie haben die Rollen getauscht«, wimmerte er in seine abgelegten Armen, »Irene wollte untertauchen.«

Tanja lachte kurz auf, als ihre Vermutung Bestätigung fand.

Mathis schaute zu Tanja auf und nickte müde. »Yasmin wollte ihr einen Vorsprung verschaffen und ist in ihre Person geschlüpft.«

Verunsichert kniff Tanja ihre Augen zusammen. »Warum wollte sie untertauchen?«, wollte sie wissen.

»Sie hat Angst vor Bill. Sie ist überzeugt, er hat seinen Bruder umgebracht. Und sie glaubt, dass er sie auch töten will, wegen dem Sorgerecht.« Nachdenklich trat Tanja einen Schritt zurück und ließ sich mit ihrem Po gegen ein Regal fallen. War Bill Valendar wirklich ein Mörder, wie sie selber auch schon in Betracht gezogen hatte, und gab es diese Yasmin tatsächlich? Oder versuchte Mathis nur ihr Vertrauen zu gewinnen, um sie am Ende zu überwältigen, damit er seinen teuflischen Plan fortsetzen konnte? »Das klingt alles sehr unglaubwürdig. Können Sie beweisen, dass es Yasmin und Irene wirklich gibt?«

»Im Haus habe ich Kinderfotos von ihnen…«

»Kinderfotos«, stieß Tanja abfällig aus. Was sollten die schon beweisen? Er konnte ihr alles Mögliche an Kinderfotos unterjubeln.

»Sehen Sie, mir wird niemand glauben – also, warum sollte ich jetzt Erklärungen abgeben.« Er streckte ihr seine Hände entgegen. »Fesseln Sie mich und übergeben Sie mich der Polizei.« Niedergeschlagen ließ er seinen Kopf auf die Knie sinken. »Ich habe alles verloren«, sagte er aufgebend.

Skeptisch schaute Tanja auf den bulligen Mann nieder. »Wenn es Yasmin wirklich gibt, dann sagen Sie mir wo Irene und Miriam stecken?«

Schwerfällig schüttelte Mathis seinen Kopf, ohne ihn anzuheben. »Abgetaucht. Und nur Yasmin weiß wo sie sind – aber es geht ihnen gut.«

Eine ziemlich unbefriedigende Antwort. Er wusste nicht wo sie steckten. Woher wollte er wissen, dass es ihnen gut ging? Tanja musste handeln. Nur, in welcher Richtung? Sie wusste nicht einmal, wem sie Glauben schenken sollte. Wer war hier nun Opfer und wer Täter? Um das herauszufinden, musste sie Mathis zunächst aus der Schusslinie schaffen. Wenn er erst einmal in die Fänge der Polizei geriet, würde es schwierig werden die wahren Begebenheiten und Hintergründe zu recherchieren, die Bill überführten und Irene nicht als Betrügerin darstellten, sofern Mathis' Auslegungen überhaupt der Wahrheit entsprachen. Dazu gab es für sie nur eine Möglichkeit. Mut zum Risiko.

Mit einer gesunden Portion Misstrauen, steckte Tanja ihre Waffe in den Hosenbund und las ihre Magnum auf, die Mathis ihr aus der Hand geschlagen hatte, schritt auf ihn zu und zog ihn am Arm hoch. »Kommen Sie, wir müssen hier weg.«

Trotzig schüttelte er seinen Kopf.

»Los!«, schimpfte Tanja energisch, »Sie müssen mir schon helfen, wenn ich Ihnen helfen soll.«

*

Auf dem Weg zurück ins Rheinland legte Tanja auf einem Parkplatz an der Autobahn einen Stopp ein. Ihr fluchtartiges Aufbrechen ließ keine Gelegenheit zu, dass Mathis die genauen Zusammenhänge des Verschwindens von Miriam erläutern konnte. Da Tanja das

Zeitfenster nicht abwägen konnte, wie lange der behördliche Weg andauerte, dass die deutsche Polizei ihre Fahndung zu ihren französischen Kollegen ausweitete, handelte sie sehr schnell, um sich einen Vorsprung zu erarbeiten. Das Nötigste für ein paar Übernachtungen hatte Mathis nur eingepackt und sein PC-Tablett, mit vielen privaten Erinnerungen, die ihn mit Yasmin verbanden. Mittlerweile schenkte sie Mathis auch Vertrauen. Bisher unternahm er nicht den geringsten Versuch sie zu überwältigen und diese Kinderfotos, die er erwähnte, existierten tatsächlich. Ob es sich dabei wirklich um Irene und Yasmin handelte, vermochte Tanja allerdings nicht zu bestimmen

Nun saßen sie an einem steinernen Tisch, auf ungemütlichen Holzbänken. An einer nahegelegenen kleinen Raststätte hatte Tanja zwei Becher Kaffee besorgt. Eine Situation die zwischen Romantik und Road-Szenerie schwankte. Die vorbeidonnernden Fahrzeuge, darunter viele LKW's, ließen allerdings wenig romantische Gefühle aufkommen, anders, wenn man den Blick Richtung Wald schwenkte und das Dröhnen der LKWs ausblendete. Das juckte Tanja im Moment allerdings reichlich wenig. Sie forderte nun von Mathis bedingungslose Aufklärung. Grübelnd und mit seinen Fingern spielend überdachte Mathis die vergangenen Ereignisse. Sein Körper bebte. Die letzten Ereignisse hatte er noch nicht verdaut und er wusste nicht einmal wo er mit seinen Erklärungen anfangen sollte. Um Tanja die genauen Zusammenhänge und Beweggründe zu erläutern führte er sie tief in die Vergangenheit von Irene und Yasmin zurück.

Yasmins und Irenes Leben wurde nicht gerade vom Glück bedacht. Der frühe Tod der Eltern trennte die beiden Mädchen. Da es in Deutschland keine Verwandten gab, wurde Irene bei den Franziskanerinnen in Kiel ins Waisenhaus gesteckt, während Yasmin nach vorübergehendem Aufenthalt adoptiert wurde und von da an Bechter hieß. Dennoch behielten sie den Kontakt. Sie besuchten dieselbe Schule, was die Mädchen schon damals zu einem Spiel verleitete. Öfters tauschten sie die Rollen, das war sehr einfach. Yasmin und Irene glichen sich wie ein Korb mit Eiern. Ihre wahren Eltern griffen deshalb schon in ihrem Babyalter zu einem Trick. Yasmin bekam eine winzige Tätowierung hinters linke Ohr verpasst, um sie auseinanderzuhalten. Außer Yasmin und Irene wusste nur Mathis davon. Das Glück, welches sich Irene und Yasmin teilten, hielt nicht sehr lange an. Yasmins Adoptiveltern starben beide kurz hintereinander und so wurde sie weitergereicht und musste zu einer Schwester ihrer Adoptiveltern ziehen, die in der Pfalz lebte. Trotz der Trennung verloren die beiden Mädchen nie den Kontakt. Yasmin schlug, wie ihre Schwester, eine journalistische Laufbahn ein. Sie waren sich auch charakterlich sehr ähnlich. Bei Recherchearbeiten wurde Irene im Internet auf Bills Kontaktanzeige aufmerksam. In ihrer Neugier antwortete sie ihm, sie trafen sich und wurden ein Paar. Für Irene die Erfüllung ihres Lebens. Trotz der Warnungen ihrer Schwester folgte sie Bill in den Westerwald. Nicht aus Liebe, mehr diese Chance zu nutzen, ein luxuriöses Leben zu führen, darüber hinaus liebte sie Pferde über alles. Sie hatte sich aber nichts vorgemacht, sie wusste, dass es nicht von Dauer sein würde. Auf Yasmins Flehen hin, verschwieg Irene ihre Zwillingsschwester und gab Bill vor, in einem Gemeindewaisenhaus aufgewachsen zu sein, das vor knapp 10 Jahren völlig abgebrannt war und es keinerlei Nachweis mehr über ihren Verbleib dort gäbe. Anfangs konnte Irene Yasmins Panik gar nicht verstehen. Bill bot ihr alles, darüber hinaus wurde sie mit einem Ehevertrag rundherum abgesichert. Zur Hochzeit gab es von seinen Eltern 10 oz in Gold, weitere standen ihr als Abfindung zu, wenn es zur Scheidung kam. Das Sorgerecht bekam Irene von vornherein zugesprochen, weil testamentarisch Miriam als Erbin feststand, sofern keine weiteren Nachkommen in die Welt gesetzt wurden. Für Irene folgte eine glückliche Zeit. Sie genoss in der Gesellschaft einen hohen Status und konnte zudem ihrem Job weiter nachgehen, der ihr nach wie vor viel Freude bereitete. Irene und Yasmin trafen sich regelmäßig heimlich. Für ihre Treffen wählte Irene immer einen neuen Ort aus und gab Bill vor, für eine Reportage Fotos zu schießen von alten Städten. Sie ließ dabei immer äußerste Vorsicht walten. Ihre Sicherheitsvorkehrungen erwiesen sich als unnötig. Bill interessierte gar nicht, was Irene trieb. Er war offensichtlich froh, wenn sie das Haus verließ. Für ihn gab es ja auch keinen Grund zur Beunruhigung. Es war ja testamentarisch alles geregelt. Als Bill dann das Generalerbe antrat und feststellen musste, dass Peter schon das Nachbargrundstück besaß, entwickelte er Hass gegen seinen Bruder, der mit Genugtuung auch noch eine lange Zeit in Bills Haus wohnte, weil sein Haus modernisiert wurde. Dann wurde Irene plötzlich von einem Stalker bedrängt. Dieses Ende war Tanja noch in bester Erinnerung.

Mit zittrigen Händen führte Mathis seinen Becher Kaffee zum Mund. »Peter war nicht der Täter.«

Bedacht nickte Tanja. Diese These hatte sie ja auch schon bereits aufgelegt, jetzt erhielt sie Bestätigung. »Bill hatte es fingiert, um Peter aus dem Weg zu räumen«, murmelte sie nachdenklich und fixierte dabei abwesend ihren Kaffeebecher.

Mathis nickte. »Er hat Peter in sein altes Jugendzimmer gesperrt – Irene hatte gesehen, wie Bill dann in sein Schlafzimmer ging, wenig später hörte sie Geräusche an der Tür zu Peters Zimmer. Dann kam Bill wieder aus seinem Zimmer raus. Er war außer Atem.«

In Gedanken rief sich Tanja die obere Etage des Blockhauses in Erinnerung. An eine Zwischentür zu den Zimmern von Bill und Peter konnte sie sich nicht erinnern. Also musste Bill den Weg über den Sims außen herum gewählt haben. Wenn er die Tat geplant hatte, hatte er mit Sicherheit Haken an der Balkenkonstruktion seines Hauses befestigt, um sich an das nebenan liegende Fenster zu hangeln. Ein Unterfangen, das ihm am Ende keinen Nutzen einbrachte. Das Erbe lag für zwei Jahre auf Eis, laut Miss Livingtons

Erklärung, und dann erbte auch noch ausgerechnet seine Tochter alles und Bill wurde von seiner Frau abhängig.

Mathis führte seine Erläuterungen fort. »Irene hat immer geschwiegen, aus Angst, weil sie nicht wusste, wie sie es beweisen sollte. Sie hat es bei ihm nicht mehr ausgehalten und hat vor einem halben Jahr Bill um die Scheidung gebeten; als dann das Testament veröffentlicht wurde, brach Bill in Panik aus.«

»Hat er Irene gedroht?«, fragte Tanja nach.

»Nicht direkt, aber er hat schon deutlich gemacht, dass er das Sorgerecht möchte. Irene wusste, wenn sie die Zustimmung gibt, ist sie ganz raus. Bill spielte den Verständnisvollen, doch dann wollte er plötzlich diesen Bericht für die Zeitung haben, da wurde Irene misstrauisch. Als sie zum ersten Mal die Baustelle besichtigt hatte, wurde sie von einem bedrohlichem Gefühl befallen. Sie fürchtete, dass Bill sie einzementieren wollte.«

»Und dann hat Irene einen Plan entwickelt. Rollentausch«, sinnierte Tanja laut und musste mit ansehen, wie Mathis nickend über dem Tisch zusammenbrach. Er richtete sich wieder auf und wischte sich mit dem Handrücken eine Träne aus dem Augenwinkel.

»Ja, so wie sie es als Kinder schon gemacht hatten. Irene hat sich die Haare wie Yasmin geschnitten und Yasmin hat angefangen, sich wie Irene zu benehmen. Den Nachbarn sollte nichts auffallen. Es sollte alles so sein wie gewohnt. Dann haben sie letzten Freitag die Rollen und Autos getauscht, irgendwo, ich weiß nicht... Irene ist mit Miriam in Yasmins Wagen weggefahren.« Er schaute sie ratlos an. »Ich weiß nicht wohin«, beteuerte er und fuhr fort, nach dem Tanja gläubig nickte, »Irene hat am Freitag sogar noch mit Bill telefoniert und den Termin bestätigt, dabei war sie schon längst auf dem Weg... Sie hat alles was sie verraten kann mitgenommen.« Er musste eine Pause einlegen. »Yasmin ist dann mit Irenes Wagen wie gewohnt zu Irenes Haus gefahren. Die Leute sollten glauben, Miriam ist bei ihrem Vater, dann wollte sie Montag zur Ranch fahren, aber sie wollte in Wirklichkeit das Auto im Wald abstellen und zu mir umsteigen, aber sie ist nicht gekommen.« Er stockte schon wieder, rang nach Fassung. »Es sollte so aussehen, als sei sie und Miriam überfallen worden und verschleppt.«

»Der Unfall ist dazwischen gekommen«, warf Tanja ein. Nachdenklich rieb sie sich die Stirn. Kein Wunder dass Irenes Erinnerungen nicht wieder einsetzten, sie war nicht Irene. Was für eine Idee. Abtauchen und mit einem Koffer voll Gold ein neues Leben beginnen.

Verzweifelt nickte Mathis bestätigend. »Um zu erfahren, was passiert ist«, fuhr er fort, »bin ich zur Ranch gefahren und habe die Polizei gesehen – später bin ich dann Bill gefolgt und habe so erfahren, dass Yasmin im Krankenhaus ist. Ich habe versucht Yasmin aus dem Krankenhaus zu holen, aber sie wurde zu gut bewacht, also habe ich das Krankenhaus bewacht und bin Ihnen und Yasmin dann gefolgt. Ich wusste nicht was los war. Dann habe ich mich im Garten versteckt, aber Sie haben mich entdeckt.«

Tanja stellte sich eine Frage. »Sie besitzen einen Schlüssel vom Haus.«

Geständig nickte Mathis. »Yasmin hatte einen Schlüssel vom Haus, an ihrem Schlüsselbund. Sie hat mir ihre Schlüssel gegeben – sie wollte nichts Privates bei sich haben, als sie am Montag aus dem Haus ist – sie war immer so vorsichtig. Am Wagenschlüssel, war noch ein Schlüssel von Irenes Haus.«

Bedächtig nickte Tanja und hörte Mathis weiter aufmerksam zu.

»Und als ich Yasmin aus dem Haus holen wollte, hat sie mich nicht erkannt – und dann war da dieser Mann.«

Eric Hopfner, der mehr aus Nächstenliebe handelte, wurde zum Störenfried.

»Wie dumm«, befand Mathis und wirkte über sein törichtes Verhalten sehr verzweifelt, »ich habe meinen besten Freund mit reingezogen, er hat gar keine Ahnung, um was es geht.«

Tanja entfuhr, trotz aller Anspannung, ein Lächeln. »Nicht nur«, bemerkte sie ironisch, »und Tante Elly.« Sie wurde wieder ernst. Was sie jetzt brauchte waren keine coolen Sprüche, sondern einen Masterplan, der Mathis' Unschuld bewies, Yasmins Gedächtnis aktivierte und Bill Valendar überführte. Wenn das nicht gelang, musste sich Irene als Hochstaplerin verantworten, welches für sie die Aberkennung des Sorgerechtes bedeuten konnte, somit wäre für Bill das Ziel erreicht und musste dazu Irene nicht einmal töten und entging somit auch der gerechten Strafe, dem Mord an seinem Bruder. Bei Tanja stieg unermesslicher Hass auf, was sie hochfahren ließ. Fieberhaft lief sie ein paar Schritte auf und ab und suchte nach einer Lösung, wie sie Bill eine Falle stellen konnte. Nicht schon wieder wollte sie als unfähig von seinem Hof gejagt werden. Was aber tun?

*

Nach Tanjas Nachricht stand Eric in ständigem Kontakt zu seinen Kollegen in Neuwied. Fellner war schon völlig entnervt. Diese ständigen hin und zurück Telefonate schlugen ihm aufs Gemüt, weil er um seinen pünktlichen Dienstschluss bangte. Plötzlich wurde er Zeuge, wie Eric niedergedrückt das Diensttelefon in die Halterung der Mittelkonsole ablegte und nachdenklich dreinschaute.

»Was ist passiert?«

»Mathis Collier ist flüchtig.« Einen Moment lang zögerte Eric noch, dann zog er sein Handy hervor und kontaktierte Tanja.

Laut fluchend vernahm Tanja den Klingelton ihres Handys, das in der Mittelkonsole lag. Ein sehnsüchtiger Blick auf ihre Armatur folgte. Sie musste sich dringend darum kümmern, dass die Halterung der Freisprechanlage wieder montiert wurde. Und nur um auszuschließen keinen wichtigen Anruf zu verpassen, griff sie nach dem elektronischen Gerät und erblickte Erics Nummer auf dem

Display. Mit einem Schmunzeln nahm sie das Gespräch an. »Bartoli.«

»Eric hier – schlechte Nachricht«, verkündete er.

Bei schlechter Nachricht ahnte Tanja bereits seine Mitteilung. »Lass mich raten, Collier ist euch entwischt«, züngelte sie bissig und grinste dabei unverschämt gut gelaunt.

»Ja«, entgegnete Eric gereizt, »er ist auch nicht Zuhause, die Kollegen aus Frankreich waren bereits dort.«

Tanja entfuhr ein anerkennendes Pfeifen. »Wow«, spöttelte sie, »ihr seid ja echt schnell.«

»Ja«, antwortete Eric, wobei er etwas Stolz mitschwingen ließ, »hat aber leider nichts genutzt.«

»Nu rotz dir mal nicht die Uniform voll«, legte Tanja im spöttischen Ton nach, »er sitzt neben mir.«

Zunächst Stille.

»Was?«

»Hör zu«, erbat sich Tanja Gehör, »er ist unschuldig – wir jagen den Falschen.«

»Tanja, ich versteh kein Wort, was meinst du damit?«

»Das dauert jetzt zu lange, ich brauche deine Unterstützung, wir treffen uns in zirka zwei Stunden auf der Ranch. Ich erkläre dir dann alles. Und bitte, kein Wort zu irgendjemand.«

»Tanja!«, rief Eric ungeduldig, »was ist bei dir los?«

»Später«, würgte sie ihn ab, »du, ich bin gerade im Überholvorgang auf der Autobahn, einhändig, ist schlecht gerade…«

Sofort drückte Eric das Gespräch weg. Die Frau war irre.

Schmunzelnd warf Tanja ihr Handy in die Mittelkonsole zurück und schaute Mathis kurz von der Seite an, dann legte sie den zweiten Gang ein und drückte aufs Gas, lenkte den Wagen auf den Beschleunigungsstreifen des Parkplatzes und trat das Gas tief durch.

*

Nicht nur von Neugier getrieben, sondern auch von Besorgnis, ließ Eric nach Dienstschluss keine unnötige Zeit verstreichen und fuhr, nachdem er sich seine Uniform regelrecht vom Leib gerissen hatte, zur Ranch. Als er das Anwesen befuhr konnte er Tanjas Wagen schon von weitem erkennen. Er stellte seinen Wagen gleich daneben ab, stieg eilig aus und sprang die Stufen der Veranda hinauf und hatte fast im selben Moment schon die Türglocke betätigt.

»Hallo Miss Livington«, schleuderte er ihr entgegen, als sie ihm öffnete, »wo ist Tanja?«

»Oben, in ihrem Zimmer.« Sie hatte den Satz noch nicht ausgesprochen, da war Eric schon an ihr vorbei geeilt und bezwang die Treppe jeweils mit zwei Stufen gleichzeitig. Suchend schaute er dann durch den Flur der oberen Etage.

»Tanja?«, rief er, weil er nicht einmal wusste, hinter welcher Tür sie sich befand.

»Hier!«, hörte er sie rufen und konnte mit seinem geschulten Gehör ihre Position schnell lokalisieren. Hastig riss er die Tür auf und stand in ihrem Zimmer, ebenso schnell hatte er sie wieder zugeworfen. Tanja stand direkt vor ihm, was ihn gleich beflügelte auf sie einzuschimpfen.

»Sag mal, was soll das eigentlich?« Erregt und mit hochgezogenen Schultern stand er vorwurfsvoll vor ihr.

Beschwichtigend erhob Tanja ihre Hände. »Ruhig«, mahnte sie ihn, doch Eric dachte gar nicht daran, sich zu beruhigen. Er hasste Einzelaktionen und mangelnde Informationen.

»Ich will jetzt…«

Wie eine Raubkatze sprang Tanja den aufgebrachten Polizisten an und klebte sogleich an seinen Lippen.

Angenehm überrascht ging Eric auf ihrem Überfall ähnliche Attacke gleich ein und küsste sie innig. Um das von ihm haben zu wollen, hätte sie nicht diese Ausrede erfinden müssen. Erregt saugte er sich an ihren Lippen fest und fingerte gleichzeitig an seiner Gürtelschnalle herum und ließ seine Hose auf Kniehöhe herabrutschen, während Tanja sich zu seinem Ohr heran nagte.

»Was ist nur los mit dir?«, keuchte er erregt und schmatzte ihren Hals ab.

Hier war nun ein Punkt erreicht, wo Tanja einschreiten musste, bevor er sie aufs Bett warf. »Die Wände könnten Ohren und Augen haben«, flüsterte sie ihm warnend ins Ohr.

Erstarrt vor Schreck, aber den Wink verstanden, biss er leicht in Tanjas Hals, was sie kurz aufschreien ließ. In dem Moment zogen sich vor Scham nicht nur seine Eingeweide zusammen. Seine Hoden samt Penis hatten sich bis in seine Bauchhöhle verkrochen.

Vorwurfsvoll schaute Tanja ihn an und fasste an die Bissstelle. »Willst du mich verspeisen?«

Peinlich berührt schüttelte Eric den Kopf und schaute langsam an seinem Körper hinab, bis hin zu seiner herabgelassenen Jeans. »Du hast damit angefangen«, antwortete er und versuchte dabei locker zu wirken.

Gespielt bedauernd tätschelte Tanja seine Wange. »Ich weiß mein Schatz«, spielte sie überzeugt die Liebhaberin, »sorry, aber ich war so ausgehungert.« Sie drückte ihm zum Trost einen Kuss auf. »Aber ich bin gerade dabei auszuziehen, wir werden das verschieben müssen.«

Mit gequälter Lässigkeit zuckte Eric mit der Schulter. »Na dann, freue ich mich doch schon auf Zuhause.«

Ganz der Kavalier trug Eric Tanjas Tasche die Treppe hinunter. Vor Bills Büro stoppte sie ab und klopfte, aber sie erhielt keine Aufforderung einzutreten.

»Herr Valendar?«, rief Tanja.

»Ja«, hörte sie plötzlich seine Stimme aus dem Hinterhalt, was sie aufschrecken ließ. Bill stand in der Tür zum Esszimmer, neben ihm Offerfeld, der sie mit selbstgefälligem Blick abschätzte.

Scheinbar freundlich schlenderte Tanja auf die Männer zu, obwohl sie Offerfeld am liebsten eine reingehauen hätte. »Ich wollte mich nur verabschieden.« Höflich schüttelte sie Bills Hand.

»Sie halten mich auf dem Laufenden«, stellte er eine Forderung.

»Das hatte ich Ihnen doch zugesagt«, konterte Tanja freundlich und legte eine besorgte Miene auf, »ich wünschte, ich hätte mehr für Sie und Irene tun können. Schade, dass wir ihn nicht erwischt haben. Hoffentlich kann Dr. Fries wenigstens Irene helfen.« Offerfeld ignorierte sie.

Aufmerksam lauschte Eric dem Gespräch, das er nicht ganz zu deuten wusste. Durch die Panik aufgerüttelt, dass wahrscheinlich die Zimmer überwacht wurden, konnte er zuvor keinerlei genauere Erklärung von Tanja erfahren und so hielt er mit einem Kommentar zurück, gab jedoch eine Info ab, die Bill womöglich erwartete. »Wir haben Mathis Collier zur Fahndung ausgeschrieben, die Kollegen in Frankreich sind auch alarmiert«, erklärte er und nickte dabei zuversichtlich, »wirklich Schade, dass wir ihn nicht erwischt haben«, wiederholte er bedauernd Tanjas Ausführungen, wobei er beinahe an diesem verlogenen Satz erstickt wäre. Wie schaffte Tanja das nur, ihren Auftraggeber so kaltschnäuzig anzulügen? Schließlich wurde sie von ihm bezahlt.

Niedergedrückt nickte Bill und schaute Tanja an. »Ja ich weiß, ich stehe in engem Kontakt mit Hauptkommissar Dümmel. Hoffentlich behalten Sie Recht und Irene hat unsere Tochter in Sicherheit gebracht.«

»Ich bin mir ziemlich sicher«, sagte Tanja überzeugt und das konnte sie ja nun auch sein.

»Sie haben gute Arbeit geleistet«, lobte Bill Tanjas Dienste und presste besorgt seine Lippen zusammen, in seinem Gesicht konnte man seine Anspannung ablesen.

Sein Lob legte sich wie Balsam über Tanjas Seele und seinen Kummer stufte sie als echt ein. Wenn er nur annähernd geahnt hätte, was wirklich dahinter steckte. Sie genoss den Augenblick, ihm einen Schritt voraus geeilt zu sein, und ihr Herz stieß dabei einen freudigen Impuls aus, aber nur kurz, denn gewonnen war noch nichts. Es durfte nur eine Frage der Zeit sein, dass Dr. Fries Yasmins Gedächtnis wieder hergestellt hatte, schließlich gab Tanja ihr dazu die nötigen Informationen, wie und wo sie ihre Therapie ansetzen musste, und der ganze Schwindel flog auf. Sie musste also schnell handeln und dringend das Gespräch mit Dr. Fries suchen, um sie einzuweihen.

Als Tanja gemeinsam mit Eric das Haus verließ, stieß Bill seinen Angestellten an.

»Fahr ihr nach, ich will wissen wo sie hinfährt.«

»Glaubst du, sie spielt falsch?«

»Möglich. Bartoli erzählt mir nicht immer alles und ihr plötzliches Aufbrechen erscheint mir komisch.«

Verständnislos schaute Offerfeld seinen Chef an. »Warum hast du sie wieder ins Haus geholt, wenn du ihr nicht traust?«

»Na ja, immerhin hat sie einen wichtigen Teil zur Lösung beigetragen.« Er schaute seinen Mitarbeiter scharf an und kam auf seinen Befehl zurück. »Unauffällig, und lass dich nicht wieder abhängen.«

Das erschien Offerfeld fast unmöglich. Tanja durfte man nicht den geringsten Sicherheitsabstand gewähren. »Das wird schwierig«, warf er zu seiner Verteidigung ein, »die fährt wie eine Irre.«

Bill gab Offerfeld einen Stoß. »Mach schon!«

Innerlich unruhig begleitete Eric Tanja zu ihrem Wagen. »Könntest du mich jetzt mal bitte aufklären, was hier los ist?«, forderte er nachdrücklich Auskunft zu erhalten, »und wo steckt Collier?« Bang fuchtelte er mit den Händen umher. »Und wieso ziehst du aus. Bist du jetzt raus aus dem Fall?«

Mit einem überlegenden Lächeln öffnete Tanja den Kofferraum und ließ Eric ihre Tasche hineinstellen. »Nein. Ich bin noch im Geschäft. Ich lasse mich nur nicht gerne beobachten, und da ich Bill hier ohnehin nicht helfen kann, habe ich gebeten ausziehen zu dürfen.«

»Dann hat Valendar wirklich Kameras installiert?«

»Ich muss davon ausgehen.« Unschlüssig schob Tanja ihre Schulter hoch. »Valendar ist sehr misstrauisch, und daher sollten wir sehr vorsichtig sein.« Sie warf einen kurzen Blick über Erics Schulter zum Haus und beobachtete, wie Offerfeld die Veranda betrat. »Da ist schon sein Wachhund«, bemerkte sie abfällig und warf gleich einen Einwand ein, als Eric einen Blick über seine Schulter wagen wollte, »nicht gucken.«

Offerfeld stellte sich ans Geländer und zog eine Zigarre aus seiner Hemdtasche heraus, klemmte sie zwischen seinem Mundwinkel und zündete sie an. Dann stieg er die Stufen hinunter und wanderte zu dem kleinen Jeep, der vor dem Haus stand, stieg ein und fuhr ab Richtung Ausfahrt.

Mit einem bedrohlichen Gefühl im Nacken, folgte Eric ihrem Rat. »Dann arbeitest du jetzt gegen Valendar?«

Tanja blickte Offerfeld aus den Augenwinkeln nach. »Sozusagen. Und wenn du Mathis Colliers Geschichte erfährst, wirst du auch verstehen warum.« Sie erntete einen verständnislosen Blick. »Ich brauche deine Hilfe«, flehte sie und schaute ihn inständig an.

Mit sich ringend grübelte Eric. »Du weißt schon, dass ich mich strafbar mache?«, ereiferte er sich, »du gewährst einem Flüchtigen Unterschlupf. Ich dürfte es nicht einmal wissen«, belehrte er sie. Aber was redete er auf sie ein, das wusste sie selbst am besten.

Tanja nickte. »Wenn es hart auf hart kommt, halte ich dich aus der Sache raus – Ehrenwort.«

Auf ihr Ehrenwort konnte Eric getrost pfeifen, dass würde die Staatsanwaltschaft wenig interessieren. Aber da er ohnehin schon tief mit drin steckte, vertraute er auf die Kollegen aus NRW, die Tanja Bartoli als absolut fähig einstuften und ihre Mitarbeit schätzten. So hoffte er, dass der Polizeipräsident Nachsicht walten ließ, sollte man ihm Mitwisserschaft vorwerfen. Ergebend und leicht erregt stieß Eric Luft aus. »Okay, ich helfe dir.«

Zufrieden lächelte Tanja. »Danke. Wir sollten sehen, dass wir jetzt den Abflug machen. Offerfeld wartet schon auf seinen Einsatz.«

»Glaubst du, er verfolgt uns?«

»Möglich«, antwortete sie unsicher, »darum sollten wir vorsichtig sein.«

Um Offerfeld auf eine falsche Fährte zu führen, folgte Tanja dem Schmalspurpolizisten in ein italienisches Restaurant, gleich an der Wied. Und wie erwartet, klebte Offerfeld an ihren Versen. Dieses Mal fuhr er mit einem Sportwagen, den er noch schnell gegen den Jeep getauscht hatte. Er glaubte wohl, dass er mit diesem Wagen mehr Chancen besaß, an ihr dran zu bleiben. Was für ein Idiot, dachte Tanja und musste schmunzeln, als er ihr sprichwörtlich am Heck klebte. Jetzt hätte ein Fahrrad ausgereicht, um ihr zu folgen.

Als sie ihren Wagen vor dem italienischen Restaurant, neben Erics abstellte, kam Eric gleich auf ihren Wagen zu und öffnete ihr hilfsbereit die Tür. Beim Aussteigen gab Tanja ihm einen kleinen Kuss. Eng umschlungen schlenderten sie dann gemeinsam ins Restaurant.

Offerfeld war klug genug ihnen nicht auf den Parkplatz zu folgen. Stattdessen kontaktierte er Bill, um neue Anweisungen einzuholen. »Offerfeld hier. Die Beiden gehen wohl eine Runde kuscheln.«

»Dann habe ich das doch richtig gedeutet«, sagte Bill selbstsicher. »Komm zurück«, befahl er dann.

Wie für ein verliebtes Paar wählte Eric einen intimen Zweiertisch in einer versteckten Nische. Für Tanja einen Tick zu intim, zumal sie sehr wohl gemerkt hatte, dass Offerfeld seine Observierung abgebrochen hatte. Und dennoch spielte sie mit, um Eric noch ein wenig zu provozieren, bevor sie ihm die Keule verpasste. Sie lächelte freundlich zurück als er über den Tisch langte und nach ihrer Hand fasste. Sanft fuhr er mit seinem Zeigefinger über ihren Handrücken.

Nun war für sie der Zeitpunkt gekommen den lüsternen Dorfpolizisten wieder ins wahre Leben zurückzuholen. Abrupt zog Tanja ihre Hand weg und kreuzte ihre Finger. »Du kannst dir die Mühe sparen, unser Verfolger hat aufgegeben.«

»Das mach ich doch nicht deswegen«, hauchte er ihr zart entgegen, wenn du nur annähernd wüsstest, was sich im Moment in meiner Hose abspielt…«

Vorsichtig um sich schauend vergewisserte sich Tanja, dass sie nicht doch beobachtet wurden und legte zum Gegenschlag an. »Wir sollten uns um ein Quartier für Collier kümmern.«

»Oh«, jammerte Eric, »Stimmungskiller.« Sogleich war er aber wieder bei der Sache. »Wo hast du ihn versteckt?«

Tanja lächelte zufrieden. So mochte sie Eric, wenn er ernst wurde. »In einer kleinen Gaststätte »Zum Krug«, erklärte sie und bekam von Eric sofort einen vorwurfsvollen Blick zugeworfen.

Angewidert knurrte Eric. »Wie kannst du nur? Das ist eine alte Kaschemme.«

»Na entschuldige mal«, wies Tanja seinen Vorwurf zurück, »ich konnte auf die Schnelle keinen renommierten Club finden.« Sie gestikulierte wild mit ihren Händen. »Und irgendwo musste ich ihn ja zwischenlagern.«

»Na gut«, verzieh er ihr, konnte aber mit einem Kopfschütteln nicht zurückhalten und fingerte sein Handy aus seiner Jeansjacke, die er über seinen Stuhl gehängt hatte, »ich rufe meine Schwester an, die kann ihn da rausholen und bei uns unterbringen.«

Hellhörig streckte Tanja ein Ohr in seine Richtung. »Und wo ist – bei uns?«

»Bei meinen Eltern. Die haben einen Bauernhof, mit einer kleinen Pension. Ich wohne auch dort.«

»Du lebst im Hotel Mama?« Sie klang etwas geringschätzig und erntete dafür einen strengen Blick, den Eric aber nicht begründete, weil Tanja sogleich einhielt, weil sie eingestehen musste, dass ihr diese Beurteilung nicht zustand, und es vorzog mit Mathis Kontakt auszunehmen, um ihn zu informieren.

Während sie auf das Essen warteten, lieferte Tanja einen umfangreichen Bericht ab. Nach gut 20 Minuten fing bei Eric der Kopf an zu rauchen. Die Informationsflut, die ihm von Tanja um die Ohren geschmettert wurden, konnte er gar nicht so schnell aufnehmen, wie er gerne gewollt hätte.

»Du hast gute Arbeit geleistet«, lobte er und verschaffte sich mit dieser Bemerkung eine kleine Verschnaufpause, »hast du nicht Lust, bei uns anzufangen?«

»Nein danke«, lehnte Tanja schroff ab, »das wäre ja Achterbahnfahren im Schritttempo.«

Zum Glück blieb Tanja ein Protest erspart. Die Kellnerin servierte das Essen.

Nach einer Weile, Eric hatte seine Portion Carbonara fast verschlungen, kam er wieder auf den Fall zurück. Umsichtig schaute er umher und wählte einen gediegenen Ton. »Wie willst du Valendar den Mord beweisen?«

»Keine Ahnung«, antwortete Tanja und legte ihr Besteck auf dem Teller ab. Das war allerdings nur die Halbwahrheit, einen Plan besaß sie schon im Kopf, dazu brauchte sie allerdings Verbündete. »Na ja«, rückte sie schließlich heraus, »ich möchte ihm eine Falle stellen. Dafür bräuchte ich aber die Hilfe der Polizei, als Zeugen.«

»Was?« Eric war entsetzt. Als er ihr seine Hilfe zubilligte, hätte er nie an ein so blödsinniges Abenteuer gedacht. »Was hast du vor?«

»Ich bin mir noch nicht sicher – auf jeden Fall musst du Dümmel einweihen.«

Eric stieß einen entgleisten Laut aus. »Wie stellst du dir das vor? Ich mache mich bereits jetzt schon strafbar, weil ich Collier nicht verhafte, dazu kommt, wenn wir den Mord an Peter Valendar nicht beweisen können, Irene wegen Kindesentführung dran ist.«

»Ich habe nicht behauptet, dass es einfach wird. Und sieh's doch positiv – können wir den Mord nicht beweisen, hast du wenigstens Collier gefasst.«

Eric stieß einen kurzen eisigen Lacher aus. Tanjas Logik war kaum zu überbieten und sein Fang nicht gerade ruhmeswert. »Toll«, entgegnete er enttäuscht, »einen Unschuldigen.«

Tanja wusste selber, dass ein schwieriges Wagnis auf sie beide wartete und umso ausgetüftelter musste sie einen Plan entwickeln. Dabei erschien es ihr zweitrangig, ob Yasmin Collier ihr Gedächtnis wiederfand, aber auf die Unterstützung von Dr. Fries konnte sie dabei keinesfalls verzichten.

*

Tina Hopfner konnte man die Erleichterung merklich ansehen, als sie ihren Bruder hörte, wie er mit seinem Wagen vorfuhr und vor dem Haus abstellte. Tanja war ihm gefolgt. Die ganze Zeit über saß sie mit Mathis in der gemütlichen Bauernstube, die als Frühstücksraum genutzt wurde, und wartete. Immer wieder durchsuchte sie die Umgebung nach Auffälligkeiten und je mehr die Dämmerung fortschritt, stieg auch ihre Nervosität an. Eigentlich unnötig. Wer sollte denn schon erahnt haben, dass sie mit einem gesuchten Mann hier wartete? Mit ihren ständigen Kontrollgängen, hatte sie Mathis regelrecht angesteckt. Er saß auf einer Eckbank in der hintersten Ecke und zählte gedanklich die Sekunden herunter. Vor ihm stand ein Glas mit Rotwein, das ihm Tina ausgeschenkt hatte. Sie war bestrebt, dem französischen Gast alle Annehmlichkeiten zu bieten, die er von Zuhause aus kannte. Mit Froschschenkeln zum Essen konnte sie jedoch nicht dienen und so musste er Vorlieb mit einer Bauernplatte nehmen, aus eigener Hausschlachtung. Sie selber hatte die Wurst dazu hergestellt.

Tina war Metzgerin und bediente sich an der Tieraufzucht der Eltern. Fleisch und Wurstwaren aus tiergerechter Haltung standen auf ihrer Fahne geschrieben, und das hielt sie auch strikt ein. Wer Tina begegnete, würde niemals vermuten, dass sie die Kunst des Schlachtens beherrschte und Wurst drehte. Durch die harte Arbeit auf dem Bauernhof, kam sie auch wie eine Athletin daher. Groß, schlank und gut durchtrainiert.

»Na endlich«, stieß Tina entnervt aus, als ihr Bruder das Haus betrat und durch den schmalen Flur schritt. Sie schenkte ihrem Bruder wenig Aufmerksamkeit und fixierte mehr Tanja, die ihr auch gleich die Hand entgegenstreckte und bevor Eric sie vorstellen konnte, ein paar Dankesworte an sie richtete. Tanja hielt es für ihre Verpflichtung. Sie waren einander fremd und somit Tinas nette Unterstützung keine Selbstverständlichkeit.

»Wie geht es unserem Gast?«, durchbrach Eric die Begrüßungszeremonie.

»Na ja«, antwortete Tina großspurig, spielte die Lässige, »er ist frisch gewickelt, abgefüttert und fertig fürs Bett.« Sie blickte ihren Bruder plötzlich streng an. »Sag mal, wo warst du so lange?«, fuhr sie ihn erregt an, »ich hab mir fast in die Hose geschissen!«

»Wir mussten die Spuren verwischen«, erklärte Tanja und legte einen rührseligen Blick auf, um sie nachsichtig zu stimmen.

Wieder etwas beruhigt deutete Tina auf die Bauernstube. »Er wartet dort auf euch.«

Erleichtert, aber auch mit einem Schuss Bedauern atmete Mathis auf, als Eric und Tanja den Frühstücksraum betraten. Er stand sofort auf und schritt ihnen entgegen und schaute Eric reuig entgegen.

»Tut mir leid, dass ich Sie niedergeschlagen habe...«

Eric tat so, als müsse er seinen Hals einrenken. »Ist ja nichts weiter passiert.« Sein Blick wanderte dabei bedeutungsvoll zu Tanja hinüber. Sie war es, die ihn gänzlich niedergestreckt hatte. Aber darüber schwieg er sich jetzt aus.

»Gab es Probleme?«, hakte Mathis gleich nach. Ihm kam die Warterei, wie eine Ewigkeit vor.

»Wir sind verfolgt worden«, erklärte Eric, »aber wir konnten alle Spuren, die zu Ihnen führen verwischen.« Er wandte sich kurz seiner Schwester zu, die im Türrahmen stehen geblieben war. »Ich habe gehört, Sie sind gut versorgt worden.«

»Oh ja«, antwortete Mathis dankbar, wobei sein französischer Akzent charmant mitschwang, »Ihre Schwester ist sehr nett und zuvorkommend.« Bei nett und zuvorkommend musste Eric eine böse Bemerkung verschlucken. Eigentlich gehörte Tina mehr zu dem schroffen Typen Frau, aber wahrscheinlich hatte Mathis sie mit seinem französischen Charme benebelt. Wieder warf er einen kurzen Blick zur Tür, doch seine Schwester stand nicht mehr dort.

»Was werden wir jetzt machen?«, hakte Mathis ungeduldig nach, »wie kriege ich meine Frau zurück?«

Beschwichtigend erhob Tanja ihre Hände. Einen Masterplan konnte sie noch nicht präsentieren, nur ansatzweise eine Idee. »Nun«, fing sie vorsichtig an zu erklären, »ich bin mir nicht ganz schlüssig – aber ich denke, ich werde Yasmins Therapeutin mit ins Boot nehmen.« Sie grübelte. »Ich möchte Valendar eine Falle stellen.«

Aufgeregt wanderten Mathis' Augen zwischen den Beiden hin und her. »Wie soll das gehen?«

Unschlüssig zuckte Tanja mit ihren Schultern und blickte Eric bedeutsam an, der nur verdrießlich sein Kinn vorschob. Die Vorstellung, seine Kollegen einzuweihen, behagte ihm immer noch nicht. Eigentlich konnte er seinen Dienst jetzt schon freiwillig quittieren.

»Wir werden auch mit der Polizei reden müssen«, erklärte Tanja.

Verzweifelt fuhr sich Mathis über sein stoppeliges Haar. »Die werden mich einsperren.«

»Was sorgen Sie sich«, fuhr Eric dazwischen, »immerhin sind Sie im Gefängnis gut versorgt – ich werde arbeitslos sein.«

Aufmüpfig warf Tanja dem pessimistischen Polizisten einen scharfen Blick zu. »Nu hab doch mal Vertrauen. Außerdem kann ich dir einen Job in meiner Firma beschaffen.«

Vertrauen war gut, aber besser hätte Eric empfunden, sie hätte schon einen genialen Plan ausgearbeitet gehabt. »Ach ja, als Kaufhaus-Cop?«, spottete er.

*

Gemeinsam schlenderten Tanja und Eric wenig später den schmalen Gang der Pension hinunter, nachdem sie Mathis an seinem Zimmer abgesetzt hatten. Beruhigen konnten sie ihn zwar nicht, aber er vertraute.

Eric wurde in diesem Moment von ganz anderen Gedanken geplagt. Er führte seinen persönlichen Gast bis zur Treppe, die zur Lobby führte. Mit aufforderndem Blick deutete er auf eine Tür am Ende des Ganges. »Da wohne ich. Kommst du mit rein?«

»Ich glaube, es ist besser, wenn ich mein eigenes Zimmer aufsuche.«

»Ooooch«, knurrte Eric wehleidig, »lass uns doch noch gemütlich einen trinken«, schob er scheinheilig nach.

Überlegen schmunzelte Tanja. »Glaubst wohl, der Alkohol macht mich gefügig?«

»Heee«, mahnte Eric und legte unschuldsvoll seine Hand auf dem Herzen ab, »ich versuche bloß nett zu sein.«

»Okay«, schenkte sie ihm Glauben, »aber«, warnte sie, »ich bin bewaffnet.«

»Ich auch«, konterte Eric spitz und fasste sich unbemerkt kurz in den Schritt, dann führte er Tanja durch den Gang und sah sie streng von der Seite an, »weißt du eigentlich, dass du sehr unvorsichtig warst? Ist dir eigentlich klar, welcher Gefahr du dich heute ausgesetzt hast?«, spielte er sich väterlich auf.

Tanja stöhnte bloß gelangweilt.

»Mathis hätte auch panisch reagieren und Amok laufen können.«

Wie Recht er doch hatte, aber das verriet sie ihm nicht und lachte bloß über seine Besorgnis. »Weißt du, seit ich dich kenne, kann mich nichts mehr erschüttern.«

Eingeschnappt presste Eric seine Lippen zusammen, wobei ihn eine Frage beschäftigte. »Wie kommst du eigentlich zu diesem Beruf?« Für ihn war es unerklärlich, wie eine Frau sich solchen Gefahren aussetzte und das freiwillig. Als Polizist das Gesetz zu hüten, war schon mit Risiko verbunden, und als Einzelkämpfer, das stellte er sich noch schwieriger vor.

»Na ja, eigentlich hatte ich vor zur Polizei zu gehen…«

Er unterbrach sie mit einem bewundernden Pfiff.

»Aber bei dem Vorstrafenregister meiner Oma, habe ich ein Jurastudium vorgezogen, das erschien mir sinnvoller. Ich habe aber festgestellt, dass mir Paragrafen Auswendiglernen nicht lag. Das Recherchieren hinter den Fällen, begeisterte mich mehr und so bin ich Detektivin geworden.«

»Und hast eine eigene Detektei gegründet. Mit Kaufhausüberwachung und Personenschutz«, fügte er hinzu. Das wusste er von seinen Kollegen, die Tanja auf Herz und Nieren überprüft hatten.

»Stimmt«, lächelte sie milde.

»Und das Lügen, ohne rot zu werden, hast du sicher von deiner Oma geerbt.«

Tanja schüttelte den Kopf. »Nein. Ein Gendefekt«, servierte sie trocken, »mir fehlt der rote Farbstoff.« Ihr kam plötzlich eine Idee. »Ich weiß jetzt, wie ich Valendar herausfordern kann.«

Bei ihrem plötzlichen Einfall, der wohl wie aus dem Nichts geboren wurde, hätte Eric gerne gewusst, wie ihr Gehirn funktionierte, aber das würde er wohl nie erfahren. »Dann bin ich ja mal gespannt.«

*

Beinahe erschrocken wachte Tanja auf Erics Sofa auf, wohlbehütet in eine Wolldecke gewickelt. Im Liegen ließ sie schlaftrunken ihre Blicke durch sein Miniwohnzimmer schweifen und blieb schließlich an einem langstieligen Glas auf dem Tisch vor dem Sofa hängen. Das Glas Rotwein hatte sie in den Schlaf versetzt.

»Hallo, schöne Frau«, hörte sie plötzlich Erics Stimme sagen, der in der Tür zu seiner Küche stand.

Zum ersten Mal durfte sie ihn in seiner Uniform erleben. Sie warf die Decke zurück und schwang ihre Beine vom Sofa und stand auf. »Wow«, stieß sie fasziniert aus, »steht dir gut, dieser blaue Fummel.« Sie schlenderte auf ihn zu.

Er grinste sie unverschämt an. »Macht dich das an?«

»Nur wenn du mit Sahne besprüht wärst«, forderte sie ihn heraus.

Eric trat in die Küche und riss die Kühlschranktür auf zog einen länglichen Gegenstand heraus. Blitzschnell hatte er Tanja das Ding zugeworfen, den sie reflexartig auffing und eine Dose Sprühsahne in ihrer Hand hielt.

Schmunzelnd schlenzte sich Eric an ihr vorbei. »Tu dir keinen Zwang an«, flüsterte er ihr zu und wanderte ins Wohnzimmer. Er griff nach der Decke und faltete sie ordentlich zusammen und legte sie in einer Sofaecke ab. Dann griff er nach dem Kissen und beschnüffelte es. »Mhh«, stöhnte er genießerisch, »dein Parfüm turnt mich an.«

»Dann leg dir das Kissen doch ins Bett«, züngelte sie im lasziven Tonfall.

»Dann müsste ich ja jeden Abend mit einem Ständer einschlafen.«

»Dann rollst du wenigstens nicht aus dem Bett.« Nun war genug geschäkert. Tanja griff nach ihrem Handy und wählte einen Kontakt aus, den sie am gestrigen Abend noch herausgesucht hatte. Um ihr Vorhaben so schnell wie möglich umzusetzen, musste sie mit Dr. Fries reden.

Eric schaute Tanja besorgt an, als sie pflichteifrig eine Nummer heraussuchte. Ihm wurde ganz mulmig wenn er an ihr Vorhaben dachte, wobei sie auf das absolute Vertrauen auf Dr. Fries baute, das beinahe schon an einen freien Fall aus 1000 Metern Höhe grenzte, und ob seine Kollegen mitspielten, konnte er auch noch nicht garantieren.

Etwas peinlich betroffen warf Tanja einen Blick auf ihre Armbanduhr. Sonntags um diese Uhrzeit jemanden anzurufen grenzte schon an Frechheit. Aber Dr. Fries hatte erwähnt, dass sie das ganze Wochenende mit Irene verbringen würde. Also musste sie die Sache so schnell wie möglich abhandeln.

»Fries«, ertönte eine noch recht verschlafene Stimme.

»Bartoli hier«, meldete sich Tanja verzagt und erhielt ein gereiztes Stöhnen zur Antwort.

»Frau Bartoli«, entgegnete Dr. Fries leicht verärgert, »Privatsphäre kennen Sie wohl keine? Woher haben Sie diese Nummer?«

»Ich bin Detektivin«, konterte Tanja, »und es ist wirklich sehr wichtig. Ich muss Sie dringend sprechen.«

»Okay«, gewährte Dr. Fries, »Sie waren im Saarland, hat es damit zu tun?«

»Ja. Aber ich möchte Sie gerne persönlich sprechen. Es ist sehr wichtig für Irene.«

»Na schön«, billigte Dr. Fries zu, »in einer Stunde in meiner Praxis.«

Als Tanja das Gespräch beendete, schaute Eric sie wissbegierig an. »Und?«

»Sie redet mit mir.«

»Na dann, gutes Gelingen. Hoffentlich spielt sie mit.« Er schaute zur Uhr. »Wie lange wirst du brauchen?«

»Ich denke bis Mittag. Ich melde mich dann bei dir.«

Einverstanden nickte Eric, obwohl ihm Tanjas Vorhaben nicht gerade behagte, wofür er extra seinen Wochenenddienst früher antrat. Sein Blick blieb noch einen Moment an ihr haften, er wollte sich ihr Gesicht genau einprägen, für den Fall, dass er sie nie wieder sah. »Pass auf dich auf«, sagte er sanft.

*

Per Handschlag begrüßte Dr. Fries Tanja an der Tür zur Praxis und bat sie herein. Tanja stand direkt im Behandlungszimmer. Ein Voyeur gab es nicht. Sie wandte sich nach Dr. Fries um.

»Entschuldigen Sie die frühe Störung«, bat Tanja um Verzeihung.

»Schon gut. Ich muss ohnehin gleich auf die Ranch.« Mit ausgestrecktem Arm bot Dr. Fries ihr einen Platz in einer gemütlichen Sitzgruppe an, die mitten im Zimmer stand, das mehr einem aufgeräumten Wohnzimmer glich. In einer Ecke stand ein leer gefegter Schreibtisch, das einzige Möbel, was auf einen Arbeitsplatz hinwies.

Auffällig sprang Tanja die Schachtel Kleenex auf dem kleinen Tisch vor ihr, ins Auge. Durch Tanjas Blick, der eine Weile an der Schachtel hängen blieb, sah sich Dr. Fries zu einer Erklärung aufgefordert.

»Das ist mein meistgebrauchtes Arbeitsutensil.«

»Ihr Beruf scheint sehr tränenreich zu sein«, bemerkte Tanja spitz während sie sich auf einen Sessel setzte.

»Ja«, gestand Dr. Fries und setzte sich auf den anderen Sessel, »und das Schlimme für meine Patienten«, fuhr sie fort, »ich darf sie nicht trösten und kein Mitleid zeigen.«

Tanja ließ erst gar keine unnütze Zeit verstreichen und kam gleich zur Sache. »Ich habe gestern etwas herausgefunden, dass Sie überraschen wird.«

Aufmerksam legte Dr. Fries ihren Kopf schief. »Das wäre?«

»Die Frau, die Sie für Irene Valendar halten, ist in Wahrheit Irenes Zwillingsschwester Yasmin, die in Frankreich lebt.«

Ungläubig zog Dr. Fries ihre Brauen hoch. »Und das soll ich glauben?«

Überlegen schmunzelte Tanja. »Ich kann es sogar beweisen.« Sie überließ da nichts dem Zufall. Auf dem Rastplatz hatte sie bereits eine Kollegin aus der Kanzlei beauftragt dies zu recherchieren. »Ich habe es bereits nachprüfen lassen. Wenn Sie im Franziskaner Waisenhaus in Kiel anrufen, werden die Ihnen bestätigen, dass zwei Mädchen damals aufgenommen wurden.«

Wenn Dr. Fries Tanja jetzt wirklich vertrauen konnte, wurde ihr mehr als nur bewusst, warum ihre Patientin keinen Bezug zur Ranch aufbauen konnte. Grüblerisch kniff Dr. Fries ihre Augen zusammen. »Darum hat sie so einen starken Bezug zu Frankreich.« Ihre Neugier wurde nun gesteigert. »Ich gehe davon aus, Herr Valendar weiß nichts von der Schwester.«

»Ja«, bekräftigte Tanja, »Irene hat ihre Schwester immer verschwiegen, weil Yasmin es so wollte – aus reiner Vorsicht und Angst.«

Ungläubig wog Dr. Fries ihren Kopf. »Klingt eher nach einem Plan.«

»Nein«, dementierte Tanja überzeugt.

»Sie haben eine andere Theorie?«, forderte Dr. Fries sie heraus, »dann bin ich mal gespannt, warum ein Mensch seinem Partner seine

Familie verschweigt. Das macht man doch nur, wenn man damit etwas bezwecken will.«

»Stimmt«, räumte Tanja ein, »Misstrauen, das am Ende sogar Bestätigung fand. Irene hält Bill für den Mörder seines Bruders und ist deswegen abgetaucht, weil sie sich bedroht fühlte, weil sie weiß, dass Bill sie auch beseitigen will, jetzt wo er auf Miriams Sorgerecht angewiesen ist. Der Plan ist nur mächtig schief gegangen.«

Obwohl Dr. Fries äußerlich ruhig blieb, was ihr Beruf forderte, brodelte es in ihr drin, was sie bewog konsequent einzuschreiten. »Ihre Anschuldigung geht mir einen Tick zu weit«, wies sie Tanja in ihre Schranken, »dass er eine Mitschuld an seinen Selbstmord trägt, lasse ich gelten, aber nicht Mord.« Innerlich empört über diese Anschuldigungen gegen ihren Klienten, war sie aufgestanden und marschierte zur Tür. Sie unterband damit ihre Bereitwilligkeit das Gespräch zu vertiefen. »Ihnen ist ja wohl klar, dass ich die Polizei einschalten muss. Irene ist quasi eine Heiratsschwindlerin und am Ende entführt sie sogar noch ihre eigene Tochter.« Entschlossen drückte sie die Klinke nach unten und schob die Tür auf. Mit einer bestimmenden Geste forderte sie Tanja zum Gehen auf.

Unbeeindruckt schlenderte Tanja Dr. Fries entgegen, fasste sie an den Arm und zog sie in den Flur. Sie deutete auf einen Mann, der nervös die ganze Zeit umherlief und auf Tanja wartete, nachdem Tina ihn dort abgeliefert hatte. Tanja legte Wert auf diese Vorsichtsmaßnahme, für den Fall, dass Bill sie kontrollierte. Ja, sie unterlag einer Paranoia. »Darf ich vorstellen? Mathis Collier. Der Mann von Yasmin. Er hat eine unglaubliche Geschichte dabei.«

Eigentlich glaubte Dr. Fries, dass man sie nach so langer Berufserfahrung nicht mehr überraschen konnte, doch Tanja war es nun gelungen. »Collier? Das ist der Mann, der gesucht wird, nicht wahr?«, fragte sie erstaunt nach und überlegte, ob sie in einen Komplott verstrickt wurde.

»Sie sind schon unterrichtet?«, entgegnete Tanja ebenfalls erstaunt.

»Ja, Herr Valendar hat mich gestern noch angerufen«, erklärte sie und bat Mathis und Tanja wieder in ihr Sprechzimmer, angespornt von einer gewissen Neugier.

Als Mathis mit seinen Ausführungen geendet hatte, und auch Tanja von den Machenschaften auf der Ranch berichtet hatte, schob sie ihren Plan hinterher, wie sie Bill überführen wollte.

Grübelnd lehnte sich Dr. Fries zurück und ließ sich Tanjas Plan durch den Kopf gehen, von der sie ungeduldig angestarrt wurde und auf ihre Entscheidung wartete. »Gut. Ich werde Ihnen helfen«, sagte sie plötzlich entschlossen, »ich werde Yasmin unter einem Vorwand von der Ranch holen, aber«, warnte sie, »das wird sehr schwierig. Yasmin ist dabei ein sehr unberechenbarer Faktor.« Gezielt sah sie Mathis an. »Sie haben Ihre Frau überfallen, es dürfte nicht einfach werden, dass wir Yasmins Vertrauen erlangen – ich muss versuchen ihre Erinnerungen schlagartig ins Gedächtnis zu rufen, sonst wird sie uns entgleiten und der Plan nicht gelingen.« Sie beobachtete wie sich Mathis schuldbeladen vorbeugte und resignierend über seinen geschorenen Kopf rieb. »Ich werde es mit einer Schocktherapie versuchen«, führte Dr. Fries ihre Erklärungen fort und gab ihm ein wenig Hoffnung, »Ihre Frau reagiert sehr aufgeschlossen auf Frankreich, möglich dass sich in ihrem Unterbewusstsein ein paar Erinnerungen eingestellt haben, darauf hoffe ich.«

»Schocktherapie?«, warf Tanja ein und versuchte sich diese Methode vorzustellen.

»Ich werde sie schonungslos mit der Wahrheit konfrontieren und mit ihrem Mann«, nahm Dr. Fries ihr das Grübeln ab und lächelte versonnen. Sie führte dabei einen abtrünnigen Gedanken.

*

Auf dem Weg zur Ranch konnte Dr. Fries kaum erwarten Bill Valendar zu kontaktieren. Sie steckte ihr Handy in die Freisprechanlage und tippte auf seine Kurzwahlnummer.

»Hier ist Dr. Fries«, meldete sie sich, als sie Bills Stimme vernahm.

»Wo bleiben Sie«, raunte Bill ungehalten in den Hörer, »Sie sind spät dran.«

»Ich hatte meine Gründe – Ich hatte eben ein nettes Gespräch mit Frau Bartoli.«

»Und?«, entgegnete Bill ungeduldig.

»Ihre Bartoli ist nicht ganz offen zu Ihnen. Kann es sein, dass sie immer noch ein Problem mit Ihnen hat?«

»Ja, das ist so«, gestand er ein, »kommen Sie zur Sache.«

»Sie war doch im Saarland, nicht wahr? Und ist auf diesen Mathis Collier aufmerksam geworden.«

»Ja.«

»Er ist nicht flüchtig – er ist bei ihr.«

»Ich habe bereits geahnt, dass sie mich hintergeht«, presste Bill mit unterdrücktem Groll hervor, »was will sie damit bezwecken?«

Trotz Bills mieser Stimmung, die Dr. Fries nicht verborgen blieb, fuhr sie unbeeindruckt fort. »Dann halten Sie sich jetzt fest. Die Frau, die im Moment in Ihrem Haus wohnt, ist nicht Irene, sondern Yasmin Collier, die Frau von Mathis.«

Ein kurzes Schweigen folgte.

»Wie muss ich das verstehen?« Bill war völlig vor den Kopf gestoßen. Eine Mischung aus Verstörtheit und Verblüffung.

Dr. Fries führte ihre Erklärungen fort. »Sie ist die Zwillingsschwester von Irene.«

Bill stieß einen verblüfften Laut aus. Wenn das stimmte, lag nun eine ganz neue Situation vor ihm. Obwohl Bill über die Alleingänge von Tanja sozusagen erfahrungsgemäß gewarnt war, glaubte er bisher gewappnet zu sein. Aber offensichtlich gelang es ihr immer wieder falsche Fährten zu legen und in diesem Fall, wechselte sie sogar das Lager. Das harmlose Essen mit Eric Hopfner, diente allem Anschein nach einem Ablenkungsmanöver, was dem jungen Polizisten noch zum Verhängnis werden dürfte, wenn er Irene den Betrug nachweisen konnte. Was für ein Narr. Bill brauchte noch einen Moment zum Nachdenken. »Ist dieser Mathis glaubwürdig?«, setzte er eine Frage nach.

»Ich hege keinen Zweifel. Ich konnte es selber noch nicht prüfen, aber rufen Sie doch mal im Waisenhaus der Franziskanerinnen in Kiel an, die werden Ihnen bestätigen können, das zwei Mädchen aufgenommen wurden und eine von ihnen unmittelbar adoptiert wurde.«

Irritiert grübelte Bill bevor er etwas darauf sagen konnte. »Wieso Franziskanerinnen?«

»Irene hat Sie angelogen. Sie war gar nicht in einem kleinen Gemeindewaisenhaus, das vor mehr als 10 Jahren abgebrannt ist, worüber es keinerlei Unterlagen mehr gibt.«

Bill verstand nicht so recht. »Dann spielt mir diese Yasmin die ganze Zeit was vor?«

»Nein. Die Amnesie ist echt, das ist ja das Absurde, sie kennt nur nicht mehr den Plan, den sie mit Irene geschmiedet hat. Der Unfall kam rein zufällig in die Quere.«

»Dann hat Irene mich die ganze Zeit über betrogen«, raunte Bill mit gepresster Stimme durch die Muschel, die seinen gesamten Frust zur Geltung brachte. Er konnte kaum fassen, dass Irene ihn so eiskalt ausgenutzt hatte. Aber was hielt er ihr vor. Sie war für ihn ja auch nur ein zweckdienliches Mittel. Dennoch fühlte er sich in seiner Ehre verletzt.

»Ja«, bestätigte Dr. Fries, »Irene hatte es nur auf Ihre Abfindung abgesehen, möchte aber nicht auf das Sorgerecht verzichten. Wie Sie schon erkannt haben, ist sie schlichtweg eine Betrügerin. Sie hat versucht unterzutauchen und dafür ist Yasmin in ihre Rolle geschlüpft, um ihr den nötigen Vorsprung zu verschaffen. Sie wollte eine Entführung vortäuschen, die niemals aufgeklärt werden sollte. Jetzt wo der Plan gescheitert ist, versucht Mathis seinen Kopf zu retten und behauptet sogar, dass Sie Ihren Bruder getötet haben, und Irene aus Angst so gehandelt hat und er bloß versuchte seine Frau wieder zurückzuholen.«

»Verlogenes und hinterhältiges Pack«, fluchte Bill heftig, »und Bartoli glaubt ihm?«

»Sie ist skeptisch, aber sie schützt Mathis Collier, bis sie die wahren Hintergründe kennt. Sie setzt alles daran Irene und Miriam zu finden.«

Bill stieß einen verachtenden Laut aus. »Skeptisch?«, hegte er Zweifel, »Bartoli hasst mich und sucht einen Grund mich niederzumachen, sonst hätte sie mich doch eingeweiht.« Er überlegte kurz. »Ich sollte die Polizei informieren.«

»Nein«, fuhr Dr. Fries hastig dazwischen.

»Wieso nicht? Sie hat doch diesen Collier. Durch ihn können wir beweisen, dass Irene meine Tochter entführt hat.«

»Stimmt, aber nur Yasmin weiß, wo Irene steckt und solange Yasmin keine Nachricht an sie sendet, wird sie abgetaucht bleiben. Und wenn Sie jetzt die Polizei einschalten und Collier verhaften, kann ich Ihnen nicht garantieren, dass Yasmin ihr Gedächtnis je wiedererlangt. Das weiß auch Bartoli. Darum hat sie mich um Hilfe gebeten.«

Bill verzog angewidert über die Abgebrühtheit seiner Frau sein Gesicht. »Scheiße«, grollte er, »dann sind wir immer noch keinen Schritt weiter.«

»Nicht so ungeduldig«, mahnte Dr. Fries lässig, »jetzt, wo ich die Zusammenhänge kenne, ist es für mich ein Kinderspiel alles Nötige herauszufinden, und dann können Sie in aller Ruhe die Polizei einschalten. Allerdings…«

»Was?«

»Da ich durch Bartolis Vertrauen alles Nötige erfahren konnte und nun gezielt die Therapie ansetzen kann, könnten Sie mir mein Honorar etwas aufbessern.«

»Werden Sie nicht unverschämt«, konterte Bill angewidert, »Sie sind nicht die einzige Therapeutin auf der Welt.«

»Stimmt, ich könnte Yasmin aber auch zur Flucht verhelfen«, steckte sie ihm arglistig zu.

»Soll das eine Erpressung werden?«, presste Bill wütig hervor.

Dr. Fries stieß einen überlegenen Laut aus. »Das können Sie sehen, wie Sie möchten. Fakt ist, dass Sie meine Hilfe brauchen. Ich könnte auch ebenso gut jetzt die Polizei einschalten.«

Widerstrebend grollte Bill. Dr. Fries‘ Habgier ekelte ihn an, wie sie unverfroren, aus seiner fast aussichtslosen Situation versuchte Profit herauschlug. Um nichts zu riskieren, hielt er seine Wut im Zaum. Sie besaß nun mal die Macht dazu. Wenn er jetzt nicht auf ihren Deal einginge, würde er nie erfahren wo seine Tochter versteckt gehalten wurde. Und so gab er klein bei. »In welcher Höhe dachten Sie denn«, presste Bill verletzt hervor, »soll ich Ihr Honorar anheben?«

»Ich dachte da – so an 150.000, sofort und cash«, antwortete sie unverblümt. Sie wusste, dass Bill Valendar genügend Bargeld im Haus bunkerte.

»Sie Miststück«, fluchte Bill unbeherrscht »finden Sie das nicht arg übertrieben?«, brüllte er sie ungehalten an.

Dr. Fries nahm seine freche Bemerkung mit einem milden Lächeln als Kompliment auf, »150.000«, blieb sie hartnäckig, »und ich liefere Ihnen Irene, Miriam und Yasmin und Mathis Collier. Sonst kann ich für nichts garantieren.«

»Na schön«, willigte Bill nach kurzem Zögern ein, »wie wollen Sie jetzt vorgehen?«

»Schocktherapie. Aber dafür muss ich Yasmin mit ihrem Mann zusammenbringen.« Bevor Bill eine Erklärung forderte, lieferte Dr.

Fries sie gleich ab. »Ich werde sie schonungslos mit der Wahrheit konfrontieren, die Bartoli herausgefunden hat. Greifen Sie aber jetzt noch Nichts vor. Ein falsches Wort, das Yasmin jetzt schon in einen Schock versetzt, kann ihre Erinnerungen für immer blockieren. Ich werde sie jetzt abholen und ein Experiment vorgeben – spielen Sie nur einfach mit und überlassen Sie mir den Rest – sobald ich etwas herausfinde, hören Sie sofort von mir.«

»Wird Bartoli nicht versuchen, Yasmin in Sicherheit zu bringen?«

»Nein. Sie legt genauso wenig Wert darauf ihre Approbation zu verlieren, wie ich. Es geht ihr nur schlichtweg darum die Wahrheit herauszufinden und Miriam zu finden.«

Für diese Aussage empfand Bill nur Spott, nach ihrer Erpressung. »Was ist mit Collier? Kann er gefährlich werden?«

»Das kann ich nicht ausschließen. Möglich dass er versucht seine Frau zu retten. Wäre ratsam, dass Sie einen Wachmann postieren.«

»Gut«, stimmte Bill zornig zu. Seine Verärgerung war ihm deutlich anzumerken. Diese Abhängigkeit lähmte ihn. »Ich verlass mich auf Sie.«

Dr. Fries schmunzelte überlegen. »Ich werde mein Geld wert sein.«

*

»Guten Morgen Dr. Fries«, grüßte Miss Livington höflich und ließ die Therapeutin eintreten.

Bill war sofort aus seinem Büro gekommen. »Würden Sie bitte Irene holen«, wies er seine Sekretärin an, die sofort gehorchte und die Treppe hinauf stieg. Abwartend schaute Bill ihr nach und zog dann Dr. Fries in sein Büro, um ungestört mit ihr reden zu können. »Sie hatten Recht. Sie waren tatsächlich bei den Franziskanerinnen. Es gibt tatsächlich eine Irene und Yasmin Hardtman. Yasmin durfte zu Pflegeeltern, während Irene im Heim bleiben musste.«

»Dann hat Collier schon mal die Wahrheit gesagt«, erklärte Dr. Fries, »also können wir seiner Geschichte glauben.«

»Ja«, musste Bill eingestehen, dem seine Wut im Gesicht geschrieben stand. So eiskalt ausgetrickst, das konnte er kaum überwinden.

Dr. Fries schaute ihn erstaunt an, als sie seine angespannten Gesichtszüge wahrnahm. »Haben Sie das denn nie recherchiert?«

In seiner Ehre leicht gekränkt schob er seine Schultern hoch. »Ich hatte nie einen Grund Irene zu misstrauen. Das Waisenhaus war abgebrannt... ich wäre auch nie auf die Idee gekommen...« Im Grunde war es ihm auch egal. Erst die Ausmaße, die Peters Testament mit sich führten, trieben ihn in die Bredouille. Über seine Nachlässigkeit selber erbost fluchte er. »Undankbares Miststück.« Nur mit selbst auferlegter Disziplin unterdrückte er seinen Jähzorn. Bereits seit dem Anruf von Dr. Fries übte er sich in Zurückhaltung, um ihre Bemühungen nicht zu gefährden, und seine Zukunftspläne.

Dr. Fries sah das gelassen. »Sie war jung, Ihr Angebot verlockend. Wenn Sie in Armut aufgewachsen wären, hätten Sie wahrscheinlich genauso gehandelt. Sie heiratete der Abfindung wegen, will aber nicht auf das Sorgerecht verzichten.«

»Aber sie wusste, dass unsere Kinder das Erbe antreten müssen.«

»Dafür hat sie sich ja das Hintertürchen offen gehalten, um abtauchen zu können.«

Nein, nein, dementierte Bill gedanklich. Er wusste nun, dass ein anderer Grund Irene in die Flucht trieb. Ein hämisches Grinsen legte sich plötzlich über sein Gesicht. »Das Hintertürchen hat sich Irene nun selber verbaut«, lachte er überlegen und blickte Dr. Fries mit diabolischen Augen an, »mit Ihnen werde ich beweisen, dass Irene eine Betrügerin und Kindesentführerin ist, damit hat sie das Sorgerecht so gut wie verloren.« Diese Idee gefiel ihm, weil er Irene damit sogar hinter Gittern brachte, was ihren seelischen Zerfall bedeutete, wenn sie ihrer Tochter entfremdet wurde.

»Dafür müssen Sie Irene erst einmal haben«, bemerkte Dr. Fries.

Von Rachelust getrieben grinste Bill. »Das ist Ihre Aufgabe.«

Als Bill von Aufgabe sprach, musste Dr. Fries das Thema in eine andere Richtung lenken. »Haben Sie das Geld?«, legte sie kühl und berechnend eine Frage nach.

Die Wut, über Dr. Fries' Habgier flammte bei Bill wieder auf und nur widerwillig stapfte er zu seinem Schreibtisch und griff nach einem grauen Umschlag, den er dort bereitgelegt hatte und reichte ihn Dr. Fries.

Ohne großes Aufsehen, des gewaltigen Honorars, das sie gerade erhielt, nahm sie den Umschlag entgegen und kontrollierte kurz den Inhalt und verstaute ihn dann in ihrer Handtasche. »Es wird nicht Ihr Schaden sein.«

Mit einer gehörigen Portion Wut fixierte Bill Dr. Fries' Handtasche, in der sie gerade den Umschlag verstaut hatte. Soviel Geld, durchfuhr es ihn, ohne Erfolgsgarantie, was ihn gleich vorsichtig werden ließ. »Offerfeld wird Ihnen folgen, nur um sicher zu gehen, dass dieser Mathis nicht irgendwo zuschlägt und seine Frau entführt – und sobald Sie wissen, wo Irene steckt, möchte ich es sofort erfahren, bevor Bartoli mir zuvor kommt – ist das klar?«

»Natürlich.«

Bill ließ seine Blicke wild umherwandern. »Ich kann's kaum erwarten Yasmins Gesicht zu sehen, wenn ich ihr Irene präsentiere.« Gereizt durch die Umstände und Dr. Fries' Habgier, packte er sie grob am Arm und schob sie wieder auf den Flur zurück, wobei er sie viel lieber vor die Haustür geschoben hätte, wäre er im Moment nicht von ihr abhängig. So diente sein Abschieben nur dem Zweck vor Yasmin Collier nicht den Eindruck zu erwecken Heimlichkeiten mit ihr auszutauschen und so stand er wieder im Flur, als hätte er die ganze Zeit dort mit Dr. Fries auf sie gewartet.

Die Bereitwilligkeit, mit der Yasmin in ihren Wagen stieg, überraschte Dr. Fries wenig. In dem gestrigen Gespräch mit ihrer Patientin ließ sie deutlich hervor klingen, dass sie unbedingt die Ranch verlassen wollte. Sie fühlte sich bedroht auf irgendeine unerklärliche Weise.

Dr. Fries konnte Yasmins Angst, die in ihrem Unterbewusstsein schlummerte, gut nachfühlen, jetzt wo sie die Zusammenhänge kannte. Und als sie den Wagen startete und Yasmin ihr dankbar von der Seite zulächelte, spürte sie, heute würde ihr alles gelingen.

»Wo fahren wir hin?«, kam lediglich eine Frage von Yasmin.

»Lassen Sie sich überraschen«, lächelte Dr. Fries zurück und war ihren Gedanken schon ein paar Minuten vorausgeeilt, die sie in einen kleinen Freudentaumel versetzte. Es wird gelingen.

Als Dr. Fries auf einen Parkstreifen auf der Rheinhöhenstraße einbog, warf Yasmin ihr einen verblüfften Seitenblick zu.

»Was machen wir hier?«, fragte sie verwirrt nach. Die Stelle kam ihr von der Fahrt zur Ranch bekannt vor.

Dr. Fries lächelte sie von der Seite an. »Das werden Sie gleich sehen.« Ihre Miene wurde schlagartig ernst. »Steigen Sie aus!«, befahl sie Yasmin. Ihre Stimme klang plötzlich sehr bestimmend.

Verwirrt und befremdet stieß Yasmin die Tür auf und warf Dr. Fries einen verstörten Blick über ihre Schulter zu, bevor sie ausstieg. Schnell tat Dr. Fries es ihr gleich und wanderte zügig um ihren Wagen herum und stellte sich hinter ihre Patientin und deutete auf ein parkendes Fahrzeug, das zu Tanja gehörte. »Gehen Sie!«, forderte Dr. Fries Yasmin auf, die erschrocken über ihre Schulter blickte, »gehen Sie, Yasmin Collier!«, redete sie erneut auf Yasmin ein.

Zusammengefahren und befremdet drehte sich Yasmin nach Dr. Fries um. »Warum nennen Sie mich so?«

»Yasmin Collier«, sagte Dr. Fries nachdrücklich, »ist Ihr richtiger Name.«

Yasmin schüttelte irritiert den Kopf, als wolle sie ihre Gedanken in die richtige Position rücken.

»Yasmin Collier«, redete Dr. Fries erneut auf sie ein, »Sie sind mit Mathis Collier verheiratet und leben in Großblittersdorf.« Sie winkte Tanjas Wagen zu, zum Zeichen, dass Mathis aussteigen sollte.

»Yasmin!«, rief Mathis seiner Frau zu, als er neben dem Wagen stand und zu ihr rüber schaute, »ich bin's, Mon Amour!« So nannte er seine Frau immer.

»Mathis«, murmelte Yasmin mehrmals hintereinander seinen Namen und schritt langsam auf ihn zu. Sie griff sich ins Haar und plötzlich setzte sich bei ihr ein Bild fest, dass sie an Zuhause erinnerte, an das kleine Haus, an der Landstraße. Ja, sie war Yasmin Collier. »Mathis!«, rief sie ihm plötzlich überzeugt entgegen und trat einen zögerlichen Schritt nach vorne.

Anfänglich kam Mathis nur stockend seiner Frau entgegen, dann wurden seine Schritte schneller bis er schließlich rannte und seine Frau fest umklammerte, als er sie erreichte. »Habe ich dich endlich wieder«, flüsterte er ihr auf Französisch zu, wieder und immer wieder. Dann küssten sie sich, als seien sie hundert Jahre getrennt gewesen.

Tanja war ebenfalls ausgestiegen und schritt langsam auf Dr. Fries zu. Anerkennend streckte sie ihren Daumen in die Höhe.

»Gelernt ist halt gelernt«, rief Dr. Fries und lächelte ihr stolz entgegen.

Damit Yasmin ihre Erinnerungen vertiefen konnte, saß sie mit ihrem Mann an einem Tisch, aus naturbelassenen Holzstämmen, der etwas abseits vom Parkstreifen stand. Er hatte sein PC-Tablet aufgestellt und zeigte seiner Frau einige Fotos und erzählte ihr Geschichten aus ihrem gemeinsamen Leben. Aktuelle Bilder von ihrer Schwester konnte er ihr keine zeigen, als würde Irene gar nicht existieren. Yasmin war immer sehr bedacht alles, was sie mit Irene verbannt, unter Geheimhaltung zu halten und so existierten nur ein paar Kinderfotos.

Dr. Fries und Tanja schlenderten unterdessen hin und her und unterhielten sich, wie zwei Freundinnen. Sie hatten sich gegenseitig das Du angeboten.

»Warum hast du diesen Platz gewählt?«, fragte Dr. Fries plötzlich.

»Das ist die Stelle, wo sich Mathis und Yasmin verabredet hatten um ihren Plan durchzuziehen.« Sie schaute Dr. Fries von der Seite an. »Arbeitest du oft an Wochenenden?«, interessierte sie ernsthaft.

»Eigentlich nicht«, konterte Dr. Fries, »aber bei Valendars Angebot konnte ich nicht widerstehen.«

Tanja ließ das so im Raum stehen. Mehr interessierte sie, ob Yasmins Psyche standhielt, um ihren Plan durchzusetzen. »Glaubst du, Yasmin steht das durch?«

»Das kann ich nicht bestimmt sagen – es bleibt ein Risiko, dass wir eingehen müssen.« Dr. Fries schaute zu Mathis und Yasmin hinüber. »Hören wir doch erst einmal nach, wie weit Yasmins Erinnerungen schon gediehen sind.«

Tanja war schon sehr überrascht, wie gut Yasmins Gedächtnis wieder funktionierte. Für sie der Startschuss jetzt aktiv zu werden.

Von Dr. Fries‘ Handy wurden sie unterbrochen. »Verzeihung«, erbat Dr. Fries Nachsicht und wandte sich ab, »ich habe da noch einen anderen Notfallpatienten.« Sie entfernte sich ein paar Schritte und nannte plötzlich einen Namen, nicht laut, aber dennoch für die anderen hörbar. Ein Trick, den sie öfters anwandte, wenn sie sich von lästigen Gesprächen entfernen wollte. Sie betätigte dazu einen Sensor, den sie in ihrer Hosentasche trug und löste damit einen Scheinanruf aus. Hier nutzte sie diese Technik, um Bill zu kontaktieren. Unauffällig drückte sie in sicherer Entfernung seine Kurzwahlnummer und schmetterte ihm eine kurze Mitteilung ins

Ohr. »Koblenz, Schrebergarten-Kolonie an den alten Kasernen. Suchen Sie nach einer Jenny Amber.«

Bei Bill setzte leichtes Glücksgefühl ein, als die Nachricht zu ihm drang. Endlich kam er seinem Ziel näher. »Gut«, bestätigte er, »bringen Sie mir diese Yasmin zurück, wird Zeit, mit ihr Klartext zu reden.« Er stieß ein böses lachen aus. »Aber greifen Sie nichts vor – den Spaß gönne ich mir selber.«

Dr. Fries hielt ihr Scheingespräch noch einen Moment aufrecht, um keinen Verdacht zu erwecken. Dann näherte sie sich wieder der Gruppe. Mit einem gespielten, fassungslosen Lächeln versenkte sie ihr Handy wieder in ihrer Jacke. »Es gibt Patienten, die überraschen mich immer wieder aufs Neue«, bemerkte sie ironisch und wurde wieder ernst und warf einen bedeutsamen Blick auf Yasmin, »wir sollten uns so langsam auf die Rückkehr zur Ranch vorbereiten.«

Ängstlich und flehend schaute Yasmin Tanja an. »Muss das wirklich sein?«

Tanja nickte bloß und warf Dr. Fries einen auffordernden Blick zu, der signalisierte, ihre Patientin auf das Vorhaben vorzubereiten.

Ruhig und mit der nötigen Behutsamkeit erklärte Dr. Fries ihrer Patientin den gesamten Plan. Yasmin unterbrach sie jedoch immer wieder mit vehementem Kopfschütteln, was von Dr. Fries viel Geduld abverlangte, der es vollends bewusst war, dass es schwierig werden würde Yasmin zu überzeugen mitzuspielen und so redete sie behutsam und mit Feingefühl auf ihre Patientin ein.

»Nein, das schaff ich nicht«, wehrte sich Yasmin immer noch. Der Gedanke daran, mit einem Mörder in einem Haus zu sein, ließ ihren Körper erstarren.

»Sie müssen«, redete Dr. Fries erneut auf sie beruhigend ein und griff nach ihrer Hand, die sie auf dem Tisch abgelegt hatte, gefolgt von einem eindringlichen Blick, der ihr vermitteln sollte, dass eine unerschütterliche Frau in ihr steckte. »Sie sind stark, Sie schaffen das. Wenn wir Bill Valendar den Mord an seinem Bruder nachweisen wollen, haben wir keine andere Wahl – denken Sie doch auch an Ihre Schwester – auch sie wollte er töten. Und Sie möchten doch auch wieder in Ihr Leben zurück.«

Uneinsichtig schüttelte Yasmin ihren Kopf. Die Angst, die ihre Brust zuschnürte, ließ kaum einen Atemzug zu.

Behutsam legte Mathis seinen Arm um sie, während Dr. Fries, die ihr gegenüber saß, sie wieder ins Gespräch verwickelte. Dank Mathis' Unterstützung, gelang es ihr Yasmin aufzubauen und bläute ihr ein paar Verhaltensregeln ein, an die sie sich unbedingt halten musste.

Tanja hatte sich unterdessen vom Tisch entfernt und sich einige Meter weiter auf einen Baumstumpf gesetzt, damit Dr. Fries ungestört auf ihre Patientin eingehen konnte. Inständig flehte sie, dass Yasmin die Kraft besaß Bill gegenüberzutreten, ohne sich zu verraten.

Gut 45 Minuten vergingen, als Dr. Fries endlich auf Tanja zukam. »Sie ist bereit.« Sie warf einen kurzen Blick auf ihre Armbanduhr. »Ich habe ihr eine Beruhigungstablette gegeben, wir sollten noch etwas warten, bis dass sie wirkt.«

Einverstanden nickte Tanja und erhob sich. Mit Magenkribbeln schaute sie dabei zu Yasmin rüber. »Hoffentlich funktioniert unser Plan«, war sie besorgt. Der Gedanke wieder gegen Bill zu verlieren, womit eine Welle von Ungerechtigkeiten ausgelöst wurden, widerte sie an.

Dr. Fries fasste Tanja beschwichtigend an den Arm. »Ich werde einschreiten, falls Yasmin Nervenflattern bekommt – ich werde sie möglichst aus der Schusslinie raus halten.«

*

Unterdessen nahm Bill schnellen Kontakt zu Offerfeld auf, der von einem nahegelegenen Hochsitz aus die Frauen und Mathis Collier beobachtete.

»Hier ist Bill. Du kannst die Observierung abbrechen, fahr nach Koblenz und hol Irene ab. Sie hat sich in der Schrebergarten-Kolonie eingenistet, als Jenny Amber.«

»Wird mir ein Vergnügen sein.« Offerfeld legte dabei ein höhnisches Grinsen auf.

Bill lachte diabolisch. »Bestell ihr liebe Grüße von Yasmin, dann wird sie keinen Widerstand leisten. Und mach schnell, wir dürfen keine Zeit verlieren.« Zufrieden unterbrach Bill das Gespräch und wanderte ans Fenster und blickte den Hügel hinauf. Die nächste Hürde war gemeistert.

*

Am frühen Nachmittag erreichte Offerfeld den Schrebergarten. An der Gaststätte, die gleichzeitig auch als Verwaltung diente, standen nur wenige Fahrzeuge. Suchend schaute er sich um. Mehrere Wege führten in verschiedene Richtungen zu den kleinen Gartenhäuschen.

Mein Gott, was für eine heile Welt, durchfuhr es Offerfelds Gedanken, als er die ordentlich angelegten Gärten und Rasen betrachtete, die womöglich am Zentimetermaß geschnitten worden waren.

Um sich langes Suchen zu ersparen, trat Offerfeld in die Gaststätte ein. Ein steriler Raum mit einer Theke, die eher an eine Küchen-anrichte erinnerte.

»Hallo«, grüßte der Mann hinter der Theke. Ein bulliger Typ, jung mit Glatze. Für Offerfelds Geschmack passte er nicht in diese Idylle und schon gar nicht in so eine Spießerkneipe.

»Kann ich was für Sie tun?«, erkundigte sich der Mann.

»Ja, ich suche eine Freundin«, sagte Offerfeld freundlich, »ich wollte sie besuchen, aber ich fürchte ich suche mich hier zu Tode.«

Der Mann lachte. »Da könnten Sie recht haben. Wen suchen Sie denn?«, fragte er bereitwillig.

»Jenny Amber, sie ist mit einem kleinen Mädchen hier.«

Der bullige Mann bedeutete mit seinem Kopf ihm zu folgen. »Kommen Sie, ich habe hinten einen Plan, ich zeige es Ihnen.«

Offerfeld folgte dem Mann durch einen Flur in ein Büro. Er marschierte geradewegs auf einen Lageplan zu, der an einer Wand hing. Die einzelnen Parzellen waren dort professionell, wie von einem Planungsbüro konstruiert, aufgezeichnet. Am Rand standen in alphabetischer Reihenfolge die Namen der Eigentümer.

Mit dem Finger fuhr der Mann über die Liste. »Amber«, sagte er plötzlich und tippte auf den Namen. »Da haben wir sie. Sie ist in einer Parzelle untergebracht, die wir für Urlauber bereithalten.« Er tippte auf einen aufgeklebten Zettel. »An dieser Klebenotiz kann ich das erkennen.«

Das interessierte Offerfeld reichlich wenig und dennoch lächelte er den Mann von der Verwaltung dankbar an, um nicht unhöflich zu erscheinen, der mit seinen Zeigefinger auf einer Stelle des Lageplans zeigte und dort verharrte.

»Da wohnt sie.« Er fuhr, zur Verdeutlichung, mit seinem Finger den Weg ab, von der Gaststätte angefangen bis zur Parzelle. »Werden Sie das finden?«

Offerfeld nickte zuversichtlich. »Ich denke schon.«

Ohne jede weitere Verzögerung marschierte Offerfeld gleich los. Um den Weg zur Laube zu genießen zündete er sich eine Zigarette an. Mit wenig Mühe stand er schließlich vor dem kleinen Häuschen, das von einem niedrigen Zaun eingesäumt wurde, der die Parzelle mehr absteckte als schützte. Offerfeld machte sich erst gar nicht die Mühe, die niedrige Gartentür zu öffnen, er stieg einfach drüber weg und trat an die Tür der Laube, wobei er achtlos seine Kippe in den

Vorgarten flitschte. Heftig klopfte er an die Tür. Ein hämisches Grinsen zog sich dabei über sein Gesicht, weil er auf das verblüffte Gesicht von Irene gespannt war, wenn sie ihn erblickte.

In der Gartenlaube herrschte Stille, und so klopfte Offerfeld erneut. Keinen Mucks konnte er vernehmen und so wanderte er um die Hütte herum und schaute durch die Fenster. Eine mit Draht bezogene Hängelampe glimmte spärlich über der Sofagarnitur, aber Leben konnte er keines ausmachen. »Hallo!«, rief er und klopfte gegen die Scheibe, weil er vermutete, dass Irene sich womöglich in einem Bereich aufhielt, den er nicht einsehen konnte.

»Wenn Sie zu Jenny wollen, die ist weg«, wurde er plötzlich von einer Männerstimme aufgeschreckt.

Hastig wandte sich Offerfeld um und starrte einen Kerl an. Er schätzte ihn auf Mitte Dreißig. »Weg? Können Sie mir sagen wohin?«

Ahnungslos schüttelte der Mann den Kopf. »Keine Ahnung, sie hatte es plötzlich sehr eilig, als ein Mann hier auftauchte.«

»Wo sie hin ist, hat sie nicht zufällig gesagt?«

»Nein. Sie hat ihr Kind geschnappt und war weg.« Er verzog nachdenklich sein Gesicht. »Vielleicht zurück nach Frankreich«, legte er eine Vermutung nach.

»Frankreich?«

»Ja«, nickte der Mann, »sie fährt einen alten Peugeot mit französischem Nummernschild.«

»Mist«, fluchte Offerfeld unbeherrscht.

»Ist was Schlimmes passiert?«, erkundigte sich der Mann besorgt.

Offerfeld spielte wieder den Freundlichen, um keinen Verdacht aufkommen zu lassen. »Nein, nichts. Ärgert mich nur, dass ich umsonst gekommen bin, ich wollte sie überraschen. Danke.«

Schnell marschierte Offerfeld zu seinem Wagen zurück. Auf dem Weg dorthin hatte er sein Handy gezückt und Bill kontaktiert. »Sie ist weg«, schmetterte er in die Muschel, »mit einem französischem Wagen.«

Bill grollte laut. »Diese Bartoli«, ärgerte er sich. Seine Gesichtszüge nahmen die eines Zähne fletschenden Hundes an. »Immer einen Schritt voraus.«

»Was soll ich machen?«, ertönte im Hintergrund die ratlose Stimme von Offerfeld.

»Komm zurück!«, ordnete Bill unter verbittertem Zorn an, der seine Ratlosigkeit signalisierte.

Das Valium, welches Dr. Fries Yasmin verabreicht hatte, zeigte wenig Wirkung. Die Angst die in ihr schlummerte, drohte sie fast zu ersticken. Nur der Gedanke an ihre Schwester, ihr helfen zu können und Bill zu überführen, hielten sie einigermaßen aufrecht. Ihre Gedanken schwirrten dabei unkontrolliert in ihrem Kopf umher. Aber sie vertraute Dr. Fries, die mit ihr noch eine Weile im Wagen sitzen geblieben war, als sie die Ranch wieder erreicht hatten und nochmals beruhigend auf sie einsprach.

»Sobald Miss Livington die Tür geöffnet hat, gehen Sie unbeirrt in Ihr Zimmer…«, redete Dr. Fries auf sie ein.

»Was ist, wenn Bill öffnet oder schon auf mich wartet?«, verlangte Yasmin zu wissen. Ihre Stimme bebte vor Erregung.

»Beachten Sie ihn nicht – Sie haben einen schweren Tag hinter sich, der keinerlei Kommunikation mehr zulässt. Ich werde mich um Bill kümmern.« Eindringlich schaute sie ihre Patientin von der Seite an, die nur vor sich her ins Leere starrte und mit Atemübungen ihre innere Ruhe versuchte wiederzufinden.

Dr. Fries knuffte sie am Arm. »Kommen Sie«, forderte sie mit energischem Ton und stieg aus. Irgendwann musste es ja mal sein.

Nur zögerlich stieg Yasmin aus und betrat mit ihrer Therapeutin die Veranda. Inständig flehte sie all ihre Kraft herbei.

Ruckartig zog Dr. Fries an dem Lasso und Sekunden später stand Miss Livington vor ihnen. Jetzt musste es schnell gehen, bevor Bill aktiv wurde und Yasmin möglicherweise bedrängte und ihr Zustand zu kippen drohte. Schnell hatte sie Yasmin in Miss Livingtons Arme gedrückt.

»Bringen Sie Irene bitte in ihr Zimmer, sie hatte einen Zusammenbruch«, erklärte Dr. Fries schnell. Um glaubwürdig zu wirken, legte sie ein wenig Theatralik in ihre Stimme. Die erhoffte Wirkung übertrug sich sogleich auf Miss Livington. Bekümmert legte sie schützend ihren Arm um Yasmins Schulter und führte sie zur Treppe.

Zwischenzeitig war Bill aus seinem Büro gekommen, gerade, als die Frauen die Treppe erreicht hatten. »Irene«, rief er ihr freundlich zu und spielte den Besorgten, obwohl immer noch eine gehörige Portion Wut in seiner Brust brodelte und er Yasmin am liebsten durchgeschüttelt hätte, aber er durfte Dr. Fries nicht outen, sonst verlöre sie das Vertrauen zu ihr und er somit den Kontakt zu Tanja Bartoli, den er jetzt mehr brauchte als je zuvor. Nur sie wusste, wo nun die wirkliche Irene steckte, die seine Tochter entführt hatte. Mit Dr. Fries würde er diese mittelklassige Detektivin schon austricksen. Seine Wut mischte sich plötzlich mit Schadenfreude. Diese dumme Kuh, so ahnungslos, dass er es schon besser wusste. »Wie geht es dir?«, stellte er eine Frage an Yasmin, die erstarrt am Fuße der Treppe stehengeblieben war, aber es mied ihn anzuschauen.

»Sie hatte einen Zusammenbruch«, warf Dr. Fries ein und bedeutete Miss Livington, die Yasmin immer noch schützend im Arm hielt, hinauf zu gehen, »sie braucht Ruhe.«

Lächelnd schaute Bill seine Sekretärin an. »Tun Sie, was Dr. Fries sagt«, wies er sie an und wandte sich sogleich der Ärztin zu, »kann ich Sie sprechen?«

»Selbstverständlich«, antwortete Dr. Fries und folgte Bill, der mit zwei großen Schritten sein Büro erreicht hatte und ihr den Weg ebnete. Für den Moment schien alles perfekt zu laufen.

Seine aufgesetzte Freundlichkeit legte Bill schlagartig ab. »Irene war schon weg. Jemand hat sie gewarnt«, stieß er wütend aus.

Hastig wandte sich Dr. Fries nach ihm um. »Wie ist das möglich?«, wusste sie keinen Rat, »Bartoli konnte mit ihr nicht telefonieren. Irene meidet jeden Telefonkontakt.«

»Sie war einfach schneller.« Verachtend sah er die Therapeutin an. »Wahrscheinlich war sie verkabelt und konnte so einen Mitarbeiter informieren.« Er grollte verärgert. »So viel zu Bartolis Vertrauen, Ihnen gegenüber.«

Eingeschnappt schob Dr. Fries ihr Kinn vor. »Dann muss sie aber einen verdammt schnellen Mitarbeiter haben. Sie hatte maximal eine Minute Vorsprung.«

Abwesend nickte Bill, wobei seine Wut weiter anstieg. »Allerdings. Man sollte diese Frau nicht unterschätzen«, presste Bill hervor, »aber das wird ihr nichts nutzen.«

»Was werden Sie jetzt unternehmen?«, forschte Dr. Fries in ihrer typisch sachlichen Therapeutenart nach.

»Ich habe ja Yasmin als meine Versicherung hier. Ich lasse Irene schmoren«, erklärte er, wobei seine Augen wirre Züge annahmen, »Sie könnten Yasmin ja in eine Anstalt stecken – mal sehen, wie dann Bartoli agiert und wie lange es Irene mit ihrem Gewissen vereinbaren kann, dass ihre Schwester den Rest ihres kümmerlichen Daseins in der Klapse verbringen muss.« Er lachte diabolisch, wobei er vergnügt um seinen Tisch herumwanderte und sich auf seinen Sessel fallen ließ.

Bills Rachelust ließen Dr. Fries' Geschäftssinn erneut aufblühen. Unberührt, seiner Not, schlenderte sie auf den Schreibtisch zu und blickte mit verschränkten Armen auf Bill nieder, der offensichtlich in Gedanken seinen verteufelten Plan weiter ausarbeitete. Aber ohne therapeutische Unterstützung würde sein niederträchtiges Vorhaben nicht funktionieren.

Kalt grinsend schaute Dr. Fries auf Bill nieder. »Nette Idee, aber dazu müsste ich Ihnen meine Beihilfe garantieren«, steckte sie überlegen.

Aufgeschreckt erhob Bill seinen Kopf. »Jetzt kommen Sie mir nicht wieder mit einer Honorarerhöhung. Irgendwann ist mal gut.«

Dr. Fries richtete sich unberührt auf. »Nu seien Sie nicht so geizig.« Sie legte bedacht eine Pause ein. »Ich könnte der Polizei ja auch etwas über das Video erzählen, das Miriam erwähnt hatte…«

Bill horchte interessiert auf. »Video?«

»Ja«, nickte sie, »Yasmin ist auf dem Rückweg eingefallen, dass Miriam vor kurzem von einem Video erzählt hat, das sie auf einem Computer gesehen hatte, das Sie mit ihren Bruder Peter zeigt, wie sie kämpfen, er hat es wohl mit seinem Laptop aufgezeichnet.« Sie stützte sich auf dem Schreibtisch ab. »Das ist auch der Grund, warum Irene sich diesen hinterlistigen Plan ausgedacht hat – es ging nicht um Ihr Geld – sie hatte Angst vor Ihnen, dass ihr das Gleiche widerfährt, wie Peter.«

Mit wirrem Blick überlegte Bill, versuchte sich ein Bild vor Augen zu führen und ging gedanklich die Szenerie durch, die sich vor zwei Jahren in Peters Zimmer abgespielt hatte.

Nachdrücklich schob Dr. Fries ihr Kinn vor und richtete sich auf. »Wenn es einen Beweis gibt, dass Sie Ihren Bruder umgebracht haben… dann…« Sie brach den Satz ab.

Hastig erhob Bill seinen Kopf. »Was dann?«, entgegnete er mit scharfem Ton.

»Dann sollten Sie ihn schnellstens vernichten.« Überheblich legte Dr. Fries ein breites Grinsen auf. »Und über mein Honorar müssen wir dann auch noch mal reden, wenn ich einen Mord vertuschen soll.«

Angespannt ballte Bill seine Hände und starrte seinen Schreibtisch an, erhob dann aber wieder seinen Kopf. »Habgierige Schlampe«, presste er hervor, aber Dr. Fries zeigte sich sehr gleichgültig über seine Beschimpfung.

»Ich versuche Ihnen nur zu helfen.« Erneut stützte sie sich auf dem Schreibtisch ab und starrte Bill intensiv an. »Gibt es dieses Video?«

Bestürzt fasste sich Bill an den Kopf. Er hatte nicht einmal eine genaue Ahnung, wo dieses Video stecken konnte. Und wieso Miriam Zugang dazu hatte.

»Denken Sie nach«, redete Dr. Fries verschärft auf ihn ein, versuchte damit seine Erinnerungen zu aktivieren.

»Ich weiß es nicht!«, schrie Bill und fasste sich bestürzt an den Kopf, blickte wild umher.

»Auf welchem Laptop könnte es denn aufgezeichnet worden sein?«, redete Dr. Fries weiter auf ihn ein.

Plötzlich kam Bill ein Gedanke. »Nicht auszudenken, wenn Miriam das wirklich gesehen hat.« Hastig sprang er hoch, rannte um seinen Schreibtisch herum und eilte hinaus. Mit jeweils zwei Stufen, die er auf einmal nahm, erreichte er schnell die obere Etage, rannte durch den Flur und stürzte in Miriams Zimmer. Unter erhöhtem Puls rang er nach Luft. Die Anspannung raubte ihm den Atem. Oh Gott, das arme Mädchen – er würde sich nie verzeihen, wenn Miriam gesehen hätte, wie er seinen Bruder strangulierte und ihn dann kaltblütig an die Türklinke hing. Peter musste es geahnt haben, nur so konnte sich Bill seine Hinterlist erklären, um ihn mit einem miesen Trick auszukontern. Körperlich konnte sich Peter nicht mit ihm messen, also gab es nur diese einzige Chance, ihn nachhaltig zu überlisten.

Bill fixierte das alte Laptop seines Bruders, das auf Miriams Schreibtisch stand. »Du Schweinehund,« presste er böswillig hervor und stürzte hastig auf das Gerät zu und klappte es auf. Im Nu hatte er den Schalter betätigt und ließ den Rechner hoch fahren.

Ungeduldig stand er vorgebeugt, die Arme aufgestützt, über dem Laptop. Es dauerte ewig, bis sich ein Fenster öffnete, zumindest kam es Bill so vor, was ihn zur Raserei brachte und seinen Puls weiter antrieb, so dass er sein Herzschlag unter seinem Kinn wahrnehmen konnte. »Mist Kiste, mach schon!«, wütete er ungeduldig, mit rot angelaufenem Kopf.

»Dann stimmt es also, was Yasmin behauptet«, hörte er plötzlich Dr. Fries sagen, die ihm gefolgt war. Sie stand im Rahmen und schaute zu ihm rüber. »Sie haben Ihren Bruder erdrosselt.«

Hastig wandte sich Bill um. »Und wenn schon. Wollen Sie jetzt noch mehr Geld erpressen?« Er lachte hämisch. »Es dürfte Ihnen schwer fallen mir etwas zu beweisen, wenn ich dieses Gerät erst einmal vernichtet habe.« Sein Lachen wurde intensiver. »Ihr Frauen seid ja so naiv.«

»Sie vergessen, dass Sie Miriam noch nicht haben.« Fast gelangweilt lehnte sich Dr. Fries gegen den Türrahmen. »Ein ziemlicher Zwiespalt in dem Sie sich befinden. Sie brauchen Ihre Tochter, die womöglich unter einem Schock leidet und auch gegen Sie aggressiv reagieren wird, und irgendwann die Wahrheit heraus plaudert.« Gefühlskalt verzog Dr. Fries ihr Gesicht. »Es sei denn, ich therapiere Miriam... Ich könnte erklären, dass alles nur ein Alptraum war.«

Mit wenigen großen Schritten stürzte Bill zur Tür. Er griff Dr. Fries unters Kinn und zog sie dicht an sein Gesicht. Ihre Kühnheit verblüffte ihn. Sie hatte nicht einmal zurück gezuckt. »Ihre Habgier kotzt mich an«, presste Bill wütend hervor, dann nahm er plötzlich eine Person aus seinen Augenwinkeln wahr.

»Herr Valendar«, sagte Hauptkommissar Dümmel, »ich verhafte Sie wegen Mordes an Ihrem Bruder Peter.«

Entrückt und verwirrt ließ Bill von Dr. Fries ab. »Wer sind Sie?«

»Oh, Entschuldigung«, antwortete Dümmel etwas vertrottelt und zog seinen Ausweis hervor, »wie unhöflich von mir, wir haben ja bisher immer nur telefoniert. Sie haben ja noch gar kein Gesicht von mir. Hauptkommissar Dümmel, Kriminalinspektion Neuwied.«

Bills Verwirrung erreichte seinen Höhepunkt, als er im Flur uniformierte Beamte erblickte, darunter Eric Hopfner, neben ihm stand Tanja Bartoli. »Wie kommen Sie hier rein?«

»Ihre Sekretärin war so nett…«, erklärte Dümmel und gab einem Beamten einen Wink und deutete auf das Lap-Top. »Stellen Sie bitte das Gerät sicher!«, befahl er ihm.

Ohne Zögern schob sich der Beamte an Bill vorbei und wanderte zielstrebig auf das Laptop zu, klappte es zusammen und klemmte es unter seinen Arm.

So ein ausgekochter Mistkerl, beschimpfte Bill gedanklich seinen Bruder, während er den Beamten beobachtete, wie er das Beweisstück sicher stellte, das ihn zum Mörder deklarierte. Seine Verbitterung über diese Niederlage konnte er nicht verbergen. Mit zittrigem Kinn ballte er seine Fäuste bis sich die Knöchel weiß verfärbten. War es diesem hinterhältigen Dreckschwein von Bruder schon wieder gelungen, ihn auszutricksen. Warum musste er immer der Verlierer sein? Seine ganzen Bemühungen, eine Frau zu finden, eine Familie zu gründen, alles erwies sich nun als umsonst.

Mit einem Schuss Selbstironie und Galgenhumor lachte er Dr. Fries entgegen, geleitet von einem hinterhältigen Gedanken. »Sie stecken da mit drin. Wegen Beihilfe. Und Sie haben mich erpresst.«

Ruhig schüttelte Dr. Fries ihren Kopf. »Das war bloß ein Trick. Ich habe mich auf Ihr kriminelles Niveau begeben, damit Sie mir vertrauen und Sie sind voll drauf angesprungen.« Verachtend schätzte sie ihn ab. »Bei Mord, hört der Spaß auf – und ich bin sicher, das Waisenhaus in Kiel wird sich über eine großzügige Spende freuen.« Sie erwähnte die großzügige Spende mit besonderer Absicht, weil sie wusste, dass sie Bill damit an einem wunden Punkt erwischte. Er hasste Wohltätigkeiten.

Tanja sackte unterdessen entmutigt zusammen. Verdammt, wer bezahlte nun ihr Honorar? Sie hatte soeben ihren Auftraggeber überführt.

Unterdessen hielt Dümmel triumphierend sein Smartphone hoch. »Wir waren mit Dr. Fries in ständigem Kontakt«, verteidigte er die Therapeutin und betrachtete bewundernd das kleine elektronische Gerät in seinen Händen, »ist schon erstaunlich, was man damit alles machen kann.« Er drückte auf dem Display herum. »Wussten Sie«, fuhr er unterdessen ironisch fort, »dass man mit diesen kleinen Geräten nicht nur Gespräche führen kann, sondern auch abhören? Und man kann es sogar als Voicerecorder benutzen.« Er betätigte eine Funktion und ließ das letzte Gespräch zwischen Dr. Fries und Bill ablaufen. Er grinste dabei erhaben.

Von der Überlegenheit und die Art und Weise, wie er ausmanövriert worden war, hielt sich Bill geknechtet die Ohren zu und schüttelte sein gesenktes Haupt.

»Abführen«, befahl Dümmel plötzlich und schaute dabei ganz gezielt Eric Hopfner an. Er wusste, wie sehr der junge Beamte darauf brannte Bill Valendar die Handschellen anlegen zu dürfen.

Als das Einrasten der Handschellen zu vernehmen war, stellte Bill an Dr. Fries eine Frage, die ihn trotz seiner Niederlage brennend interessierte. »Wo ist Miriam?« Seine Frage klang verzweifelt und ehrlich. Ein Indiz, dass das Verschwinden seiner Tochter sehr an seinen Nerven zerrte. Für Dr. Fries kein Grund zum Mitleid. Er allein war für sein Schicksal verantwortlich, womit er Irene dazu antrieb, so zu handeln, weil sie um ihr Leben fürchtete.

»In Sicherheit«, antwortete sie nur.

»Wo?«, forderte Bill eine genauere Antwort.

»Tut mir leid, aber Sie werden der Letzte sein, der es erfahren wird.« Dr. Fries verweigerte ganz bewusst ihre Antwort, nicht nur, weil sie es selber noch nicht wusste, sondern um ihm aufzuzeigen, dass er zum gesellschaftlichen Abschaum gehörte, der kein Anrecht auf solche Informationen besaß. Und ja, Yasmins Erinnerungen waren noch gar nicht so weit hergestellt, um das Versteck ihrer Schwester verraten zu können. Dieser Schrebergarten sollte Bill nur ihre Treue vorgaukeln, damit sie ihn am Ende überführen konnte. Ein nettes Fleckchen Erde, dass ihren Eltern gehörte und die beiden Jungs die das betrieben, waren Freunde von ihr, die sie eingeweiht hatte. Tanja war ihnen noch etwas schuldig.

Verachtend wandte sich Dr. Fries ab und schritt durch den Flur, an Yasmins Zimmertür stoppte sie ab, schaute nochmals verabscheuend zu Bill hinüber, und trat dann ein. Ihre Patientin brauchte sie jetzt nötiger.

Mit einem heftigen Wink mit dem Kopf, bedeutete Dümmel, Bill endlich abzuführen. Eine Aufforderung, die Eric gerne erfüllte. Den Stolz, den er dabei in seiner Brust fühlte, trug er dabei nicht nach außen, aber seine Bewunderung, die dem Drehbuch galt, welches Bill nun überführte, konnte er nicht unterdrücken. Bedeutungsvoll warf er Tanja einen Blick zu, die maßgeblich für den Ablauf der Theaterinszenierung verantwortlich war unter der psychologischen Beratung von Dr. Fries, die genau vorausgesagt hatte, wie Bill reagieren würde, wenn sie ihn in eine Stresssituation drängte. Bis zum jetzigen Zeitpunkt hatte er immer noch nicht realisiert, dass das alte Laptop seines Bruders noch gar nicht über eine Webcam verfügte, und das sollte er auch noch nicht, bis sein Geständnis offiziell protokolliert wurde.

Gnadenlos waltete Eric seines Amtes. Heftig packte er Bill an einen seiner Arme, die hinter seinem Rücken zusammengekettet waren und schob ihn mit Unterstützung seiner Schulter voran und führte ihn aus dem Zimmer.

Ganz bewusst blieb Dr. Fries solange mit Yasmin im Zimmer, bis Bill zuerst aus dem Haus geführt wurde. Immer wieder hatte sie dazu den Flur kontrolliert, um zu vermeiden, dass Yasmin ihm noch einmal begegnete. Gemeinsam mit Tanja begleitete sie Yasmin, nach dem Bill aus dem Haus war, nach unten.

Die Anspannung war Yasmin noch deutlich anzusehen. Alleine hätte sie dem Weg nach draußen nicht gewagt, zu sehr lastete noch die Angst vor Bill auf ihrer Seele. Auf der Veranda jedoch gab es für sie kein Halten mehr. Im Pulk zwischen Polizeifahrzeugen und im Gewirr vieler Uniformierter stand Mathis und wartete ungeduldig auf sie. Mit einem befreiten Lächeln rannte sie die Stufen hinunter, rief erlösend nach seinem Namen und fiel schließlich in seine Arme.

Dr. Fries wurde es bei dem Anblick warm ums Herz.

»Ein nettes Paar«, hörte sie plötzlich Tanjas Stimme.

Sie schaute die Detektivin von der Seite an. »Ja, kann man von Glück reden, dass es gut ausgegangen ist.«

Glück. Da mochte Tanja nicht widersprechen. Seit dem Morgen schon wurden ihre Nerven einer Zerreißprobe ausgesetzt. Für sie war Dr. Fries ein unkalkulierbarer Faktor. Ihr Vertrauen in sie zweifelhaft. Eine kleine Warnung von ihr an Bill und das ganze Unterfangen wäre gescheitert, und Hauptkommissar Dümmel lag ihr auch schwer im Magen. Eric musste wohl all seine Überzeugungskraft eingesetzt haben, ihn für diesen waghalsigen Einsatz zu überreden. Nein, überdachte sie. Glück war da nicht im Spiel, sondern harte Arbeit und eine präzise Vorbereitung mit viel Nachdruck, und ganz vorrangig, ihre Intuition.

»Was heißt hier Glück?«, widersprach sie Dr. Fries scherzhaft.

»Stimmt«, antwortete Dr. Fries überzeugt, »ich habe Valendar aus der Reserve gelockt.« Mit gespielter Selbstgefälligkeit grinste sie Tanja an. »Und noch eins – versprich mir, dass du nie meine Patientin wirst – das ist mir zu nervenaufreibend.«

Als Patientin konnte Tanja mit Gewissheit ausschließen, aber als Partnerin, hielt sie jedoch für möglich. Sie ließ aber Dr. Fries' Bemerkung mit einem unschlüssigen Gesichtszug offen, derweil wurde sie auch von Dümmel abgelenkt, der nach einem kurzen

Gespräch mit einem Kollegen auf die Veranda zukam und die Treppe empor stieg. Dr. Fries erkannte sofort, dass er mit Tanja ein paar Takte reden wollte. Diskret zog sie sich zurück.

Bewundernd nickte Dümmel und schaute Dr. Fries kurz nach, wie sie ins Haus trat. »Meine Kollegen aus NRW haben nicht übertrieben, Sie sind wirklich eine sehr eigenmächtige Person.«

Verunsichert zog Tanja ihre Brauen hoch. Sollte das nun ein Kompliment sein? »Mag sein«, antwortete sie und suchte schon nach Worten um ihre Rechtfertigung darzulegen, was Dümmel aber sogleich unterband.

»Sie haben mir mit Ihrem eigenmächtigen Handeln eine Menge Lauferei und Bettelei bei der Staatsanwaltschaft erspart – und damit sogar den Fall von vor zwei Jahren gelöst. Mein Kollege Heiner wird sich sehr darüber freuen. Ihm kam das Ganze von vor zwei Jahren schon sehr merkwürdig vor, leider gab es keine konkreten Beweise gegen Bill Valendar – tut mir leid, wenn ich den Eindruck erweckt habe, stur zu sein.« Er reichte Tanja zu Versöhnung die Hand.

Perplex griff Tanja nach seiner Klauen ähnliche Hand, die man eher einem Raubtier zuordnete.

»Und gut«, fuhr Dümmel fort, »dass ich Mathis Collier nicht zuerst erwischt habe. Als ich von ihm erfuhr, war viel zu sehr auf ihn fixiert. Dann wäre es schwierig geworden, seine Unschuld zu beweisen. Aber Sie sind ja zum Glück schneller als die Polizei erlaubt.« Er grinste überlegen.

»Ach«, stieß Tanja verblüfft hervor und bevor sie weitere Worte finden konnte, ihn in die Senkel zu stellen, hatte sich Dümmel einfach abgewandt und rannte die Stufen der Veranda hinunter. Im Getümmel zwischen Polizeifahrzeugen und Kollegen verschwand er schließlich unauffindbar. Sie konnte es kaum glauben. Er hatte sie benutzt. Als sie immer noch versuchte ihn aufzuspüren, verspürte sie plötzlich einen Knuff gegen ihren Arm und eine Schachtel Zigaretten schoben sich unter ihre Augen.

»Auch eine?«, fragte Miss Livington und schüttelte ihre Schachtel auffordernd, aus der schon griffbereit eine Zigarette hervorstach.

Nach kurzem Besinnen griff Tanja nach der kokettierenden Zigarette und zog sie heraus. »Warum eigentlich nicht – danke.« Sie steckte den Glimmstängel zwischen ihre Lippen und ließ sich von Miss Livington Feuer geben. Mit einem genüsslichen Zug stützte sie sich mit ihren Ellenbogen auf dem Geländer ab. Miss Livington tat ihr gleich und schaute gemeinsam mit ihr in die ihr vorliegende Einöde.

»Du rauchst?«, wurden die Frauen plötzlich aus ihrer Zeremonie gerissen. Eric schaute verstört die Veranda hinauf und ganz gezielt blieben seine Blicke an Tanja haften. Ein vorwurfsvoller Blick, der dem eines strengen Vaters ähnelte, der seine minderjährige Tochter soeben beim heimlichen Rauchen erwischt hatte.

Selbstzufrieden betrachtete Tanja die Zigarette zwischen ihren Fingern. »Ja«, antwortete sie abwesend, »aber nur, wenn es etwas zu feiern gibt.« Dann steckte sie den Glimmstengel wieder in den Mund und nahm erneut einen tiefen Zug, der ihre innere Zufriedenheit widerspiegelte.

Geschafft!!!

Epilog

Verdrießlich verzog Tanja ihr Gesicht, als sie ihre Wohnungstür öffnete und Eric vor ihr im Treppenhaus stand. Seinen unverhofften Besuch betrachtete sie als eine tückische Heimsuchung.

»Was wird das hier?«, entgegnete sie ihm, »wieder eine billige Anmache auf Hausbesuchsbasis?«

Mahnend schnalzte Eric mit der Zunge und musterte sie von oben bis unten, aus reiner Vorsicht. In ihrer üblen Laune, wollte er nicht riskieren einer bewaffneten Frau gegenüber zu stehen und um zu zeigen, dass er in friedlicher Absicht gekommen war, zog er eine Zeitung hinter seinem Rücken hervor und hielt ihr eine Schlagzeile, vom Westerwald- Kurier, vor die Nase. *Pferdebaron stranguliert sich in Untersuchungszelle.* »Ich komme, um Nachrichten zu verbreiten.«

Gelangweilt entriss Tanja ihm das Tagesblatt. »Das weiß ich schon«, entgegnete sie ihm schroff. Hauptkommissar Dümmel hatte sie bereits angerufen und über alles informiert. Nach seinem umfangreichen Geständnis und der niederschmetternden Mitteilung, dass Peter Valendars Laptop noch über keine Webcam verfügte, fühlte sich Bill Valendar womöglich in seiner Ehre so gekränkt, dass er keinen Ausweg mehr wusste, aus dieser Schmach entfliehen zu können. Wenn es auch hart und unbarmherzig klingen mochte, so befand Tanja, dass für alle Beteiligten sein Ableben für die Nachwelt nur von Nutzen sein würde. Wer konnte schon abschätzen, welchen Machenschaften er nachgekommen wäre, hätte er nach lebenslanger Haft wieder die Freiheit erlangt? Ruhe hätte Irene und Miriam sicher nicht gefunden. Und so konnte Irene auch wieder wohlbehütet auf die Ranch zurückkehren. Nach mehreren Sitzungen bei Dr. Fries setzten Yasmins Erinnerungen nach und nach wieder ein und konnte so ihrer Schwester Entwarnung geben. Lange, bange Wochen verlebte Irene mit Miriam in Abgeschiedenheit, weil sie keinerlei Meldung ihrer Schwester erhielt. Oft hatte sie überlegt nachzuhaken, ob alles glimpflich seinen Lauf genommen hatte, aber das hätte sie verraten können und Bill wäre ihr auf die Schliche gekommen.

Unter Yasmins Namen war Irene in die Staaten geflüchtet, als Urlaubsreisende. Von dort aus, wollte sie mit Yasmin wieder über den Postweg ihre Identitäten tauschen. Von langer Hand hatte Irene sogar ihr Gold schon in Amerika investiert um dort unbeschwert leben zu können, weiterhin wollte sie auch als Journalistin arbeiten. Doch jetzt, wo dem Spuk ein Ende bereitet wurde, zog sie die Ranch als ihre Wahlheimat vor und hatte mittlerweile auch die Geschäfte übernommen. Das Vorhaben ihres Mannes wollte sie allerdings nicht weiterverfolgen, stattdessen plante sie mit Dr. Linda Fries eine Stiftung zu gründen. Ein Kinderheim für traumatisierte und verwaiste Kinder sollte dort entstehen. Therapie mit Tieren.

Erwartungsvoll blinzelte Eric über Tanjas Schulter in einen stracks geraden Flur, der in verschiedene Zimmer führte. »Willst du mich nicht rein lassen? Oder bist du nicht allein?«

Bereitwillig stieß Tanja die Tür auf und gewährte ihm Einlass.

Ehrfürchtig trat Eric in den Flur und wandte sich gleich nach Tanja um. »Keine Sorge – ich will nur reden«, beteuerte er.

Gelangweilt stieß Tanja einen abschätzigen Laut aus und wies in die Richtung, die zum Wohnzimmer führte. »Ist klar«, ließ sie ungläubig verlauten und warf die Tür zu, »geh schon mal vor«, gestattete sie großzügig und schaute ihm nach, wie er wogenden Schrittes den Flur durchschritt und in ihr Wohnzimmer abbog. Toller Hintern fuhr ihr durch den Kopf. Sie gönnte sich bei diesem Anblick einen kleinen Vorsprung auf den beginnenden Abend. Nein, schloss sie nach einer Weile aus. Zu jung.

Ende